AGATHA CHR.

tempos, superada apenas por Shakespeare e pela Bíblia. Em uma carreira que durou mais de cinquenta anos, escreveu 66 romances de mistério, 163 contos, dezenove peças, uma série de poemas, dois livros autobiográficos, além de seis romances sob o pseudônimo de Mary Westmacott. Dois dos personagens que criou, o engenhoso detetive belga Hercule Poirot e a irrepreensível e implacável Miss Jane Marple, tornaram-se mundialmente famosos. Os livros da autora venderam mais de dois bilhões de exemplares em inglês, e sua obra foi traduzida para mais de cinquenta línguas. Grande parte da sua produção literária foi adaptada com sucesso para o teatro, o cinema e a tevê. *A ratoeira*, de sua autoria, é a peça que mais tempo ficou em cartaz, desde sua estreia, em Londres, em 1952. A autora colecionou diversos prêmios ainda em vida, e sua obra conquistou uma imensa legião de fãs. Ela é a única escritora de mistério a alcançar também fama internacional como dramaturga e foi a primeira pessoa a ser homenageada com o Grandmaster Award, em 1954, concedido pela prestigiosa associação Mystery Writers of America. Em 1971, recebeu o título de Dama da Ordem do Império Britânico.

Agatha Mary Clarissa Miller nasceu em 15 de setembro de 1890 em Torquay, Inglaterra. Seu pai, Frederick, era um americano extrovertido que trabalhava como corretor da Bolsa, e sua mãe, Clara, era uma inglesa tímida. Agatha, a caçula de três irmãos, estudou basicamente em casa, com tutores. Também teve aulas de canto e piano, mas devido ao temperamento introvertido não seguiu carreira artística. O pai de Agatha morreu quando ela tinha onze anos, o que a aproximou da mãe, com quem fez várias viagens. A paixão por conhecer o mundo acompanharia a escritora até o final da vida.

Em 1912, Agatha conheceu Archibald Christie, seu primeiro marido, um aviador. Eles se casaram na véspera do Natal de 1914 e tiveram uma única filha, Rosalind, em 1919. A carreira literária de Agatha – uma fã dos livros de suspense do escritor inglês Graham Greene – começou depois que sua irmã a desafiou a escrever um romance. Passaram-se alguns anos até que o primeiro livro da escritora fosse publicado. *O misterioso caso de Styles* (1920), escrito próximo ao fim da Primeira Guerra Mundial, teve uma boa acolhida da crítica. Nesse romance aconteceu a primeira aparição de Hercule Poirot, o detetive que estava destinado a se tornar o personagem mais popular da ficção policial desde Sherlock Holmes. Protagonista de 33 romances e mais de cinquenta contos da autora, o detetive belga foi o único personagem a ter o obituário publicado pelo *The New York Times*.

Em 1926, dois acontecimentos marcaram a vida de Agatha Christie: a sua mãe morreu, e Archie a deixou por outra mulher. É dessa época também um dos fatos mais nebulosos da biografia da autora: logo depois da separação, ela ficou desaparecida durante onze dias. Entre as hipóteses figuram um surto de amnésia, um choque nervoso e até uma grande jogada publicitária. Também em 1926, a autora escreveu sua obra-prima, *O assassinato de Roger Ackroyd*. Este foi seu primeiro livro a ser adaptado para o teatro – sob o nome *Álibi* – e a fazer um estrondoso sucesso nos teatros ingleses. Em 1927, Miss Marple estreou como personagem no conto "O Clube das Terças-Feiras".

Em uma de suas viagens ao Oriente Médio, Agatha conheceu o arqueólogo Max Mallowan, com quem se casou em 1930. A escritora passou a acompanhar o marido em expedições arqueológicas e nessas viagens colheu material para seus livros, muitas vezes ambientados em cenários exóticos. Após uma carreira de sucesso, Agatha Christie morreu em 12 de janeiro de 1976.

Agatha Christie

MORTE NO NILO

Tradução de BRUNO ALEXANDER

www.lpm.com.br

L&PM POCKET

Coleção **L&PM** POCKET, vol. 1178

Texto de acordo com a nova ortografia.
Título original: *Death on the Nile*

Primeira edição na Coleção **L&PM** POCKET: fevereiro de 2015
Esta reimpressão: fevereiro de 2020

Tradução: Bruno Alexander
Capa: juliejenkinsdesign.com © HarperCollins/Agatha Christie Ltd. 2008
Preparação: L&PM Editores
Revisão: Lia Cremonese

CIP-Brasil. Catalogação na publicação
Sindicato Nacional dos Editores de Livros, RJ.

C479m

Christie, Agatha, 1890-1976
    Morte no Nilo / Agatha Christie; tradução Bruno Alexander. – Porto Alegre, RS: L&PM, 2020.
    320 p. ; 18 cm.   (Coleção L&PM POCKET, v. 1178)

    Tradução de: *Death on the Nile*
    ISBN 978-85-254-3202-5

    1. Romance inglês. I. Alexander, Bruno. II. Título. III. Série.

14-18334   CDD: 823
                                 CDU: 821.111-3

The Agatha Christie Roundel Copyright © 2013 Agatha Christie Limited. Used by permission. All rights reserved.
Death on the Nile Copyright © 1937 Agatha Christie Limited. All rights reserved.
AGATHA CHRISTIE, POIROT and the Agatha Christie Signature are registered trade marks of Agatha Christie Limited in the UK and elsewhere. All rights reserved.
www.agathachristie.com

Todos os direitos desta edição reservados a L&PM Editores
Rua Comendador Coruja, 314, loja 9 – Floresta – 90220-180
Porto Alegre – RS – Brasil / Fone: 51.3225.5777

Pedidos & Depto. Comercial: vendas@lpm.com.br
Fale conosco: info@lpm.com.br
www.lpm.com.br

Impresso na Gráfica e Editora Pallotti, Santa Maria, RS, Brasil
Verão de 2020

*Para a minha velha amiga Sybil Bennett,
que também adora perambular pelo mundo.*

Sumário

Prólogo da autora 9
Capítulo 1 11
Capítulo 2 44
Capítulo 3 54
Capítulo 4 60
Capítulo 5 70
Capítulo 6 76
Capítulo 7 85
Capítulo 8 99
Capítulo 9 106
Capítulo 10 117
Capítulo 11 124
Capítulo 12 132
Capítulo 13 147
Capítulo 14 164
Capítulo 15 174
Capítulo 16 185
Capítulo 17 190
Capítulo 18 197
Capítulo 19 208
Capítulo 20 215
Capítulo 21 222
Capítulo 22 227
Capítulo 23 238
Capítulo 24 245

Capítulo 25 257
Capítulo 26 268
Capítulo 27 280
Capítulo 28 292
Capítulo 29 298
Capítulo 30 308
Capítulo 31 315

Prólogo da autora

Morte no Nilo foi escrito depois que voltei de um inverno no Egito. Lendo-o agora, vejo-me de volta no vapor, indo de Assuã a Wadi Halfa. Havia muitos passageiros a bordo, mas os deste livro viajaram em minha mente e tornaram-se cada vez mais reais para mim – no contexto de um vapor navegando pelo Nilo. O livro tem muitos personagens e uma trama bastante elaborada. Considero a situação central fascinante, com muitas possibilidades dramáticas, e os três personagens, Simon, Linnet e Jacqueline, parecem vivos para mim.

Meu amigo Francis L. Sullivan gostou tanto do livro que vivia me pedindo para transformá-lo em peça de teatro, o que acabei fazendo.

A meu ver, este livro é um de meus melhores livros sobre "viagens internacionais", e se as histórias policiais são "literatura de entretenimento" (e por que não deveriam ser?), o leitor pode entreter-se com céus ensolarados e águas cristalinas, assim como com crimes, no conforto de uma poltrona.

Agatha Christie

Capítulo 1

I

— Linnet Ridgeway!

– É *ela*! – exclamou o sr. Burnaby, proprietário do Three Crowns, cutucando o companheiro.

Os dois homens ficaram boquiabertos, com os olhos arregalados.

Um enorme Rolls-Royce vermelho tinha acabado de parar em frente à agência de correio local.

Uma jovem desceu do carro, sem chapéu, trajando um vestido que parecia (só *parecia*) simples. Uma moça de cabelos dourados e feições autoritárias, muito bonita, como raramente se via em Malton-under-Wode.

Com passos rápidos e decididos, ela entrou no correio.

– É ela! – repetiu o sr. Burnaby. E continuou, em tom mais baixo e respeitoso: – Ela tem milhões... Gastará um dinheirão no lugar. Piscinas, jardins italianos, salão de bailes... Metade da casa virá abaixo para ser reformada...

– Trará dinheiro para a cidade – ponderou o amigo, um sujeito magro e débil. Falava com um tom de inveja e rancor.

– Sim, será ótimo para Malton-under-Wode. Ótimo mesmo – concordou o sr. Burnaby, complacente. E acrescentou: – Despertará o interesse de todos.

– Um pouco diferente de sir George – disse o outro.

– Ah, foram os cavalos – disse o sr. Burnaby de maneira indulgente. – Ele nunca teve sorte.

– Quanto ele recebeu pela propriedade?
– Sessenta mil, pelo que ouvi dizer.
O sujeito magro assoviou.

– E dizem que ela pretende gastar mais sessenta mil até terminar! – continuou o sr. Burnaby com ar triunfante.

– Nossa! – exclamou o sujeito magro. – Onde ela *arranjou* tanto dinheiro?

– Na América, pelo que eu soube. A mãe era filha única de um desses milionários. Como nos filmes, não?

A jovem saiu do correio e entrou no carro.

– Parece errado para mim – sussurrou o sujeito magro acompanhando a partida da moça. – Essa aparência. Dinheiro *e* beleza... é demais! Uma jovem rica assim não tem direito de ser bonita. E ela *é* bonita... tem tudo. Não acho justo...

II

Trecho da coluna social do *Daily Blague*.

Entre as pessoas que jantavam no Chez Ma Tante, reparei na bela Linnet Ridgeway. Ela estava em companhia da honorável Joanna Southwood, de lorde Windlesham e do sr. Toby Bryce. A srta. Ridgeway, como todos sabem, é filha de Melhuish Ridgeway, casado com Anna Hartz. Herdou do avô, Leopold Hartz, uma enorme fortuna. A adorável Linnet é a sensação do momento. Corre o boato de que seu noivado será anunciado em breve. Lorde Windlesham parecia realmente épris!*

---

* Perdidamente apaixonado. (N.T.)

III

– Querida, vai ficar uma *maravilha*! – disse a honorável Joanna Southwood.

Ela estava no quarto de Linnet Ridgeway, em Wode Hall. Olhava pela janela para os jardins e o descampado com traços azuis formados pelos bosques.

– É perfeito, não acha? – disse Linnet, apoiando-se no parapeito da janela. A expressão de seu rosto era animada, viva, dinâmica. A seu lado, Joanna Southwood parecia um pouco apagada. Era uma jovem alta e magra, de 27 anos, rosto inteligente e sobrancelhas feitas.

– E você conseguiu tanto em tão pouco tempo! Contratou muitos arquitetos?

– Três.

– Como eles são? Acho que nunca conheci um.

– São legais. Pareceram-me pouco práticos, às vezes.

– Isso não é problema para você, querida. É a pessoa mais prática que conheço.

Joanna pegou um colar de pérolas da penteadeira.

– Imagino que sejam verdadeiras, não, Linnet?

– Claro.

– Sei que é "claro" para você, minha querida, mas não seria para a maioria das pessoas. Geralmente, elas não são naturais. Chegam a vender imitações baratas. Querida, suas pérolas são *incríveis*, tão bem combinadas. Devem valer uma fortuna.

– Um pouco vulgares, não acha?

– Não, de modo algum. Uma beleza. Quanto valem?

– Cerca de cinquenta mil.

– Quanto dinheiro! Não tem medo de ser roubada?

– Não, estou sempre com esse colar. E, de qualquer maneira, as pérolas estão no seguro.

– Você me deixaria usá-lo até a hora do jantar? Seria tão emocionante.

– Claro. Como quiser – disse Linnet, achando graça.

– Sabe, Linnet, eu realmente a invejo. Você simplesmente tem *tudo*. É jovem, bonita, rica, saudável, até *inteligente*! Quando faz 21 anos?

– Em junho. Darei uma grande festa em Londres, para comemorar a maioridade.

– E depois se casará com Charles Windlesham? Os terríveis jornalistas fofoqueiros estão empolgadíssimos. E Charles parece bastante afeiçoado.

– Não sei – disse Linnet, encolhendo os ombros. – Não quero me casar com ninguém ainda.

– Faz muito bem, querida! Depois do casamento, muita coisa muda, não?

O telefone tocou e Linnet foi atender.

– Alô? Sim?

Respondeu-lhe a voz do mordomo:

– A srta. de Bellefort está na linha. Posso passar a ligação?

– Bellefort? Sim, claro. Pode passar.

Ouviu-se um clique e depois uma voz ansiosa, suave, ligeiramente ofegante:

– Alô, é a srta. Ridgeway? *Linnet*!

– *Jackie querida*! Há séculos que não tenho nenhuma notícia sua.

– Eu sei. Um horror. Linnet, quero muito vê-la.

– Você não pode vir aqui? Adoraria lhe mostrar minha nova aquisição.

– É justamente isso o que desejo fazer.

– Pegue um trem, então, ou venha de carro.

– Combinado. Vou no meu velho carrinho de dois lugares. Comprei-o por quinze libras, e às vezes funciona muito bem. Mas é um veículo temperamental. Se eu não chegar até a hora do chá, você já sabe que ele enguiçou. Até mais, querida.

Linnet desligou e voltou para onde estava Joanna.

— Minha amiga mais antiga, Jacqueline de Bellefort. Estivemos juntas num convento em Paris. Ela teve uma vida bastante azarada. O pai era um conde francês, a mãe era americana, do sul. O pai fugiu com outra mulher, e a mãe perdeu todo o dinheiro na crise de Wall Street. Jackie ficou totalmente quebrada. Não sei como ela conseguiu se sustentar nos últimos dois anos.

Joanna polia as unhas vermelhas com o lencinho da amiga. Inclinou a cabeça para ver o efeito.

— Querida — disse, de maneira arrastada —, não será *cansativo*? Quando acontece uma infelicidade com meus amigos, abandono-os *imediatamente*! Parece crueldade, mas evitamos muitos aborrecimentos mais tarde! Eles sempre pedem dinheiro emprestado, ou então abrem uma loja de roupa, e temos que comprar os vestidos mais horríveis do mundo. Alguns decidem pintar abajures ou echarpes.

— Quer dizer que se eu perdesse todo o meu dinheiro, me abandonaria?

— Sim, querida, abandonaria. Você não pode dizer que não sou sincera! Só gosto de pessoas bem-sucedidas. E descobrirá que quase todos são assim, só que a maioria das pessoas não admite. Dizem apenas que não aturam mais fulana ou beltrana! "Ela ficou tão *amargurada* e esquisita depois do que aconteceu, coitada!"

— Como você é má, Joanna!

— Só estou fazendo minha parte, como todo mundo.

— *Eu* não.

— Por motivos óbvios! Você não precisa ser sórdida, com todo o dinheiro que recebe trimestralmente.

– E você está enganada sobre Jacqueline – disse Linnet. – Ela não é uma parasita. Já tentei ajudá-la, mas ela não aceitou. É orgulhosa à beça.

– Por que tanta pressa para vir aqui? Aposto que quer alguma coisa! Espere e verá.

– Ela parecia empolgada com algo – admitiu Linnet. – Jackie é sempre muito emotiva. Uma vez, ela chegou a enfiar um canivete em alguém!

– Nossa, que emocionante!

– Um menino estava maltratando um cachorro. Jackie tentou fazer com que parasse, mas ele não parou. Como ele era mais forte do que Jackie, eles se debateram, até que ela puxou um canivete e enfiou nele. Você não imagina a confusão!

– Imagino. Deve ter sido horrível!

A criada de Linnet entrou no quarto. Pediu licença baixinho, pegou um vestido no armário e retirou-se.

– O que houve com Marie? – perguntou Joanna. – Parece que esteve chorando.

– Coitada! Lembra que lhe contei que ela queria se casar com um homem que trabalhava no Egito? Como não o conhecia muito bem, resolvi investigar um pouco e descobri que ele tem mulher e três filhos.

– Você deve ter vários inimigos, Linnet.

– Inimigos? – perguntou Linnet, surpresa.

Joanna assentiu com a cabeça e pegou um cigarro.

– Inimigos, minha querida. Você é assustadoramente eficiente e sabe muito bem o que deve ser feito.

Linnet riu.

– Não tenho nenhum inimigo neste mundo.

IV

Lorde Windlesham estava sentado sob um cedro, admirando a encantadora paisagem de Wode Hall. Não havia nada que estragasse aquela beleza antiga. As novas construções ficavam fora do campo de visão. Uma linda vista, iluminada pelo sol de outono. No entanto, não era mais Wode Hall o que Charles Windlesham via, e sim uma mansão elisabetana imponente, com um grande quintal e um fundo mais sombrio... A própria mansão da família Charltonbury, e, no primeiro plano, um vulto feminino – uma jovem de cabelos dourados e expressão confiante no rosto... Linnet, como senhora de Charltonbury!

Ele tinha uma grande esperança. A recusa de Linnet não havia sido categórica. Era mais um pedido de tempo. Podia esperar.

Como era incrível tudo aquilo! Ele se beneficiaria financeiramente com o casamento, mas não era uma necessidade que o obrigasse a deixar os sentimentos de lado. E amava Linnet. Teria desejado se casar com ela mesmo que não tivesse um centavo. E, entretanto, era uma das moças mais ricas da Inglaterra. Isso era algo extra.

Distraiu-se fazendo planos para o futuro. O magistério de Roxdale, talvez, a restauração da ala oeste, sem a necessidade de abandonar a caça...

Charles Windlesham sonhava à luz do dia.

V

Eram quatro horas da tarde quando o carrinho velho de dois lugares parou com um ruído de rodas sobre cascalhos secos. Uma moça saiu dele – uma criatura pequena, delgada, de cabelos negros volumosos. Subiu correndo os degraus e tocou a campainha.

Pouco tempo depois, ela foi conduzida à enorme sala de estar, e um mordomo eclesiástico anunciou, com a entonação pesarosa de sempre:

– A srta. de Bellefort.

— Linnet!

— Jackie!

Windlesham afastou-se um pouco, observando, de maneira compreensiva, aquela pequena criatura impetuosa atirar-se de braços abertos sobre Linnet.

— Lorde Windlesham, está é a srta. de Bellefort, minha melhor amiga.

Uma bela menina, pensou ele. Não exatamente bonita, mas atraente, sem dúvida, com aqueles cabelos negros ondulados e olhos enormes. Ele murmurou algumas palavras diplomáticas e conseguiu, discretamente, deixar a sós as duas amigas.

Jacqueline reagiu rapidamente, naquele seu modo característico, que Linnet conhecia bem.

— Windlesham? Windlesham? *Este* é o homem com quem você se casará, segundo os jornais! Você se casará, Linnet? Mesmo?

— Talvez — respondeu Linnet falando baixinho.

— Querida! Fico tão feliz! Parece um bom rapaz.

— Não fique feliz antes do tempo. Ainda não me decidi.

— Claro que não! As rainhas sempre agem com a devida deliberação na escolha de um consorte.

— Não seja ridícula, Jackie.

— Mas você *é* uma rainha, Linnet! Sempre foi. *Sa Majesté, la reine Linette. Linette la blonde*! E eu... eu sou a confidente da rainha! A dama de honra de confiança.

— Que besteira, Jackie! Onde esteve esse tempo todo? Você sumiu. Nunca escreveu.

— Detesto escrever cartas. Onde estive? Atolada até o pescoço, querida. Em EMPREGOS. Empregos desagradáveis, com mulheres desagradáveis!

— Querida, gostaria que você...

— Aceitasse a generosidade da rainha? Pois bem, querida, é por isso que estou aqui. Não, não para pedir dinheiro emprestado. Ainda não cheguei a esse ponto. Mas vim lhe pedir um imenso favor.

— Diga.

— Como você se casará com esse Windlesham, talvez compreenda.

Linnet ficou sem entender por um instante, até que compreendeu.

— Jackie, você está me dizendo...?

— Sim, querida. *Estou noiva!*

— Então era isso! Bem que me pareceu bastante animada. Você é sempre assim, mas hoje me pareceu ainda mais.

— É exatamente como me sinto.

— Conte-me sobre ele.

— Ele se chama Simon Doyle. É alto, forte, muito simples e pueril. Uma pessoa adorável! Pobre. Não tem dinheiro. Vem do que vocês chamam aqui de "condado", mas um condado muito pobre. É filho caçula e essas coisas. Sua família é de Devonshire. Ele ama o campo e tudo o que está relacionado com a vida no campo. E pensar que passou os últimos cinco anos confinado num escritório abafado da cidade. Agora, estão reduzindo despesas, e ele ficou sem emprego. Linnet, eu *morro* se não me casar com ele. Morro mesmo, de verdade...

— Não seja ridícula, Jackie.

— É verdade. Sou louca por ele. Ele é louco por mim. Não conseguimos viver um sem o outro.

— Querida, você está apaixonada!

— Eu sei. É horrível, não? O amor toma conta de nós, e não há nada que possamos fazer.

Fez uma breve pausa. Os olhos negros dilatados assumiram, de repente, uma expressão trágica. Ela estremeceu.

— É até assustador, às vezes! Simon e eu fomos feitos um para o outro. Jamais amarei outro homem. E *você* precisa nos ajudar, Linnet. Soube que comprou este lugar, e isso me deu uma ideia. Você precisará de um administrador, talvez dois. Quero que dê o cargo a Simon.

— Oh! — exclamou Linnet alarmada.

Jacqueline emendou:

— Ele entende bastante do assunto. Sabe tudo sobre propriedades rurais, foi criado numa. E tem experiência profissional também. Ah, Linnet, não daria o emprego a ele, por amor a mim? Se ele não for bem, você o manda embora. Mas isso não acontecerá. E nós podemos viver numa pequena casa. Nós duas poderemos nos ver com muito mais frequência. E o jardim ficará lindo.

Levantou-se.

— Diga que sim, Linnet. Diga que concorda. Minha linda e querida amiga Linnet, diga que sim.

— Jackie...

— Você concorda?

Linnet começou a rir.

— Sua ridícula! Traga seu namorado. Conversarei com ele e veremos o que vamos fazer.

Jackie jogou-se sobre ela beijando-a com exuberância.

— *Minha querida Linnet!* Você é uma amiga de verdade! Eu sabia. Jamais me decepcionaria. Jamais! É a pessoa mais adorável do mundo. Até logo.

— Mas você não ficará aqui?

— Eu? Não. Estou voltando para Londres. Amanhã venho com Simon e combinamos tudo. Você vai adorá-lo. Ele é um amor.

— Não quer esperar um pouco e tomar um chá?

— Não, não posso esperar, Linnet. Estou muito empolgada. Quero voltar logo para contar ao Simon.

Sei que sou doida, querida, mas não posso fazer nada. O casamento vai me curar, assim espero. Sempre me pareceu que o casamento ajuda as pessoas a ficarem mais moderadas.

Virou-se na porta, parou por um momento e voltou correndo para um último abraço rápido.

– Querida Linnet, você é única!

VI

Monsieur Gaston Blondin, proprietário do elegante restaurante Chez Ma Tante, não era um homem que dava a honra de sua companhia a muitos clientes. Até as pessoas ricas, belas e conhecidas às vezes esperavam em vão por um sinal de atenção. Só em casos raríssimos é que monsieur Blondin, de maneira condescendente, cumprimentava um convidado, acompanhando-o a uma mesa privilegiada e trocando com ele algumas palavras adequadas.

Naquela noite em especial, monsieur Blondin havia exercido a prerrogativa real três vezes: uma para uma duquesa, outra para um piloto famoso e a última para um sujeito baixinho, de aspecto cômico, com enormes bigodes negros, que, a julgar pelas aparências, não merecia nenhuma atenção por parte do dono do estabelecimento.

Monsieur Blondin, no entanto, tratou-o com exagerada atenção. Embora ninguém tivesse conseguido uma mesa na última meia hora, agora surgira uma, misteriosamente, num dos pontos mais cobiçados do restaurante. Monsieur Blondin acompanhou o convidado até a mesa, com prontidão.

– Mas, claro, para *o senhor* sempre haverá mesa, monsieur Poirot! Ficaria feliz que nos desse essa honra com mais frequência.

Hercule Poirot sorriu, lembrando-se de um incidente em que um cadáver, um garçom, monsieur Blondin e uma moça adorável tinham estado envolvidos.

– Muita gentileza sua, monsieur Blondin – disse Poirot.

– E o senhor está sozinho, monsieur Poirot?

– Sim, estou.

– Pois bem. Jules preparará uma refeição maravilhosa para o senhor. Uma obra de arte! As mulheres, por mais encantadoras que sejam, têm essa desvantagem: nos distraem da comida. O senhor apreciará o jantar, monsieur Poirot, garanto. Agora, quanto ao vinho...

A conversa assumiu um caráter técnico. Jules, o *maître d'hôtel*, assistia.

Antes de retirar-se, monsieur Blondin demorou-se um pouco, baixando a voz em tom confidencial.

– O senhor está trabalhando em algum caso grave?

Poirot sacudiu a cabeça.

– Não, infelizmente – respondeu tranquilamente. – Economizei algum dinheiro e hoje posso gozar de uma vida de ociosidade.

– Invejo-o.

– Não há motivo para isso. Posso lhe garantir que não é tão divertido quanto parece. – Poirot suspirou. – É verdade quando dizem que o homem foi obrigado a inventar o trabalho para fugir do martírio de ter que pensar.

Monsieur Blondin entregou os pontos.

– Mas existe tanta coisa para fazer! Lugares para viajar.

– Sim, podemos viajar. Até que viajo bastante. Neste inverno devo visitar o Egito. O clima de lá, pelo que dizem, é magnífico! Será bom sair do nevoeiro, dos dias cinzentos, da monotonia da chuva incessante.

– Ah, o Egito... – suspirou monsieur Blondin.

– É possível ir de trem agora, parece, sem ter que enfrentar o mar, exceto pelo Canal.

– Ah, o mar... O senhor não gosta de viajar pelo mar?

Hercule Poirot abanou a cabeça em sinal negativo, estremecendo ligeiramente.

– Eu também não – comentou monsieur Blondin. – É curioso como afeta o estômago.

– Mas só alguns estômagos! Para algumas pessoas, o balanço não tem nenhum efeito. Elas até *gostam*!

– Uma injustiça de Deus – concluiu monsieur Blondin.

Sacudiu a cabeça tristemente e retirou-se, remoendo o pensamento ímpio.

Garçons habilidosos, com movimentos suaves, chegaram à mesa. Torradas, manteiga, balde de gelo, tudo o que é necessário para uma ótima refeição.

A orquestra rompeu num êxtase de sons dissonantes. Londres dançava.

Hercule Poirot passou a observar o ambiente, registrando as impressões em sua mente metódica.

Que expressão de tédio e cansaço na maioria dos rostos! Alguns daqueles homens robustos, porém, pareciam se divertir... Na fisionomia de seus pares, notava-se uma resignação paciente. A gorda de roxo estava radiante... Sem dúvida, os gordos tinham algumas compensações na vida – um prazer, um entusiasmo – negadas àqueles de contornos mais na moda.

Havia muitos jovens. Alguns com o olhar perdido, outros entediados, outros infelizes. Que absurdo dizer que a juventude é a época da felicidade! A juventude é a época da maior vulnerabilidade.

O olhar de Poirot tranquilizou-se ao pousar num casal específico. Eles combinavam muito bem – um rapaz alto, de ombros largos, uma moça esbelta e delicada. Dois corpos que se moviam num ritmo perfeito de felicidade. Felicidade encontrada no ambiente, na hora e na companhia um do outro.

A dança parou abruptamente. Bateram palmas, e a música recomeçou. Depois de um segundo bis, o casal voltou para sua mesa, perto de Poirot. A menina vinha corada, rindo. Poirot observou seu rosto quando ela se sentou, olhando, sorridente, para o companheiro.

Havia algo além de riso naquele olhar. Hercule Poirot balançou a cabeça, pensativo.

"Essa menina ama demais", disse para si mesmo. "Não é prudente. Não mesmo".

Nesse momento, uma palavra chamou-lhe a atenção: "Egito".

As vozes dos dois chegavam-lhe claramente: a da menina, calma, arrogante, com um leve sotaque estrangeiro carregado no "r"; a do rapaz, agradável, grave, num inglês britânico polido.

– *Não* estou sendo otimista, Simon. Linnet não nos deixará na mão, garanto.

– Talvez *eu a* deixe na mão.

– Besteira. É o trabalho perfeito para você.

– Para dizer a verdade, também acho. Não tenho nenhuma dúvida de minha capacidade. E hei de vencer. Por *você*!

A menina riu baixinho, um riso de felicidade.

– Esperamos três meses... para termos certeza de que você não será despedido... e então...

– Então a aceitarei como minha legítima esposa. Não é assim que se diz?

– E, como eu disse, vamos para o Egito passar a lua de mel. Que se dane que seja caro! Eu sempre quis conhecer o Egito, a vida toda. O Nilo, as pirâmides, a areia...

O rapaz disse, com voz ligeiramente indistinta:

– Vamos conhecer juntos, Jackie... juntos! Será maravilhoso.

– Será tão maravilhoso para você quanto será para mim? Você realmente se importa tanto quanto eu?

A voz dela tornou-se subitamente dura. Seus olhos arregalaram-se, quase com medo.

A resposta do rapaz veio logo em seguida, com aspereza:

– Não diga bobagem, Jackie.

– Não sei... – repetiu ela. Depois, encolheu os ombros e disse: – Vamos dançar.

Hercule Poirot murmurou:

– *Une qui aime et un qui se laisse aimer.** Também não sei.

VII

Joanna Southwood disse:

– E se ele for um sujeito terrível?

– Oh, não creio – disse Linnet, sacudindo a cabeça. – Confio no gosto de Jacqueline.

– Ah, mas em matéria de amor existe muito contrassenso – murmurou Joanna.

Linnet abanou a cabeça com impaciência e mudou de assunto.

– Preciso falar com o sr. Pierce a respeito daqueles planos.

– Planos?

– Sim, algumas casas em péssimas condições sanitárias. Pretendo demoli-las e realocar os moradores.

– Uma atitude bastante higiênica e humanitária de sua parte, querida!

---

* "Uma que ama e um que se deixa amar." (N.T.)

– Tinha que ser assim de qualquer maneira. Essas casas invadiriam a privacidade de minha nova piscina.

– Os moradores estão satisfeitos com a ideia?

– A maioria sim. Um ou dois estão fazendo mais objeções, estão dando trabalho. Eles parecem não compreender que suas condições de vida melhorarão!

– Mas você foi irredutível, suponho.

– Minha querida Joanna, é o melhor para eles, de verdade.

– Sim, querida, tenho certeza de que sim. Um benefício compulsório.

Linnet franziu a testa. Joanna riu.

– Vamos, admita que você *é* uma tirana. Uma tirana solidária, por assim dizer.

– Não sou nem um pouco tirana.

– Mas gosta que as coisas sejam do seu jeito!

– Nem sempre.

– Linnet Ridgeway, pode me olhar nos olhos e dizer *alguma vez* em que você não fez exatamente o que queria?

– Inúmeras vezes.

– Ah, sim, "inúmeras vezes". Mas nenhum exemplo concreto. E você não consegue pensar em nenhum caso, por mais que tente. O triunfante progresso de Linnet Ridgeway em sua carruagem dourada.

– Acha que sou egoísta? – perguntou Linnet, sem rodeios.

– Não, apenas irresistível. Efeito da combinação "dinheiro-encanto". Todos se curvam perante você. O que não consegue comprar com dinheiro, você compra com um sorriso. Resultado: Linnet Ridgeway, a moça que tem tudo.

– Não seja ridícula, Joanna!

– Ora, você não tem tudo?

– Creio que sim... Mas dito assim, parece repulsivo.

— Claro que é repulsivo, querida. Você provavelmente se sentirá entediada com o tempo. Enquanto isso, aproveite o progresso triunfante na carruagem dourada. Só me pergunto o que acontecerá quando você quiser passar por uma rua onde houver uma placa informando "Trânsito impedido".

— Não seja tola, Joanna.

Quando lorde Windlesham se juntou a elas, Linnet lhe disse:

— Joanna está me dizendo as coisas mais desagradáveis.

— Tudo despeito, querida, despeito – disse Joanna em tom vago, levantando-se.

Não se desculpou por deixá-los. Percebera o brilho no olhar de Windlesham.

Ele ficou em silêncio por um ou dois minutos. Em seguida, foi direto ao assunto:

— Já se decidiu, Linnet?

Linnet respondeu lentamente:

— Estou sendo cruel? Suponho que deva dizer "não"...

Ele a interrompeu:

— Não diga isso. Você tem tempo para decidir, todo o tempo do mundo. Mas acho que seríamos felizes juntos.

— Estou me divertindo muito com tudo isso – disse Linnet, com um tom tímido, quase infantil. – Eu queria transformar Wode Hall em minha casa dos sonhos, e acho que está ficando bonita, não?

— Linda. Bem planejada. Tudo perfeito. Você é muito inteligente, Linnet. – Ele fez uma breve pausa e continuou: – E você gosta de Charltonbury, não? É claro que precisa de uma modernização. Mas você é tão talentosa para isso. Você gosta.

— Sim, Charltonbury é uma maravilha.

Ela falava com um entusiasmo espontâneo, mas por dentro sentiu um calafrio repentino. Uma nota estranha havia soado, perturbando sua completa satisfação com a vida. Não analisou o sentimento no momento, mas depois, quando Windlesham foi embora, procurou sondar os recônditos de sua mente.

Charltonbury: sim, havia sido isso. Desagradara-lhe a menção de Charltonbury. Mas por quê? Charltonbury era uma mansão relativamente famosa. Os ancestrais de Windlesham tinham aquela casa desde os tempos elisabetanos. A posição de senhora de Charltonbury era insuperável na sociedade. Windlesham era um dos melhores partidos da Inglaterra.

Evidentemente, não podia levar Wode a sério. O lugar não podia ser comparado com Charltonbury.

Ah, mas Wode era *dela*! Ela que escolheu, comprou e reformou, investindo dinheiro ali. Era sua propriedade, seu reino.

De certa forma, não contaria muito se ela se casasse com Windlesham. Que utilidade teriam duas casas de campo? E das duas, é claro que descartariam Wode Hall.

Ela, Linnet Ridgeway, não existiria mais. Seria a condessa de Windlesham, levando um bom dote a Charltonbury e seu dono. Já não seria rainha, mas consorte do rei.

"Estou sendo ridícula", pensou Linnet.

Mas era curioso como ela odiava a ideia de abandonar Wode...

E não havia outra coisa perturbando-a?

A voz de Jackie, com aquela entonação indistinta: "Eu *morro* se não me casar com ele. Morro mesmo, de verdade...".

Tão certa, tão sincera. Será que ela, Linnet, sentia o mesmo por Windlesham? É claro que não. Talvez não fosse capaz de sentir isso por ninguém. Devia ser maravilhoso aquele sentimento...

O som de um carro chegou pela janela aberta.

Linnet levantou-se, com impaciência. Devia ser Jackie e o rapaz. Precisava recebê-los.

Estava na porta de entrada quando Jacqueline e Simon Doyle desceram do carro.

– Linnet! – disse Jackie, correndo em sua direção. – Este é Simon. Simon, esta é Linnet, a pessoa mais maravilhosa do mundo.

Linnet viu um rapaz alto, de ombros largos, com olhos azuis muito escuros, cabelos castanhos ondulados, queixo quadrado, um sorriso simples e cativante de criança.

Estendeu o braço. A mão que cumprimentou a sua era firme e quente. Linnet gostou do jeito como ele a olhou, com expressão ingênua e verdadeira de admiração.

Jackie dissera-lhe que a amiga era maravilhosa, e via-se que ele achava o mesmo.

Um sentimento de ternura a invadiu.

– Isso não é incrível? – disse ela. – Entre, Simon. Deixe-me receber meu novo administrador dignamente.

Ao voltar-se para mostrar o cominho, pensava:

"Estou extremamente feliz. Gostei do namorado de Jackie... Gostei muito..."

E numa pontada repentina: "Sortuda essa Jackie...".

VIII

Tim Allerton reclinou-se em sua poltrona de vime e bocejou, contemplando o mar. Em seguida, olhou de soslaio para a mãe.

A sra. Allerton era uma dama bonita, de cabelos brancos. Tinha cinquenta anos. Dando à boca uma expressão de severidade toda vez que olhava para o filho, procurava disfarçar a imensa afeição que sentia por ele. Mas não enganava ninguém, muito menos o filho.

– Você gosta mesmo de Maiorca, mãe? – perguntou ele.

– Bem, é barato – considerou a sra. Allerton.

– E frio – emendou Tim, sentindo um arrepio.

Tim era um jovem alto, magro, de cabelos negros e peito franzino. Sua boca tinha uma expressão muito doce. Os olhos eram tristes, e o queixo, pouco firme. Suas mãos, longas e delicadas.

Ameaçado pela tuberculose alguns anos antes, nunca teve um físico realmente robusto. Diziam que ele "escrevia", mas seus amigos sabiam que ele não gostava que lhe fizessem perguntas sobre suas produções literárias.

– No que você está pensando, Tim?

A sra. Allerton estava alerta. Os olhos castanhos escuros pareciam desconfiados.

– Estava pensando no Egito – Tim Allerton respondeu, sorrindo.

– Egito? – a sra. Allerton estranhou.

– Sim. Calor de verdade. Areias douradas. O Nilo. Gostaria de subir o Nilo. Você não?

– Ah, *gostaria*! – exclamou secamente. – Mas o Egito é caro, meu filho. Não é para quem precisa contar centavos.

Tim riu. Levantou-se, espreguiçou-se. De repente, pareceu mais animado. Falava com empolgação.

– As despesas ficam por minha conta. Sim, mãe. Uma pequena oscilação no mercado de ações. Com resultados bastante satisfatórios, como soube hoje de manhã.

– Hoje de manhã? – perguntou a sra. Allerton, em tom brusco. – Você recebeu apenas uma carta e...

Interrompeu-se, mordendo os lábios.

Não dava para precisar se a expressão no rosto de Tim era de alegria ou de aborrecimento. A alegria acabou ganhando.

– Era uma carta de Joanna – concluiu ele, friamente. – Que excelente detetive você seria, mãe! O famoso Hercule Poirot teria de rever suas conquistas se você estivesse no ramo.

A sra. Allerton irritou-se.

– É que acabei vendo a letra...

– E sabia que não era do corretor, certo? Pois bem. Para ser exato, recebi a comunicação dele ontem. A letra de Joanna, coitada, realmente chama a atenção: rabiscos por todo o envelope, como se tivesse passado por ali uma aranha embriagada.

– O que Joanna diz? Alguma notícia?

A sra. Allerton esforçava-se para dar à voz um tom casual e despreocupado. A amizade entre Tim e sua prima de segundo grau, Joanna Southwood, sempre a irritou. Não, como ela dizia, que houvesse alguma coisa entre eles. Tinha certeza de que não havia. Tim nunca demonstrara qualquer interesse sentimental por Joanna, nem ela por ele. A atração mútua entre os dois parecia basear-se na fofoca e no fato de terem um grande número de amigos e conhecidos em comum. Ambos gostavam de falar da vida alheia. Joanna tinha a língua solta, para não dizer ferina.

Não era o receio de ver o filho apaixonado por Joanna que fazia a sra. Allerton se retrair quando a menina estava presente ou quando chegavam cartas dela.

Era outro sentimento, difícil de definir. Talvez, sem perceber, tivesse ciúme do prazer que Tim parecia sentir na companhia da prima. Ele e a mãe eram tão companheiros que a sra. Allerton sempre ficava um pouco perturbada ao vê-lo envolvido e interessado por outra mulher. Imaginava também que sua própria presença, nessas ocasiões, podia constranger os dois jovens, pessoas de outra geração. Já aconteceu várias vezes de encontrá-los bastante entretidos numa conversa e notar que a conversa morria quando ela chegava. Os dois, então, como manda a boa educação, procuravam integrá-la ao contexto. Não havia dúvida de que a sra. Allerton não gostava de Joanna Southwood. Achava-a falsa, fingida e superficial. Precisava se esforçar para não expressar sua opinião abertamente.

Em resposta à pergunta, Tim retirou a carta do bolso e começou a ler. Era uma carta longa, observou a mãe.

– Nada de mais – disse Tim. – Os Devenishes estão se divorciando. O velho Monty foi detido por dirigir bêbado. Windlesham foi para o Canadá. Parece que ficou muito abalado com a recusa de Linnet Ridgeway. Ela se casará com aquele administrador.

– Que estranho! Ele é muito apavorante?

– Não, de forma alguma! É um dos Doyle, de Devonshire. Sem dinheiro, claro... e estava noivo de uma das melhores amigas de Linnet.

– Não acho isso certo – disse a sra. Allerton, corando.

Tim lançou-lhe um olhar rápido e afetuoso.

– Eu sei, mãe. Você não aprova a cobiça ao marido da outra e esse tipo de coisa.

– Em minha época, tínhamos nossas normas – disse a sra. Allerton. – Felizmente! Hoje em dia, os jovens acham que podem fazer o que bem entenderem.

Tim sorriu.

– Não acham somente. Eles fazem. *Vide* Linnet Ridgeway!

– Bem, a meu ver, é um horror.

Os olhos de Tim brilharam.

– Anime-se, sua senhora obstinada! Talvez eu concorde com você. De qualquer maneira, *eu* não me apropriei da esposa ou noiva de ninguém ainda.

– Tenho certeza de que você jamais faria isso – disse a sra. Allerton, que acrescentou com orgulho –, teve uma boa educação.

– Então o crédito é seu, não meu.

Sorriu de modo provocativo, dobrando a carta e guardando-a. Um pensamento passou pela cabeça da sra. Allerton: "Ele me mostra a maioria das correspondências, mas só lê trechos das cartas de Joanna".

Afastou esse pensamento indigno e decidiu, como sempre, agir como uma senhora bem-educada.

– Joanna está aproveitando a vida? – perguntou.

– Mais ou menos. Está pensando em abrir uma delicatessen em Mayfair.

– Ela sempre afirma que está com dificuldades financeiras – comentou a sra. Allerton com uma ponta de despeito –, mas vive saindo, e suas roupas devem custar uma fortuna. Ela está sempre bem-vestida.

– Talvez ela não pague pelas roupas – sugeriu Tim.
– Não, mãe, não estou me referindo ao que sua mente aristocrática deve estar pensando. Quero dizer que talvez ela deixe de pagar as contas, no sentido literal.

A sra. Allerton suspirou.

– Não sei como as pessoas conseguem fazer isso.

– É um dom especial – disse Tim. – Quando a pessoa tem gostos extravagantes e nenhuma noção do valor do dinheiro, encontra sempre alguém que lhe dê crédito ilimitado.

– Sim, mas o sujeito acaba miserável, como o coitado sir George Wode.

– Você tem uma queda por aquele tratador de cavalos. Provavelmente porque ele a chamou de "botão de rosa" em algum baile de 1879.

– Eu nem era nascida em 1879 – retrucou a sra. Allerton, com veemência. – Sir George é um homem encantador, e não quero que você o chame de tratador de cavalos.

– Ouvi histórias curiosas sobre ele, contadas por pessoas que o conhecem.

– Você e Joanna não têm nenhum escrúpulo de falar da vida das pessoas. Qualquer assunto serve, contanto que haja maldade.

Tim ergueu as sobrancelhas.

– Mãe, você está irritada. Não sabia que o velho Wode era tão querido.

– Você não imagina como foi difícil para ele ter que vender Wode Hall. Ele adorava aquele lugar.

Tim tinha uma resposta pronta, mas conteve-se. Afinal, quem era ele para julgar? Acabou dizendo, de modo ponderado:

– Quer saber? Acho que você está certa. Linnet convidou-o para ver as reformas, e ele se recusou veementemente.

– Claro. Ela deveria ter tido o cuidado de não convidá-lo.

– E creio que ele guarda rancor em relação a ela. Resmunga coisas sempre que a vê. Não deve perdoá-la por ter oferecido um preço exagerado pela propriedade em ruínas.

– E você não acha isso compreensível? – perguntou a sra. Allerton.

– Francamente, não – disse Tim, sem se alterar. – Por que viver no passado? Por que se apegar a coisas que já não existem?

– O que podemos colocar no lugar?

Tim respondeu, encolhendo os ombros:

– Entusiasmo, talvez. Novidade. O prazer de não saber o que acontecerá. Em vez de herdar um pedaço inútil de terra, o prazer de ganhar dinheiro por conta própria, com a própria inteligência e habilidade.

– Uma transação bem-sucedida na bolsa!

– Por que não? – Tim riu.

– E o que você diria de uma *perda* na bolsa?

– Falta de tato, mãe. Uma observação inapropriada, sobretudo hoje... O que você me diz da viagem ao Egito?

– Bem...

Ele interrompeu, sorrindo.

– Combinado. Nós dois sempre quisemos conhecer o Egito.

– Que data você sugere?

– No mês que vem. Janeiro é a melhor época lá. Aproveitaremos a adorável companhia das pessoas deste hotel por mais algumas semanas.

– Tim! – exclamou a sra. Allerton em tom de reprovação. Em seguida, acrescentou, sentindo-se culpada: – Prometi à sra. Leech que você a levaria à polícia. Ela não fala espanhol.

Tim fez cara de que não entendia.

– A respeito daquele anel? O rubi vermelho de sua filha? Ainda insiste em dizer que foi roubado? Posso ir, se você quiser, mas será uma perda de tempo. Só servirá para colocar em apuros uma pobre criada. Vi claramente o anel em seu dedo quando ela foi ao mar aquele dia. Deve ter caído na água, e ela nem percebeu.

– Ela diz que tem certeza de que o deixou em cima da penteadeira.

– Pois não deixou. Eu vi com meus próprios olhos. Essa mulher é uma idiota. Qualquer pessoa que entra no mar em dezembro achando que a água está quentinha só porque o sol está brilhando pode ser considerada idiota. Além disso, mulheres obesas não deveriam ter permissão para se exibir de maiô. É uma cena revoltante.

A sra. Allerton murmurou:

– Creio que realmente deva parar de ir ao mar ou piscina.

Tim deu uma gargalhada.

– Você? Você está melhor que a maioria das jovens.

A sra. Allerton suspirou:

– Gostaria que houvesse mais gente jovem para você aqui.

Tim Allerton sacudiu a cabeça, enfaticamente.

– Eu não. Eu e você nos damos bastante bem, sem distrações externas.

– Mas você gostaria que Joanna estivesse aqui.

– Não gostaria, não – declarou com inesperada firmeza. – Você está equivocada nesse ponto. Joanna me diverte, mas não gosto muito dela. Sua presença me irrita. Ainda bem que não está aqui. Ficaria até bastante satisfeito se nunca mais a visse na vida. – Acrescentou, baixinho: – Só existe uma mulher no mundo por quem sinto verdadeiro respeito e admiração e creio, sra. Allerton, que você sabe muito bem quem é essa mulher.

Sua mãe ficou vermelha e parecia um pouco confusa.

Tim concluiu, em tom grave:

– Não existem muitas mulheres realmente legais no mundo. Mas você é uma delas.

IX

Em um apartamento com vista para o Central Park, em Nova York, a sra. Robson exclamou:

– Mas que beleza! Você é realmente uma menina de sorte, Cornelia.

Cornelia Robson corou. Era uma moça alta, meio desajeitada, bonita, com olhos castanhos, que lembravam os olhos de um cão.

– Ah, será maravilhoso! – suspirou ela.

A velha srta. Van Schuyler inclinou a cabeça, satisfeita com a atitude correta das parentes pobres.

– Sempre sonhei com uma viagem à Europa – disse Cornelia –, mas nunca achei que fosse realizar meu sonho.

– A srta. Bowers vai comigo, evidentemente, como sempre – disse a srta. Van Schuyler –, mas como companheira de viagem ela é muito limitada... muito mesmo. Cornelia poderá me ajudar com várias coisinhas.

– Será um prazer, prima Marie – disse Cornelia prontamente.

– Então está combinado – falou a srta. Van Schuyler. – Vá procurar a srta. Bowers, minha querida. Está na hora de minha gemada.

Cornelia retirou-se. Sua mãe disse:

– Minha querida Marie, sou-lhe *muito* grata! Você sabe que, a meu ver, Cornelia sofre muito por não ser um sucesso na sociedade. Ela fica mortificada. Se eu tivesse condições de levá-la para conhecer os lugares... mas você sabe como tem sido, desde a morte de Ned.

– Fico muito feliz de levá-la – disse a srta. Van Schuyler. – Cornelia sempre foi uma menina muito prestativa, disposta a ajudar e não tão egoísta quanto as jovens de hoje em dia.

A sra. Robson levantou-se e beijou o rosto enrugado e ligeiramente amarelado da prima rica.

– Sou-lhe realmente grata – repetiu.

Na escada, encontrou uma mulher alta, de aparência competente, trazendo um copo com um líquido amarelo espumante.

– Srta. Bowers, indo para a Europa?

– Sim, sra. Robson.

– Que viagem incrível!

– Sim, creio que será muito agradável.

– Mas você já foi para o exterior antes.

– Ah, sim, sra. Robson. Fui para Paris com a srta. Van Schuyler no outono passado. Mas nunca fui ao Egito.

A sra. Robson hesitou.

– Espero que não haja nenhum inconveniente – disse, com voz baixa.

A srta. Bowers respondeu com o tom de sempre:

– Oh, *não*, sra. Robson. Cuidarei bem *disso*. Estou sempre alerta.

Mas ainda havia uma leve preocupação na fisionomia da sra. Robson enquanto descia vagarosamente os últimos degraus da escada.

X

Em seu escritório na cidade, o sr. Andrew Pennington estava abrindo sua correspondência particular. De repente, fechou o punho e bateu com força na escrivaninha. O rosto enrubesceu, e duas veias grossas saltaram-lhe na testa. Apertou um botão na mesa, e surgiu uma estenógrafa com louvável prontidão.

– Diga ao sr. Rockford para vir aqui.

– Sim, sr. Pennington.

Alguns minutos depois, Sterndale Rockford, sócio de Pennington, entrou no escritório. Os dois eram parecidos: altos, magros, cabelos grisalhos e rostos inteligentes, com a barba feita.

– O que houve, Pennington?

Pennington levantou a vista da carta que estava lendo e disse:

– Linnet casou-se...

– *O quê?*
– Você ouviu muito bem. Linnet Ridgeway *casou-se*!
– Como? Quando? Por que não soubemos?

Pennington consultou o calendário que estava em cima de sua mesa.

– Ela não estava casada quando escreveu esta carta, mas está casada agora. Dia quatro, de manhã. Isso é hoje.

Rockford despencou numa cadeira.

– Nossa! Sem avisar, nem nada. Quem é o marido?

Pennington olhou novamente a carta.

– Doyle. Simon Doyle.

– Que tipo de sujeito é esse? Já ouviu falar dele?

– Não. Ela não diz muito... – Pennington passou os olhos pelas linhas escritas com boa caligrafia. – Tenho a impressão de que há algo dissimulado nessa história... Mas isso não vem ao caso. A questão toda é que ela se casou.

Os olhares de ambos encontraram-se. Rockford abanou a cabeça.

– O assunto requer análise.

– O que faremos?

– Eu que pergunto.

Os dois homens ficaram em silêncio. Até que Rockford perguntou:

– Tem algum plano?

– O *Normandie* sai hoje – respondeu Pennington, lentamente. – Um de nós poderia ir.

– Você é doido! Qual é sua ideia?

Pennington começou:

– Esses advogados britânicos... – e parou.

– O quê? Não está pensando em enfrentá-los, está? Você é louco!

– Não estou sugerindo que você... ou eu... que um de nós vá para a Inglaterra.

– Qual é a ideia, então?

Pennington alisou a carta em cima da mesa.

– Linnet passará a lua de mel no Egito. Deve ficar lá um mês ou mais...

– Egito?

Rockford pensou por um momento. Depois, ergueu a cabeça e encarou o sócio.

– Egito – disse –, *essa* é a sua ideia!

– Sim... um encontro fortuito. Num passeio. Linnet e o marido em clima de lua de mel. Pode ser feito.

– Linnet é astuta – disse Rockford, pouco convencido. – Muito astuta. Mas...

Pennington continuou, tranquilamente:

– Podemos conseguir.

Novamente, os olhares dos dois se cruzaram. Rockford assentiu com a cabeça.

– Está certo, meu caro.

Pennington consultou o relógio.

– Precisamos correr, seja lá qual de nós for.

– Vai você – propôs Rockford. – Sempre teve sucesso com Linnet. Tio Andrew... essa é a entrada.

Pennington ficou sério.

– Espero cumprir o plano.

– Você vai – disse o sócio. – A situação é crítica...

XI

William Carmichael disse ao rapaz franzino que abriu a porta com olhar curioso:

– Pode mandar o sr. Jim entrar, por favor.

Jim Fanthorp entrou na sala e olhou para o tio com expressão inquisidora.

– Finalmente – resmungou o velho.

– Mandou me chamar?

– Dê uma olhada nisto.

O rapaz sentou-se e puxou para perto de si a pilha de papéis. O velho o observava.

– E então?

A resposta veio em seguida:

– Parece-me suspeito.

Novamente, o sócio mais velho da Carmichael, Grant & Carmichael soltou seu grunhido costumeiro.

Jim Fanthorp releu a carta que acabara de chegar do Egito:

...Parece estranho escrever cartas de negócios num dia como este. Passamos uma semana em Mena House e fizemos uma excursão a Fayum. Depois de amanhã, vamos subir o Nilo, até Luxor e Assuã de vapor. Talvez cheguemos até Cartum. Quando fomos à Cook hoje de manhã para tratar das passagens, imagine quem foi a primeira pessoa que encontramos? Meu procurador americano, Andrew Pennington. Acho que você o conheceu há dois anos, quando ele veio à Inglaterra. Não tinha a mínima ideia de que estava no Egito, e ele também não sabia que eu estava aqui, nem que tinha me casado! Minha carta contando-lhe do casamento deve ter chegado depois que saiu de viagem. Ele subirá o Nilo na mesma excursão que a nossa. Não é muita coincidência? Muito obrigada por tudo o que você fez por mim nesse momento tão conturbado. Eu...

Quando o jovem ia virar a página, o sr. Carmichael pegou a carta de sua mão.

– É isso – disse. – O resto não importa. O que você acha?

O sobrinho refletiu por um momento e disse:

– Bem, acho que não foi coincidência...

O tio concordou com a cabeça.

– Gostaria de ir ao Egito? – perguntou.
– Acha aconselhável?
– Acho que não há tempo a perder.
– Mas por que eu?
– Use a cabeça, rapaz, use a cabeça. Linnet Ridgeway nunca o viu, nem Pennington. Se for de avião, pode chegar a tempo.
– Não gosto da ideia.
– Talvez não. Mas você precisa ir.
– É... necessário?
– Em minha opinião – disse o sr. Carmichael – é absolutamente vital.

XII

A sra. Otterbourne, ajeitando o turbante que usava enrolado na cabeça, disse com impaciência:
– Realmente não entendo por que não vamos para o Egito. Estou cansada de Jerusalém.

Como a filha não respondeu, ela continuou:
– Você podia pelo menos responder quando falam com você.

Rosalie Otterbourne estava olhando um retrato num jornal. Abaixo estava escrito:

A sra. Simon Doyle, que antes do casamento era a conhecida e bela srta. Linnet Ridgeway. O sr. e a sra. Doyle estão de férias no Egito.

Rosalie disse:
– Você gostaria de ir para o Egito, mãe?
– Gostaria – respondeu asperamente a sra. Otterbourne. – A meu ver, fomos tratadas com muita indiferença aqui. É melhor eles nos darem um desconto, senão

farei propaganda negativa do lugar. Quando insinuei isso, eles foram muito impertinentes, muito mesmo. Falei tudo o que eu achava.

A jovem suspirou.

– Os lugares são todos iguais, mãe. Gostaria de ir embora logo.

– E hoje de manhã – continuou a sra. Otterbourne – o gerente teve a audácia de me dizer que todos os quartos foram reservados com antecedência e que teríamos de desocupar o nosso em dois dias.

– Então precisamos ir para outro lugar.

– De jeito nenhum. Estou disposta a lutar por meus direitos.

Rosalie murmurou:

– Acho melhor irmos para o Egito. Não faz diferença.

– Não é uma questão de vida ou morte – concordou a sra. Otterbourne.

Mas ela estava enganada. Na realidade, a questão era exatamente de vida ou morte.

Capítulo 2

— Aquele é Hercule Poirot, o detetive – disse a sra. Allerton.

Ela e o filho estavam sentados em cadeiras de vime vermelhas do lado de fora do Hotel Catarata, em Assuã, observando o vulto de duas pessoas que se afastavam: um homem baixinho vestido com paletó de seda branca e uma jovem alta e esbelta.

Tim Allerton endireitou-se na cadeira, prestando atenção.

— Aquele homenzinho engraçado? – perguntou incrédulo.

— Aquele homenzinho engraçado.

— Mas o que ele está fazendo aqui? – perguntou Tim.

Sua mãe riu.

— Querido, você parece tão exaltado. Por que os homens gostam tanto de crimes? Detesto romance policial e nunca leio esse tipo de livro. Mas não creio que monsieur Poirot esteja aqui por algum motivo em especial. Ele já ganhou um bom dinheiro e deve estar aproveitando a vida.

— Parece que soube escolher a menina mais bonita do lugar.

A sra. Allerton inclinou um pouco a cabeça observando as costas de Hercule Poirot e sua companhia, que se distanciavam.

A moça ao lado dele era alguns centímetros mais alta. Caminhava com elegância, nem muito rígida, nem desajeitada.

— Ela é realmente bonita — concordou a sra. Allerton, lançando um olhar de soslaio para Tim e divertindo-se ao ver o peixe morder a isca.

— Ela é mais do que isso. Pena que pareça tão mal-humorada e irritada.

— Talvez seja apenas a fisionomia, meu filho.

— Uma menina diabólica, com certeza. Mas belíssima.

O alvo desses comentários andava lentamente ao lado de Poirot. Rosalie Otterbourne girava na mão uma sombrinha fechada e sua expressão confirmava o que Tim acabara de dizer. Parecia bastante mal-humorada e aborrecida. As sobrancelhas estavam contraídas, e a linha rubra dos lábios caía nos cantos.

Os dois passaram pelo portão do hotel, viraram à esquerda e entraram na sombra do jardim público.

Hercule Poirot conversava gentilmente, com expressão de bom humor beatífico. Estava de paletó de seda branca, passado cuidadosamente, e chapéu panamá. Levava na mão um moscadeiro sofisticado, com cabo de imitação de âmbar.

— ...estou fascinado — dizia ele. — Os recifes negros de Elefantina, o sol, os barquinhos no rio. Sim, é bom estar vivo. — Fez uma pausa e acrescentou: — Não acha, mademoiselle?

Rosalie Otterbourne respondeu secamente:

— Provavelmente. Mas acho Assuã um lugar sombrio. O hotel está quase vazio, e todos têm mais de cem anos...

Parou, mordendo os lábios.

Os olhos de Hercule Poirot cintilaram.

— É verdade. Já estou com um pé na cova.

— Não estava falando do senhor — disse a menina. — Desculpe-me se fui grosseira.

– Nem um pouco. É normal querer companheiros de sua idade. Ali há pelo menos *um*.

– Aquele que fica sentado com a mãe o tempo todo? Gosto *dela*, mas ele é horrível... tão convencido!

Poirot sorriu.

– E eu? Sou convencido?

– Não. Não acho.

Evidentemente, ela não estava interessada, mas isso não perturbou Poirot, que simplesmente comentou, com plácida satisfação:

– Meu melhor amigo diz que sou muito convencido.

– Bem – disse Rosalie vagamente –, suponho que o senhor tenha motivos para tal. Infelizmente, os crimes não me interessam.

Poirot disse, com ar solene:

– Fico feliz de saber que a senhorita não tem nenhum segredo a ocultar.

Por um instante, a fisionomia carrancuda do rosto da menina transformou-se, quando lançou um olhar curioso para ele. Poirot continuou, sem parecer notar coisa alguma.

– Madame, sua mãe não estava no almoço hoje. Espero que não esteja indisposta.

– Ela não gosta deste lugar – explicou Rosalie, sem dizer muito. – Ficarei feliz quando formos embora.

– Somos companheiros de viagem, não? Nós dois faremos a excursão até Wadi Halfa e a Segunda Catarata.

– Sim.

Saíram da sombra do jardim para um poeirento trecho de estrada margeado pelo rio. Cinco vendedores de colares, dois de cartões postais, três de escaravelhos de gesso, dois meninos e algumas outras pessoas da região, todas com algum interesse, aproximaram-se deles.

– Quer contas, senhor? Muito bonitas, senhor. Muito baratas...

– Moça, quer um escaravelho? Olhe... grande rainha... muita sorte.

– Olhe, senhor... lazulita de verdade. Muito bonita, muito barata...

– Quer passeio de burro, senhor? Burro muito bom. Burro Whiskey e Soda, senhor...

– Quer ir às pedreiras de granito, senhor? Burro muito bom. Outro burro muito ruim, senhor. Outro burro cai...

– Quer cartão postal... muito barato... muito bonito...

– Olhe, moça... só dez piastras... muito barato... lazulita... esse, marfim...

– Este, muito bom mata-moscas... de âmbar...

– Vai de barco, senhor? Tenho muito bom barco, senhor...

– Volta para o hotel, moça? Este burro, primeira classe...

Hercule Poirot fazia gestos vagos para se livrar daquele enxame de pessoas. Rosalie atravessou a multidão com ar de sonâmbula.

– É melhor fingir que somos surdos e cegos – comentou.

Aquele povinho corria ao lado deles, murmurando queixosamente:

– Gorjeta? Gorjeta? Hip, hip, hurra... muito bonito, muito bom...

Os trapos de cores alegres agitavam-se de modo pitoresco, e as moscas pousavam em bandos em suas pálpebras. Alguns eram persistentes. Outros ficaram para trás, preparando o próximo ataque.

Agora, Poirot e Rosalie percorriam o corredor de lojas. A abordagem ali era suave, persuasiva...

"Quer visitar minha loja hoje, senhor?", "Quer esse crocodilo de marfim, senhor?", "Ainda não veio na minha loja, senhor? Vou lhe mostrar coisas muito bonitas".

Entraram na quinta loja, e Rosalie comprou vários rolos de filme fotográfico – a finalidade daquele passeio.

Saíram e foram até a margem do rio.

Um dos vapores do Nilo acabava de atracar. Poirot e Rosalie observavam com interesse os passageiros.

– Muita gente, não? – comentou Rosalie, virando a cabeça ao perceber a chegada de Tim Allerton. O rapaz estava um pouco ofegante, como se tivesse caminhado depressa.

Ficaram ali por alguns instantes, até que Tim quebrou o silêncio.

– Uma multidão horrenda – comentou em tom de desdém, indicando as pessoas que desembarcavam.

– Geralmente são terríveis – concordou Rosalie.

Os três tinham o ar de superioridade daqueles que já estão na posição de analisar os recém-chegados.

– Uau! – exclamou Tim, com um entusiasmo repentino. – Se não é Linnet Ridgeway!

A informação não comoveu Poirot, mas Rosalie ficou interessada. Inclinou-se para a frente, perdendo a fisionomia emburrada.

– Onde? – perguntou. – Aquela de branco?

– Sim, com o rapaz alto. Estão desembarcando agora. Deve ser o novo marido. Não me lembro seu nome agora.

– Doyle – lembrou Rosalie. – Simon Doyle. Saiu nos jornais. Ela é riquíssima, não?

– Uma das mulheres mais ricas da Inglaterra – informou Tim, animadamente.

Os três observadores ficaram em silêncio olhando os passageiros que desciam. Poirot fitou com curiosidade o alvo daqueles comentários.

— Ela é muito bonita — murmurou.

— Algumas pessoas têm tudo — disse Rosalie, num tom amargo.

Havia em seu rosto uma estranha expressão de rancor ao acompanhar a jovem descendo a passarela de desembarque.

Linnet Doyle estava arrumada como para subir ao palco, com a segurança de uma atriz famosa. Estava acostumada a ser olhada, a ser admirada, a ser o centro das atenções onde quer que fosse.

Percebeu os olhares atentos sobre ela e, ao mesmo tempo, quase que não se importava, pois tais tributos faziam parte de sua vida.

Desceu representando um papel, ainda que inconscientemente: a rica e famosa noiva em lua de mel. Voltou-se com um pequeno sorriso para o rapaz alto a seu lado, fazendo uma observação qualquer. Ele respondeu, e o som de sua voz pareceu interessar Poirot. O olhar do detetive acendeu-se e suas sobrancelhas contraíram-se.

O casal passou perto deles. Poirot ouviu Simon Doyle dizer:

— Encontraremos tempo para isso, querida. Podemos tranquilamente ficar uma ou duas semanas, se você gostar daqui.

Seu rosto estava voltado para ela, com expressão de desejo, adoração e certa humildade.

Poirot examinou-o com ar pensativo: ombros largos, rosto bronzeado, olhos azul-escuros, a simplicidade infantil do sorriso.

— Um sujeito de sorte — comentou Tim depois que eles passaram. — Imagine, encontrar uma herdeira que não tem adenoides e pés chatos!

— Eles parecem muito felizes — disse Rosalie com uma ponta de inveja na voz. Acrescentou de repente, tão baixo que Tim não conseguiu entender: — Não é justo.

Mas Poirot ouviu. Franziu a testa de perplexidade e lançou um rápido olhar em direção a Rosalie.

Tim disse:

— Preciso conseguir algumas coisas para minha mãe agora.

Ergueu o chapéu e afastou-se. Poirot e Rosalie voltaram lentamente para o hotel, dispensando algumas ofertas de burros no caminho.

— Não é justo, mademoiselle? — perguntou Poirot, gentilmente.

A menina corou, irritada.

— Não sei o que quer dizer com isso.

— Estou repetindo o que a senhorita acabou de dizer baixinho. Eu ouvi.

Rosalie Otterbourne encolheu os ombros.

— Realmente, parece um pouco demais para uma pessoa só. Dinheiro, beleza, porte e...

Fez uma pausa, e Poirot completou:

— Amor? É isso? Amor? Mas a senhorita não sabe. Talvez ela tenha se casado só pelo dinheiro que tem!

— O senhor não viu a forma como ele olhava para ela?

— Oh, sim, mademoiselle. Vi tudo o que havia para ver. Vi até algo que a senhorita não viu.

— O quê?

Poirot respondeu vagarosamente:

— Vi, mademoiselle, linhas escuras sob os olhos de uma mulher. Vi mãos apertando uma sombrinha com tanta força que as articulações dos dedos ficaram brancas...

Rosalie olhava fixo para ele.

— O que quer dizer com isso?

— Quero dizer que nem tudo que reluz é ouro. Quero dizer que, embora aquela moça seja rica, bela e amada, *alguma coisa* não está bem. E digo mais...

— Sim?

— Sei — disse Poirot, franzindo o cenho — que já ouvi essa voz antes, em algum lugar. A voz do monsieur Doyle. Só não sei onde.

Mas Rosalie não estava ouvindo. Havia parado bruscamente. Com a ponta da sombrinha desenhava rabiscos na areia. De repente, explodiu:

— Sou detestável. Uma peste abominável. Gostaria de rasgar o vestido dela e pisar naquele rosto belo, arrogante e cheio de confiança. Sou uma invejosa, mas é assim que me sinto. Ela é tão bem-sucedida e segura de si!

Hercule Poirot ficou um pouco chocado com a explosão. Sacudiu-a levemente pelo braço.

— *Tenez...* A senhorita se sentirá melhor por ter dito isso.

— Odeio essa mulher! Nunca odiei tanto alguém à primeira vista.

— Magnífico.

Rosalie olhou para Poirot sem entender. Depois, começou a rir.

— *Bien* — disse Poirot, rindo também.

Os dois voltaram calmamente para o hotel.

— Preciso encontrar minha mãe — disse Rosalie quando eles entraram no hall.

Poirot dirigiu-se para o terraço que dava para o Nilo. Havia pequenas mesas preparadas para o chá, mas ainda era cedo. Ele ficou olhando o rio por um tempo e depois saiu para passear pelo jardim.

Algumas pessoas jogavam tênis no sol quente. Poirot parou para observá-las um pouco, depois seguiu o caminho que descia a ladeira. Ali, sentada num banco em frente ao Nilo, encontrou a jovem do Chez Ma Tante. Reconheceu-a imediatamente. O rosto dela, depois daquela noite, ficou gravado em sua memória. Mas a expressão agora era bem diferente. Ela estava mais pálida, mais magra, e havia em seu rosto linhas que indicavam cansaço e sofrimento.

Poirot recuou um pouco. Ela não o havia visto, e ele conseguiu observá-la por um tempo sem que notasse sua presença. Seu pé batia impacientemente no chão. Os olhos, escuros, queimando em lenta combustão, tinham a expressão incomum de um triunfo sombrio. A jovem olhava para o Nilo, onde os barcos de velas brancas deslizavam de um lado para o outro do rio.

Um rosto, uma voz. Lembrou-se de ambos. O rosto da jovem e a voz que acabara de ouvir, a voz de um noivo recém-casado.

E enquanto estava ali, observando a jovem distraída, deu-se a próxima cena do drama.

Ouviram-se vozes lá de cima. A moça no banco levantou-se. Linnet Doyle e o marido desciam em sua direção. Linnet parecia alegre e confiante. A fisionomia tensa e a rigidez dos músculos desapareceram. Linnet estava feliz.

A jovem, de pé, deu um ou dois passos para a frente. Os outros dois pararam.

– Oi, Linnet – disse Jacqueline de Bellefort. – Você está aqui! Estamos sempre nos esbarrando. Oi, Simon, como vai?

Linnet Doyle recuara apoiando-se na rocha com uma breve exclamação. O belo rosto de Simon Doyle foi tomado pela ira. Ele avançou como se quisesse agredir a figura esguia na sua frente.

Com um rápido movimento de cabeça, ela sinalizou que percebera a presença de um estranho. Simon virou o rosto e viu Poirot. Disse, sem jeito:

– Oi, Jacqueline. Não esperávamos encontrá-la aqui.

As palavras tiveram uma entonação pouco convincente.

A jovem deu um sorriso amarelo.

– Uma surpresa! – comentou. Depois, com um pequeno aceno, seguiu caminho ladeira acima.

Poirot tomou a direção oposta, mas ainda ouviu Linnet Doyle dizer:

– Simon, pelo amor de Deus! Simon, o que podemos fazer?

Capítulo 3

O jantar havia terminado. A iluminação no terraço do Hotel Catarata era suave. A maioria dos hóspedes estava sentada em pequenas mesas.

Simon e Linnet Doyle apareceram, acompanhados por um senhor distinto, de cabelos grisalhos, rosto barbeado e perspicaz de americano. O pequeno grupo hesitou um momento à porta. Tim Allerton levantou-se de sua cadeira e dirigiu-se a eles.

– Não deve se lembrar de mim, com certeza – disse de maneira agradável para Linnet – mas sou primo de Joanna Southwood.

– Claro, que distração a minha! Tim Allerton. Este é meu marido – apresentou, com um leve tremor na voz. Seria orgulho? Inibição? – e este é meu procurador americano, o sr. Pennington.

– Gostaria de apresentar minha mãe – disse Tim.

Pouco minutos depois, estavam todos sentados juntos, no mesmo grupo – Linnet no canto, Tim e Pennington, cada um de um lado, falando com ela, disputando sua atenção. A sra. Allerton conversava com Simon Doyle.

A porta do salão foi empurrada. Uma súbita tensão invadiu a bela jovem sentada no canto entre os dois homens. Não havia por que preocupar-se. Era um homenzinho baixinho que vinha ao terraço.

A sra. Allerton disse:

– Você não é a única celebridade aqui, minha querida. Aquele homenzinho engraçado é Hercule Poirot.

Falara suavemente, mais por instinto, para quebrar uma pausa constrangedora, mas Linnet pareceu mexida com a informação.

– Hercule Poirot? Claro... Já ouvi falar dele.

Parecia imergir em pensamentos. Os dois homens a seu lado ficaram momentaneamente confusos.

Poirot caminhou até o parapeito do terraço, mas sua companhia logo foi solicitada.

– Sente-se, monsieur Poirot. Que noite linda!

Ele obedeceu.

– *Mais oui, madame,* muito linda mesmo.

Ele sorriu educadamente para a sra. Otterbourne. Que turbante ridículo, e aqueles retalhos de seda preta! A sra. Otterbourne continuou, em tom lamuriento:

– Muitas pessoas notáveis aqui, não? Com certeza os jornais publicarão alguma notícia a respeito disso em breve. Belezas da sociedade, escritoras famosas...

Parou com um sorriso de falsa modéstia.

Poirot sentiu, mais do que viu, a esquiva da moça mal-humorada à sua frente.

– Está escrevendo algum romance atualmente, madame? – perguntou.

A sra. Otterbourne sorriu de novo, com certo constrangimento.

– Tenho tido muita preguiça. Preciso realmente recomeçar. Meus leitores estão ficando impacientes. E meu editor, coitado! Pedidos em cada correspondência! Até telegrama já mandou.

Novamente, ele sentiu a moça mudar na escuridão.

– Não me importo de lhe contar, monsieur Poirot. Estou aqui, em parte, em busca da cor local. *Neve em pleno deserto*, eis o nome de meu novo livro. Forte. Sugestivo. Neve... no deserto... derretida no primeiro sopro ardente da paixão.

Rosalie levantou-se, murmurando alguma coisa, e afastou-se em direção ao jardim escuro.

– Precisamos ser fortes – continuou a sra. Otterbourne, sacudindo enfaticamente o turbante. – A dura realidade. Meus livros são sobre isso. Todos importantes. Banidos pelas bibliotecas... não importa! Eu digo a verdade. Sexo... ah! Monsieur Poirot... por que é que todo mundo tem tanto medo de sexo? O sustentáculo do universo! O senhor já leu meus livros?

– Infelizmente não, madame. A senhora há de compreender. Não leio muitos romances, meu trabalho...

A sra. Otterbourne disse com firmeza:

– Preciso lhe dar um exemplar de *Sombra da figueira*. Creio que o senhor gostará. É duro, mas *real*!

– Muita gentileza de sua parte, madame. Lerei com prazer.

A sra. Otterbourne ficou calada por um momento. Manuseava um longo colar de contas que dava duas voltas em seu pescoço. Olhou de um lado para o outro.

– Acho que vou lá em cima buscar.

– Oh, madame, não precisa se incomodar. Mais tarde...

– Não. Não é incômodo nenhum. – Levantou-se. – Gostaria de lhe mostrar...

– O que foi, mãe? – perguntou Rosalie, aparecendo de repente.

– Nada, querida. Estou indo lá em cima pegar um livro para o monsieur Poirot.

– *Sombra da figueira*? Eu pego.

– Você não sabe onde está, querida. Eu vou.

– Sei sim.

A menina atravessou rapidamente o terraço e entrou no hotel.

– Permita-me felicitá-la, madame, pela linda filha que tem – disse Poirot, curvando-se educadamente.

– Rosalie? Sim, sim... ela é bonita. Mas é muito *difícil*, monsieur Poirot. E não tem paciência com doenças. Sempre acha que sabe mais. Pensa que sabe mais a respeito de minha saúde do que eu mesma...

Poirot fez sinal para um garçom que passava.

– Gostaria de um licor, madame? *Chartreuse*? *Crème de menthe*?

A sra. Otterbourne respondeu que não com a cabeça.

– Não, não. Sou praticamente abstêmia. O senhor deve ter reparado que não bebo nada além de água. Às vezes, uma limonada. Não suporto bebidas alcoólicas.

– Então posso pedir uma limonada para a senhora?

Poirot fez o pedido: uma limonada e um *bénédictine*.

A porta do salão abriu e Rosalie apareceu com o livro.

– Aqui está – disse, com voz inexpressiva.

– O monsieur Poirot acabou de pedir uma limonada para mim – disse a mãe.

– E a mademoiselle, o que deseja?

– Nada. – Acrescentou, ao perceber a falta de gentileza: – Nada, obrigada.

Poirot pegou o volume que a sra. Otterbourne lhe entregou. Conservava a capa original, em cores alegres, onde se via, sentada numa pele de tigre, uma moça de cabelo curto e unhas rubras, em trajes de Eva. Em cima dela, uma árvore com folhas de carvalho, cheia de maçãs enormes e exageradamente coloridas.

Sombra da figueira, de Salome Otterbourne. Dentro, havia uma nota do editor, ressaltando entusiasticamente a enorme coragem e realismo daquele tratado sobre a vida amorosa de uma mulher moderna. "Destemido, original, realista" eram os adjetivos empregados.

Poirot inclinou-se e murmurou:

— Muito honrado, madame.

Ao erguer a cabeça, seus olhos se encontraram com os da filha da autora. Quase que involuntariamente, fez um pequeno movimento, perplexo e consternado com a dor que aqueles olhos revelavam.

Nesse momento, chegaram as bebidas, desfazendo o peso.

Poirot ergueu sua taça galantemente.

— *À votre santé, madame... mademoiselle.*

A sra. Otterbourne, bebericando a limonada, murmurou:

— Tão refrescante... delicioso!

O silêncio tomou conta dos três. Ficaram contemplando os recifes negros e brilhantes do Nilo. Pareciam fantásticos ao luar, como enormes monstros pré-históricos deitados com metade do corpo fora d'água. Uma brisa leve soprou repentinamente e logo desapareceu. O clima era de expectativa.

Hercule Poirot voltou a olhar o terraço e seus ocupantes. Estaria enganado ou havia o mesmo clima de expectativa ali? Era como no teatro, quando esperamos pela entrada da atriz principal.

Bem nesse momento, as portas do salão moveram-se novamente, dessa vez dando a impressão de um movimento importante. Todos pararam de falar e olharam para aquele lado.

Pela porta, apareceu uma jovem morena e esbelta, de vestido longo, vinho. Fez uma pequena pausa, atravessou o terraço com ar decidido e sentou-se numa mesa vazia. Não havia nada de ostensivo, nada fora de propósito em sua conduta, e, no entanto, dera a impressão de uma artista entrando no palco.

— Veja só – disse a sra. Otterbourne, sacudindo a cabeça com o turbante –, ela acha que é alguém, essa moça!

Poirot não falou nada. Só observava. A jovem sentara-se num lugar de onde podia encarar Linnet Doyle. Em seguida, observou Poirot, Linnet Doyle inclinou-se para a frente, disse algo e se levantou, indo sentar em outra cadeira. Estava agora de costas para a recém-chegada.

Poirot ficou pensativo.

Cinco minutos depois, a outra jovem foi se sentar no lado oposto do terraço. Fumava e sorria placidamente. Mas sempre, mesmo que sem perceber, seu olhar voltava-se para a mulher de Simon Doyle.

Depois de quinze minutos, Linnet Doyle levantou-se abruptamente e entrou no hotel. Seu marido seguiu-a sem perder tempo.

Jacqueline de Bellefort sorriu e virou a cadeira. Acendeu um cigarro e pôs-se a contemplar o Nilo. Continuava sorrindo sozinha.

Capítulo 4

— Monsieur Poirot.

Poirot levantou-se imediatamente. Continuara sentado no terraço sozinho, depois de todos irem embora. Imerso em meditação, estivera contemplando as rochas negras, lisas e brilhantes, quando a menção de seu nome o fez voltar a si.

Era uma voz educada, firme e encantadora, apesar de um pouco arrogante, talvez.

Hercule Poirot, erguendo-se rapidamente, deparou-se com os olhos exigentes de Linnet Doyle. Ela vestia uma manta de veludo roxo sobre o vestido de cetim branco, e parecia mais bela e imponente do que Poirot imaginara ser possível.

– Monsieur Hercule Poirot? – perguntou Linnet.

A frase era mais uma afirmação do que uma pergunta.

– A seu dispor, madame.

– Talvez saiba quem sou.

– Sim, madame. Ouvi falar de seu nome. Sei exatamente quem é.

Linnet assentiu com a cabeça, como se não esperasse outra resposta.

– Poderia me acompanhar à sala de jogos, monsieur Poirot? – continuou, com seu ar autocrático e sedutor. – Gostaria muito de conversar com o senhor.

– Claro que sim, madame.

Ela foi na frente. Ele a acompanhou. Quando chegaram à sala de jogos, Linnet fez sinal para que Poirot fechasse a porta. Sentou-se, em seguida, numa cadeira de uma das mesas, e Poirot sentou-se à sua frente.

Linnet foi direta, sem nenhuma hesitação.

– Ouvi falar muito do senhor, monsieur Poirot, e sei que é um homem muito inteligente. Preciso de alguém que possa me ajudar, e acredito piamente que é essa pessoa.

Poirot inclinou a cabeça.

– Muita gentileza sua, madame, mas estou de férias, e quando estou de férias, não aceito casos.

– Podemos chegar a um acordo.

Linnet não disse isso de maneira insultuosa, apenas com a confiança de uma jovem que sempre conseguiu o que queria.

– Estou sendo alvo, monsieur Poirot, de uma perseguição intolerável – continuou Linnet Doyle. – Essa perseguição tem que parar! Minha ideia era ir à polícia, mas meu marido acha que não adiantaria.

– Poderia explicar melhor? – pediu Poirot, com educação.

– Oh, sim, explicarei sim. É muito simples.

Ainda não havia nenhuma hesitação. Linnet Doyle tinha uma mentalidade bem definida, empresarial. Fez uma breve pausa apenas para poder apresentar os fatos da maneira mais concisa possível.

– Antes de conhecer meu marido, ele estava noivo da srta. de Bellefort. Ela era minha melhor amiga. Meu marido terminou o noivado com ela, pois eram totalmente incompatíveis. Lamento dizer que minha amiga ficou muito abalada. Sinto muito, mas ninguém pode impedir isso. Ela fez... bem, algumas ameaças... às quais dei pouca atenção e, devo dizer, ela não tentou cumprir. Acontece que, em vez disso, ela adotou a estratégia de nos seguir aonde quer que vamos.

Poirot franziu a testa.

– Ah, uma vingança um tanto quanto incomum.

– Muito incomum... e ridícula! Mas também bastante importuna.

Mordeu o lábio.

Poirot concordou.

– Sim, posso imaginar. A senhora, pelo que entendi, está em lua de mel.

– Sim. Aconteceu, a primeira vez, em Veneza. Ela estava lá, no Danielli's. Achei que fosse apenas coincidência. Muito constrangedor. Depois a encontramos a bordo, em Brindisi. Pensávamos que estivesse indo para a Palestina. Julgamos que ela ficaria no navio. Mas ao chegarmos ao Mena House, ela estava lá, esperando por nós.

Poirot assentiu com a cabeça.

– E agora?

– Subimos o Nilo. Eu já esperava encontrá-la a bordo. Quando não a vi, achei que tivesse desistido de ser tão... tão infantil! Mas ao chegarmos aqui, ela estava nos esperando.

Poirot observou-a com atenção por um momento. Ela ainda estava controlada, mas as articulações da mão que se agarravam à mesa estavam brancas pela força que fazia.

– E a senhora tem medo de que isso continue – disse Poirot.

– Sim – confirmou Linnet, fazendo uma pausa. – Claro que essa situação toda é absurda! Jacqueline está fazendo um papel ridículo. Admira-me que não tenha mais orgulho, mais dignidade.

Poirot fez um pequeno gesto.

– Às vezes, madame, o orgulho e a dignidade ficam em segundo plano! Existem outras emoções mais fortes.

– Sim, possivelmente – disse Linnet com impaciência. – Mas o que ela espera ganhar com isso?

— Nem sempre é uma questão de ganhar, madame.

Alguma coisa no tom de Poirot desagradou Linnet. Ela corou e replicou imediatamente:

— O senhor está certo. Os motivos não vêm ao caso. O ponto principal é que isso tem que parar.

— E o que a senhora propõe que façamos?

— Bem... naturalmente, meu marido e eu não podemos continuar sujeitos a esse incômodo. Deve haver algum tipo de medida legal que se possa tomar contra uma situação dessas.

Linnet falava com impaciência. Poirot perguntou, fitando-a:

— Ela chegou a ameaçá-la com palavras em público? Usou palavrão? Tentou agredi-la fisicamente?

— Não.

— Então, francamente, não vejo o que a senhora possa fazer. Se uma moça gosta de viajar por certos lugares, e esses lugares são os mesmos em que você e seu marido se encontram, *eh bien*, que mal há nisso? As pessoas têm direito de ir e vir. Ela não me parece estar invadindo sua privacidade. É sempre em público que acontecem esses encontros?

— Quer dizer que não há nada que eu possa fazer a respeito? — perguntou Linnet, incrédula.

Poirot respondeu, placidamente:

— Nada, a meu ver. A mademoiselle de Bellefort está em seu direito.

— Mas é uma situação de enlouquecer! É *intolerável* ter que lidar com isso.

Poirot disse secamente:

— Compreendo sua posição, madame, até porque a senhora não deve estar acostumada a lidar com circunstâncias desagradáveis.

— *Tem de* haver uma maneira de acabar com isso — murmurou Linnet, franzindo a testa.

Poirot encolheu os ombros.

– A senhora poderia ir embora, ir para outro lugar – sugeriu.

– Ela nos seguirá!

– Possivelmente.

– Que absurdo!

– Exatamente.

– De qualquer maneira, por que eu deveria fugir? Como se... como se... – fez uma pausa.

– Exatamente, madame. Como se...! Eis a questão, não?

Linnet ergueu a cabeça e encarou-o.

– O que o senhor quer dizer com isso?

Poirot mudou de entonação, inclinando-se para a frente:

– Por que se importa tanto, madame? – perguntou, em tom confidencial e curioso, sem ser invasivo.

– Por quê? Porque é enlouquecedor! Irritante. Já lhe disse por quê.

Poirot sacudiu a cabeça.

– Não tudo.

– O que o senhor quer dizer? – Linnet perguntou de novo.

Poirot encostou-se, dobrou os braços e falou de modo impessoal.

– *Écoutez*, madame. Vou lhe contar uma pequena história. Um dia, há um ou dois meses, eu estava jantando num restaurante em Londres. Na mesa do meu lado, havia duas pessoas, um rapaz e uma moça. Os dois estavam muito felizes, pareciam apaixonados. Falavam animados sobre o futuro. Não que eu escute o que não é da minha conta. Eles não se preocupavam com quem os ouvia. O rapaz estava de costas para mim, mas consegui ver o rosto da moça. Ela estava realmente apaixonada, de corpo e alma, e não era daquelas que amam levianamente. Para ela, o amor era uma questão de vida ou morte. Eles estavam noivos, pelos que pude perceber, e planejavam a lua de mel. O plano era ir ao Egito.

Poirot fez uma pausa. Linnet perguntou bruscamente:

– E então?

– Isso foi há um ou dois meses – continuou Poirot –, mas não me esqueço do rosto da jovem. Sabia que o reconheceria se o visse novamente. E lembro-me também da voz do rapaz. Creio, madame, que não será difícil adivinhar quando vi novamente aquele rosto e ouvi aquela voz. Foi aqui no Egito. O rapaz em lua de mel, sim, mas em lua de mel com outra mulher.

Linnet disse secamente:

– E daí? Já mencionei os fatos.

– Os fatos, sim.

– E...?

Poirot disse lentamente:

– A jovem do restaurante falou de uma amiga, uma amiga que, segundo ela, não a decepcionaria. Essa amiga, creio, é a senhora.

– Sim. Eu lhe contei que éramos melhores amigas.

Linnet corou.

– E ela confiava na senhora?

– Sim.

Linnet hesitou por um momento, mordendo os lábios com impaciência. Em seguida, como Poirot não parecia disposto a falar, disse:

– Claro que a situação foi muito desagradável. Mas essas coisas acontecem, monsieur Poirot.

– Ah, sim, acontecem mesmo, madame. – Fez uma pausa. – A senhora frequenta a igreja anglicana?

– Sim – respondeu Linnet, ligeiramente surpresa.

– Então já deve ter ouvido trechos da Bíblia, que são lidos em voz alta na igreja. Deve ter ouvido falar do rei Davi, do homem rico que tinha muitos rebanhos e do homem pobre que só tinha uma ovelha, e de como o homem rico tirou do homem pobre sua única ovelha. Foi algo que aconteceu, madame.

Linnet aprumou-se na cadeira, com os olhos fervendo de raiva.

– Vejo perfeitamente aonde quer chegar, monsieur Poirot! Sendo bem direta, o senhor acha que roubei o namorado de minha amiga. Do ponto de vista sentimental, que é, creio eu, o ponto de vista das pessoas de sua geração, talvez seja verdade. Mas a dura realidade é diferente. Não nego que Jackie estivesse loucamente apaixonada por Simon, mas acho que o senhor não levou em conta o fato de que talvez ele não sentisse o mesmo. Ele gostava muito dela, mas acho que mesmo antes de me conhecer, já estava começando a sentir que havia cometido um erro. Olhe para a questão de maneira bem objetiva, monsieur Poirot. Simon descobre que é a mim que ele ama, não a Jackie. O que ele deve fazer? Assumir uma nobreza heroica e casar-se com uma mulher que não ama, arruinando, dessa forma, três vidas? Pois é duvidoso que pudesse fazer Jackie feliz nessas circunstâncias. Se já estivesse casado com ela quando me conheceu, concordo que talvez seu dever fosse manter-se fiel, mesmo não estando muito convencida disso. Se uma pessoa está infeliz, a outra também sofre. Mas o noivado não é um laço indissolúvel. Se um erro foi cometido, o melhor a fazer é encarar os fatos antes que seja tarde demais. Concordo que foi muito difícil para Jackie, e sinto muito por isso, mas paciência. Aconteceu.

– Imagino.

Ela encarou-o.

– Como assim?

– Tudo muito sensato, muito lógico o que diz. Mas não explica um ponto.

– Qual?

– Sua própria atitude, madame. Poderia encarar essa perseguição de duas maneiras: ela poderia lhe causar aborrecimento, sim, ou poderia despertar sua piedade, ao ver sua amiga tão ferida que resolveu deixar todas as convenções de lado. Mas não é assim que reage. Para a senhora, essa perseguição é *intolerável*. Por quê? Só pode ser por um motivo: sentimento de culpa.

Linnet levantou-se.

– Como o senhor ousa dizer isso? Realmente, monsieur Poirot, isso já está indo longe demais.

– Ouso sim, madame. Serei bastante franco. A meu ver, embora tenha tentado iludir-se, a senhora tentou conscientemente roubar o marido de sua amiga. Em minha opinião, sentiu, desde o início, uma forte atração por ele. Mas houve um momento em que hesitou, quando se deu conta de que havia uma *escolha*: poderia desistir ou seguir em frente. Essa escolha, a meu ver, dependia da *senhora*, não do monsieur Doyle. A senhora é bonita, rica, inteligente, esperta, atraente, poderia ter se valido disso ou desistido. Tem tudo o que a vida pode oferecer, madame. A vida de sua amiga resumia-se a uma única pessoa. A senhora sabia disso, mas, apesar de hesitar, não abriu mão de seu desejo. Ao contrário, decidiu agir de acordo com o que queria, como o homem rico da Bíblia, que se apoderou da única ovelha do homem pobre.

Silêncio. Linnet controlou-se como pôde.

– Isso não tem nada a ver com o caso! – disse friamente.

– Tem sim. Estou explicando simplesmente por que as aparições inesperadas da mademoiselle de Bellefort a têm perturbado tanto. É porque, embora ela possa parecer pouco digna no que está fazendo, a senhora, intimamente, sabe que ela tem esse direito.

– Isso não é verdade.

Poirot encolheu os ombros.

– Vejo que insiste em querer se iludir.

– De forma alguma.

Poirot disse suavemente:

– Tenho a impressão, madame, de que tem tido uma vida feliz e de que sua atitude em relação aos outros tem sido sempre generosa e amável.

– Faço o possível – disse Linnet, com simplicidade, quase desânimo. A raiva e a impaciência haviam sumido de seu rosto.

– E é por isso que a ideia de ter ferido alguém a incomoda tanto, e também por estar relutante em admitir o fato. Perdoe-me se estou sendo impertinente, mas a psicologia é o fator mais importante num caso.

Linnet disse calmamente:

– Mesmo supondo que seja verdade o que o senhor diz... e, veja bem, não estou admitindo nada... o que fazer agora? Não podemos mudar o passado. Precisamos lidar com o presente como ele é.

Poirot concordou.

– A senhora raciocina com clareza. Sim, não podemos mudar o passado. Precisamos aceitar as coisas como elas são. E às vezes, madame, isso é tudo o que podemos fazer: aceitar as consequências de nossas ações.

– O senhor está dizendo que não posso fazer absolutamente nada? – perguntou Linnet, incrédula.

– A senhora precisa ter coragem. Essa é minha opinião.

– O senhor não poderia falar com Jackie... com a srta. de Bellefort? Convencê-la? – perguntou Linnet.

– Sim, poderia. Posso falar com ela, se esse é seu desejo. Mas não espere grandes resultados. Imagino que a mademoiselle de Bellefort esteja tão obcecada que nada a demoverá de seu propósito.

— Mas certamente podemos fazer *alguma coisa* para nos livrarmos dessa situação.

— Vocês poderiam, claro, voltar para a Inglaterra e estabelecerem-se em sua própria casa.

— Mesmo assim, creio que Jackie seria capaz de se hospedar na cidade para que eu a visse todas as vezes que saísse de casa.

— É verdade.

— Além disso, não acho que Simon concordará em fugir – disse Linnet, lentamente.

— Como ele está encarando tudo isso?

— Ele está furioso... simplesmente furioso.

Poirot consentiu.

Linnet disse em tom de súplica:

— O senhor falará com ela?

— Sim. Mas acho que não conseguirei mudar nada.

— Jackie é extraordinária! – exclamou Linnet, com agressividade. – Jamais sabemos o que ela fará.

— A senhora me falou há pouco de algumas ameaças que ela fez. Poderia me dizer que tipo de ameaça?

Linnet encolheu os ombros.

— Ela ameaçou... bem, ameaçou nos matar. Às vezes, Jackie demonstra seu temperamento latino.

— Compreendo – disse Poirot, em tom grave.

Linnet repetiu o pedido:

— O senhor vai agir por mim?

— Não, madame – respondeu Poirot com segurança. – Não farei isso pela senhora. Farei o possível sob o ponto de vista humanitário. Isso sim. A situação é difícil e perigosa. Farei o possível para resolver a questão, mas não estou muito confiante em minhas chances de sucesso.

— Mas o senhor não vai agir por *mim*? – perguntou Linnet Doyle.

— Não, madame – respondeu Hercule Poirot.

Capítulo 5

Hercule Poirot encontrou Jacqueline de Bellefort sentada nos rochedos próximos ao Nilo. Tivera certeza de que ela não saíra à noite e que a encontraria nas imediações do hotel.

Ela estava sentada com o queixo apoiado na palma das mãos e não se virou ao ouvir alguém se aproximar.

– Mademoiselle de Bellefort? – falou Poirot. – Podemos conversar um pouco?

Jacqueline virou um pouco a cabeça, sorrindo timidamente.

– Claro – respondeu. – O senhor é o monsieur Hercule Poirot, suponho. Posso adivinhar? Veio conversar comigo em nome da sra. Doyle, que lhe prometeu uma grande quantia em dinheiro se o senhor for bem-sucedido em sua missão.

Poirot sentou-se no banco a seu lado.

– Sua suposição é, em parte, verdadeira – disse, sorrindo. – Acabei de conversar com a madame Doyle, mas não recebi nenhum dinheiro dela, e, a rigor, não estou aqui em seu nome.

– Ah! – fez Jacqueline, analisando atentamente seu interlocutor. – Então, por que o senhor veio? – perguntou abruptamente.

Hercule Poirot respondeu com outra pergunta:

– Já tinha me visto antes, mademoiselle?

– Não, acho que não.

– Pois eu já a conhecia. Sentei ao seu lado no Chez Ma Tante. Estava lá com o monsieur Simon Doyle.

A fisionomia da moça assumiu um aspecto inexpressivo.

– Lembro-me daquela noite...

– Desde então – continuou Poirot – muitas coisas aconteceram.

– Tem razão. Muitas coisas aconteceram.

A voz dela era dura, com um tom de amargura e desespero.

– Mademoiselle, falo como amigo. Enterre seus mortos!

Ela ficou surpresa.

– Como assim?

– Esqueça-se do passado! Volte-se para o futuro! O que passou, já passou. A amargura não mudará nada.

– Tenho certeza de que conviria perfeitamente a Linnet.

– Não estou pensando nela neste momento! – garantiu Poirot. – Estou pensando na *senhorita*. Já sofreu muito, é verdade, mas o que está fazendo agora só prolonga o sofrimento.

Ela discordou com a cabeça.

– O senhor está equivocado. Às vezes, sinto até prazer.

– E isso, mademoiselle, é o pior de tudo.

– O senhor não é tolo – disse ela, acrescentando lentamente –, apenas quer ser gentil.

– Vá para casa, mademoiselle. A senhorita é jovem, inteligente. Tem a vida inteira pela frente.

Jacqueline discordava.

– O senhor não compreende, ou não quer compreender. Simon é minha vida.

– O amor não é tudo, mademoiselle – disse Poirot, suavemente. – Só na juventude é que temos essa ilusão.

Mas a jovem ainda discordava.

– O senhor não compreende – disse, lançando-lhe um rápido olhar. – O senhor deve saber tudo a respeito, conversou com Linnet e estava no restaurante aquela noite... Simon e eu nos amávamos.

– Sei que a senhorita o amava.

Ela foi rápida em perceber a inflexão das palavras dele e repetiu enfaticamente:

– *Nós nos amávamos*. E eu amava Linnet... Confiava nela. Ela era minha melhor amiga. Linnet sempre comprou o que queria, nunca se privou de nada. Quando viu Simon, desejou-o e simplesmente apropriou-se dele.

– E ele consentiu em ser comprado?

Jacqueline sacudiu a cabeça lentamente.

– Não, não é bem assim. Se fosse, eu não estaria aqui agora... O senhor está insinuando que Simon não merece ser amado... Se tivesse casado por dinheiro, seria verdade. Mas não se casou pelo dinheiro. O caso é mais complexo do que parece. Existe algo chamado *deslumbramento*, monsieur Poirot. E o dinheiro ajuda nisso. Linnet tinha um "ambiente". Era a rainha de um reino, a jovem princesa, cheia de luxo. Como numa peça de teatro. Tinha o mundo a seus pés, um dos homens mais ricos e cobiçados da Inglaterra queria se casar com ela. E ela decide voltar-se para o obscuro Simon Doyle... Admira-se de que isso tenha lhe subido à cabeça? – fez um gesto repentino. – Veja a lua lá em cima. Vemos perfeitamente, não? É muito real. Mas se o sol estivesse brilhando, não veríamos lua nenhuma. Foi exatamente assim. Eu era a lua, quando o sol saiu, Simon não conseguiu mais me ver, ficou ofuscado. Não conseguia ver mais nada além do sol, Linnet.

Fez uma pausa e continuou:

– Ou seja, foi deslumbramento. Ele ficou deslumbrado. Além disso, existe a questão da total segurança dela, seu hábito de mandar. Ela é tão segura de si que consegue convencer os outros. Simon foi fraco, talvez, mas ele é uma pessoa muito simples. Ele teria me amado, e somente a mim, se Linnet não tivesse aparecido e o arrebatado em sua carruagem dourada. Eu sei, sei perfeitamente, que ele jamais teria se apaixonado se ela não tivesse feito todo esse jogo.

– É a sua opinião. Respeito.

– Eu *sei*. Ele me amava. Sempre me amará.

– Mesmo agora? – perguntou Poirot.

Uma resposta rápida lhe veio aos lábios, mas ela a conteve. Olhou para Poirot, com o rosto enrubescido. Virou o rosto, baixou a cabeça e disse em voz baixa:

– Sim, eu sei. Ele me odeia agora. Sim, me odeia... Ele que se cuide!

Com um gesto rápido, remexeu na bolsa de seda que estava no banco. Em seguida, estendeu a mão, revelando um pequeno revólver com coronha de madrepérola – parecia de brinquedo.

– Bonitinho, não? – disse ela. – Nem parece verdadeiro, mas é! Uma destas balas pode matar um homem ou uma mulher. E sou boa atiradora – sorriu, distante. – Na infância, quando fui para a Carolina do Sul com minha mãe, meu avô me ensinou a atirar. Ele era do tipo que acreditava em resolver os problemas à bala, principalmente quando a honra estava em jogo. Meu pai também, travou vários duelos na juventude. Era um bom espadachim. Chegou a matar um homem uma vez, por certa mulher. Vê, portanto, monsieur Poirot, tive a quem puxar. Comprei este revólver quando tudo aquilo aconteceu. Queria matar um dos dois, só não sabia quem. Matar os dois teria sido insatisfatório. Se eu achasse que Linnet teria medo... mas ela é corajosa. É capaz de se defender. Então decidi esperar. A ideia me seduzia cada vez mais. Afinal, eu poderia realizar meu propósito a qualquer momento. Seria mais divertido esperar. Até que veio a ideia em minha mente: segui-los! Aonde quer que fossem, juntos e felizes, haveriam de *me* encontrar! E funcionou. Linnet ficou bastante abalada. Nada a teria abalado tanto. Ficou profundamente irritada... Foi aí que comecei a me divertir... E ela não pode fazer nada. Sou sempre amável e educada. E isso está estragando tudo para eles – disse, soltando uma risada sonora.

Poirot segurou-a pelo braço.

– Silêncio. Fique quieta.

Jacqueline olhou para ele:

– Pois não? – disse, com um sorriso desafiador.

– Mademoiselle, eu lhe imploro, não faça isso.

– O senhor quer que eu deixe Linnet em paz.

– É algo mais profundo do que isso. Não abra seu coração ao mal.

Boquiaberta, uma expressão de perplexidade surgiu em seu olhar.

Poirot continuou, em tom grave:

– Porque se abrir, o mal entrará... Sim, o mal certamente entrará... Entrará e fará morada dentro da senhorita. Depois de um tempo, já não será possível expulsá-lo.

Jacqueline encarava-o, com um olhar vacilante.

– Não sei – disse, até concluir –, o senhor não pode me impedir.

– Não – concordou Hercule Poirot –, não posso impedi-la – disse com tristeza.

– Mesmo que quisesse matá-la, o senhor não poderia me impedir.

– Não... não se a senhorita estivesse disposta a pagar o preço.

Jacqueline de Bellefort riu.

– Oh, não tenho medo da morte! Afinal, que motivo tenho para viver? O senhor deve achar errado matar uma pessoa que nos machucou, mesmo que ela tenha nos tirado tudo o que tínhamos no mundo.

Poirot disse com firmeza:

— Sim, mademoiselle. Matar, a meu ver, é um crime imperdoável.

Jacqueline riu novamente.

— Então deve aprovar meu plano atual de vingança. Porque enquanto ele estiver dando certo, não usarei o revólver... Mas tenho medo... sim, tenho medo às vezes... vejo tudo vermelho... quero feri-la... esfaqueá-la, gostaria de encostar meu revólver em sua cabeça e então... é só apertar o gatilho... *Oh!*

A exclamação assustou Poirot.

— O que foi, mademoiselle?

Ela virou-se, olhando para a sombra.

— Alguém... ali de pé. Agora já foi embora.

Hercule Poirot olhou em volta.

O lugar parecia deserto.

— Parece-me que não há ninguém aqui além de nós dois, mademoiselle. — Levantou-se. — De qualquer maneira, já disse tudo o que tinha a dizer. Desejo-lhe uma boa noite.

Jacqueline levantou-se também. Perguntou, quase em tom de súplica:

— O senhor compreende que eu não posso fazer o que me pede?

Poirot negou com um gesto de cabeça.

— Não. Porque a senhorita poderia esquecer, sim. Há sempre um momento! Sua amiga, Linnet, também poderia ter parado... mas ela não aproveitou o momento. E quando uma pessoa faz isso, fica presa e não tem uma segunda chance.

— Não tem uma segunda chance... — repetiu Jacqueline de Bellefort, taciturna. Depois, ergueu a cabeça, em atitude de desafio. — Boa noite, monsieur Poirot.

Ele sacudiu a cabeça tristemente e acompanhou-a até o hotel.

Capítulo 6

Na manhã seguinte, Simon Doyle juntou-se a Hercule Poirot quando saía do hotel para dar um passeio na cidade.

– Bom dia, monsieur Poirot.

– Bom dia, monsieur Doyle.

– Está indo para a cidade? Importa-se que o acompanhe?

– Claro que não. Será um prazer.

Os dois caminhavam lado a lado. Passaram pelo portão e ganharam a sombra das árvores. Simon tirou o cachimbo da boca e disse:

– Soube que minha esposa conversou com o senhor ontem à noite, não?

– Sim.

Simon Doyle franziu a testa. Era o tipo de homem de ação, com dificuldade de externar os pensamentos em palavras e expressar-se com clareza.

– Fiquei feliz com uma coisa – disse. – O senhor conseguiu convencê-la de que não podemos fazer nada.

– Realmente, não existe nada que se possa fazer do ponto de vista legal – confirmou Poirot.

– Exato. Linnet não entendia isso. – Simon sorriu timidamente. – Linnet foi criada acreditando que qualquer perturbação pode ser automaticamente solucionada pela polícia.

– Quem dera – disse Poirot.

Houve uma pausa. Até que Simon disse bruscamente, ficando com o rosto vermelho:

— É o cúmulo ela ser perseguida dessa maneira! Linnet não fez nada! Se alguém afirmar que me portei como um miserável, tudo bem, deve ser verdade. Mas não admito que Linnet seja responsabilizada. Ela não tem nada a ver com isso.

Poirot inclinou a cabeça, mas não fez nenhum comentário.

— O senhor... chegou a falar com Jackie? Com a srta. de Bellefort?

— Sim, conversei.

— Conseguiu convencê-la a parar?

— Receio que não.

Simon perdeu a paciência:

— Será que ela não vê que está fazendo um papel ridículo? Não percebe que nenhuma mulher decente agiria dessa maneira? Será que ela não tem um pouco de orgulho, de dignidade?

Poirot encolheu os ombros.

— Ela tem apenas a sensação... como dizer?... de que foi lesada – explicou Poirot.

— Sim, mas, pelo amor de Deus, moças decentes não agem assim. Admito que errei. Não a tratei direito. Entendo que ela esteja zangada comigo e que nunca mais queira me ver. Mas essa perseguição... é um *absurdo*! Fica se exibindo! O que ela espera ganhar com isso?

— Quer se vingar, talvez.

— Tolice! Compreenderia melhor se ela agisse de maneira melodramática... se me desse um tiro, por exemplo.

— Acha isso mais de seu feitio?

— Para ser franco, sim. Ela é impulsiva e tem um temperamento terrível. Não me surpreenderia que cometesse uma loucura num surto de fúria. Mas essa história de espionagem... – sacudiu a cabeça.

— É mais sutil... sim. Inteligente!

Doyle fitou-o.

– O senhor não compreende. Linnet está enlouquecendo com tudo isso.

– E o senhor?

Simon olhou para ele com ar de surpresa.

– Eu? Gostaria de torcer o pescoço daquela peste.

– Não sobrou nada, então, do antigo sentimento?

– Meu caro monsieur Poirot... como explicar? É como a lua quando aparece o sol. Não vemos mais a lua. Assim que conheci Linnet, Jackie deixou de existir.

– *Tiens, c'est drôle, ça!* – murmurou Poirot.

– Como?

– Sua comparação me pareceu interessante, só isso.

Mais uma vez corando, Simon disse:

– Imagino que Jackie tenha dito que só me casei com Linnet por dinheiro, certo? É mentira! Não me casaria por dinheiro com nenhuma mulher. O que Jackie não entende é que é difícil para um homem quando... quando uma mulher gosta dele como ela gostava de mim.

– Como assim? – perguntou Poirot, encarando Simon.

– Parece calhordice dizer isso, mas Jackie gostava *demais* de mim.

– *Un qui aime et un qui se laisse aimer* – disse Poirot, baixinho.

– O quê? O que disse? O senhor há de compreender: um homem não quer que a mulher goste mais dele do que ele gosta dela. – A voz de Simon foi se tornando mais cálida. – Ninguém quer sentir que é *propriedade* de alguém. Seu corpo e sua alma passam a pertencer ao outro. É uma atitude bastante *possessiva*. "Este homem é *meu*, ele me pertence!" Esse tipo de comportamento eu não tolero. Nenhum homem tolera. Queremos fugir, nos libertar. O homem quer sentir que a mulher lhe pertence, e não o contrário.

Parou de falar e acendeu um cigarro com as mãos ligeiramente trêmulas.

Poirot perguntou:

– E é assim que o senhor se sentia em relação à mademoiselle Jacqueline?

– Hein? – Simon foi pego de surpresa. Depois, admitiu: – Sim, na verdade, sim. Ela nunca percebeu nada, evidentemente. E não é o tipo de coisa que eu poderia falar. Mas estava me sentindo realmente inquieto... até conhecer Linnet e ficar estonteado. Nunca tinha visto mulher mais linda na vida. Tudo tão maravilhoso. Todos prostrados a seus pés, e ela escolhe logo um bobo como eu.

Simon falava em tom de admiração, ingenuidade e assombro.

– Compreendo – disse Poirot, assentindo com a cabeça. – Sim, compreendo.

– Por que Jackie não encara a situação como um homem? – perguntou Simon, ressentido.

Poirot sorriu.

– Ora, monsieur Doyle, para começar, porque ela *não é* um homem.

– Não, não... o que quero dizer é levar na esportiva. Afinal, cada um tem o que merece. A culpa foi minha, admito. Mas paciência! Se o sujeito não gosta mais da namorada, é loucura se casar com ela. E agora que conheço bem Jackie e vejo a que extremos ela é capaz de chegar, sinto que escapei de uma boa.

– A que extremos ela é capaz de chegar – repetiu Poirot, pensativo. – O senhor tem alguma ideia de que extremos são esses, monsieur Doyle?

Simon fitou-o, perplexo.

– Não... O que o senhor quer dizer com isso?

— O senhor sabe que ela carrega um revólver na bolsa?

Simon franziu a testa e sacudiu a cabeça.

— Não creio que vá usá-lo agora. Poderia ter usado antes. Mas acredito que já passou desse ponto. Agora, quer apenas vingança. Quer se vingar de nós dois.

Poirot encolheu os ombros.

— Pode ser – disse, sem convicção.

— Estou preocupado é com Linnet – declarou Simon, sem necessidade.

— Já percebi – disse Poirot.

— Não tenho medo de que Jackie tenha qualquer atitude melodramática com o revólver, mas essa história de espionagem e perseguição está acabando com Linnet. Vou lhe contar o plano que fiz, e talvez o senhor possa me ajudar a aprimorá-lo. Para começar, anunciei abertamente que ficaremos aqui dez dias. Mas amanhã o navio *Karnak* parte de Shellal para Wadi Halfa. Pretendo comprar as passagens com um pseudônimo. Faremos uma excursão para Filae. A criada de Linnet pode levar as malas. Pegaremos o *Karnak* em Shellal. Quando Jackie descobrir que não voltamos, será tarde demais, já estaremos em plena viagem. Ela achará que fugimos para o Cairo. Aliás, penso até em dar uma gorjeta ao porteiro para dizer isso. Nas agências de turismo ela não vai conseguir informações, porque nossos nomes não constarão da lista de passageiros. Que tal?

— Um plano bem articulado, realmente. E se ela decidir esperá-los aqui até voltarem?

— Talvez não voltemos. Poderíamos continuar até Cartum e talvez pegar um avião até o Quênia. Ela não pode nos seguir pelo mundo todo.

— Não. Em algum momento, as dificuldades financeiras a impedirão. Pelo que soube, ela não tem muito dinheiro.

Simon olhou para Poirot com admiração.

– O senhor é muito inteligente. Não tinha pensado nisso. Jackie não tem muitos recursos.

– E mesmo assim ela conseguiu segui-los até agora.

Simon disse, sem certeza:

– Ela tem uma pequena renda, claro. Pouco menos de duzentas libras por ano, creio. Deve ter gastado tudo o que tinha para fazer o que está fazendo.

– Em algum momento, então, o dinheiro acabará, e ela ficará sem nada.

– Sim...

Simon mexeu-se, pelo desconforto que a ideia lhe causara. Poirot observava-o atentamente.

– Não – disse –, não é uma ideia muito agradável.

– Bem, não posso fazer nada! – exclamou Simon, com certa agressividade. Em seguida perguntou: – O que o senhor achou do meu plano?

– Acho que pode dar certo. Mas, evidentemente, é uma *retirada*.

Simon corou.

– O senhor quer dizer que estamos fugindo? Bem, é verdade... Mas Linnet...

Poirot assentiu com a cabeça.

– Como diz, talvez seja realmente a melhor solução. Mas lembre-se de que a mademoiselle de Bellefort é inteligente.

Simon falou sombriamente:

– Algum dia, creio que teremos de enfrentar a situação de frente. A atitude dela não é nada razoável.

– Razoável, *mon Dieu*! – exclamou Poirot.

– Não há motivo para uma mulher não se comportar como um ser racional – disse Simon com frieza.

– Muitas vezes elas se comportam – disse Poirot, secamente –, e isso é ainda mais preocupante! – fez uma pausa e continuou: – Eu também estarei no *Karnak*. Faz parte do meu itinerário.

– Ah! – Simon hesitou e depois, escolhendo as palavras, perguntou com certo constrangimento: – Não é por nossa causa, é? Não gostaria de pensar que...

Poirot negou prontamente:

– De forma alguma. Já estava tudo marcado desde antes de sair de Londres. Sempre faço meus planos com antecedência.

– Não prefere ir de um lugar para outro ao sabor do vento? Não é muito mais agradável?

– Talvez. Mas para ter sucesso na vida, cada detalhe precisa ser estudado de antemão.

Simon riu e disse:

– É assim que os assassinos mais habilidosos devem agir, creio eu.

– Sim, embora eu deva admitir que o crime mais brilhante de que tenho memória e um dos mais difíceis de resolver foi cometido no calor do momento.

Simon pediu, de um jeito meio infantil:

– O senhor poderia nos contar alguns de seus casos a bordo do *Karnak*.

– Não, não. Seria falar de trabalho.

– Sim, mas seu trabalho é muito interessante. A sra. Allerton concorda. Ela não vê a hora de poder conversar com o senhor e fazer diversas perguntas.

– A sra. Allerton? A senhora de cabelos grisalhos com o filho dedicado?

– Sim. Ela estará no *Karnak* também.

– Ela sabe que vocês...

– Certamente não – respondeu Simon, seguro. – Ninguém sabe. Parti do princípio de que é melhor não confiar em ninguém.

– Uma medida louvável, que sempre adoto. A propósito, a terceira pessoa de seu grupo, aquele homem de cabelos grisalhos...

– Pennington?

– Sim. Ele está viajando com vocês?

Simon respondeu, sério:

– Não é muito comum numa lua de mel, certo? Pennington é o procurador americano de Linnet. Encontramos com ele por acaso, no Cairo.

– *Ah, vraiment*! Posso lhe fazer uma pergunta? Sua esposa já é maior de idade?

Simon achou graça na pergunta.

– Ainda não completou 21 anos, mas não teve que pedir o consentimento de ninguém para se casar comigo. Foi uma grande surpresa para Pennington. Ele saiu de Nova York no *Carmanic* dois dias antes de chegar a carta de Linnet contando de nosso casamento. Ele não sabia de nada.

– O *Carmanic*... – murmurou Poirot.

– Ele ficou muito surpreso quando nos encontrou no Shepheard's, no Cairo.

– Foi realmente uma grande coincidência!

– Sim. Descobrimos que ele faria essa viagem pelo Nilo e decidimos nos juntar. Não podíamos fazer diferente. Além disso, acabou sendo um alívio, de certo modo. – Simon parecia constrangido novamente. – Linnet tem andado muito nervosa, esperando ver Jackie a todo momento e em todo lugar. Quando estávamos sozinhos, esse era um assunto recorrente. A companhia de Andrew Pennington é uma ajuda nesse sentido. Somos obrigados a falar de outras coisas.

– Sua esposa não se abriu com o sr. Pennington?

– Não – respondeu Simon, com um tom ligeiramente agressivo. – Esse assunto não diz respeito a ninguém.

Além disso, quando iniciamos essa viagem pelo Nilo, achamos que o caso estivesse encerrado.

Poirot abanou a cabeça.

– O caso ainda não está encerrado. Não... o fim ainda não está próximo. Tenho certeza disso.

– Devo dizer, monsieur Poirot, que o senhor não é muito animador.

Poirot lançou-lhe um olhar com uma leve irritação, pensando consigo mesmo: "Este anglo-saxão não leva nada a sério! Precisa crescer!".

Linnet Doyle e Jacqueline de Bellefort levavam o caso muito a sério. Mas, na postura de Simon, Poirot não via nada além de impaciência masculina e aborrecimento.

– Posso lhe fazer uma pergunta impertinente? A ideia de passar a lua de mel no Egito foi sua?

Simon enrubesceu.

– Não, claro que não. Aliás, por mim, teríamos ido para qualquer outro lugar, mas Linnet fazia questão. Então...

Interrompeu-se ineptamente.

– Compreendo – disse Poirot.

Compreendia que se Linnet fazia questão de algo, isso tinha que acontecer.

Poirot pensou consigo mesmo: "Ouvi três versões da mesma história: a de Linnet Doyle, a de Jacqueline de Bellefort e a de Simon Doyle. Qual delas estará mais próxima da verdade?".

Capítulo 7

Simon e Linnet Doyle partiram na excursão para Filae por volta das onze da manhã do dia seguinte. Jacqueline de Bellefort, sentada na varanda do hotel, viu os dois partindo no pitoresco barco a velas. O que não viu foi a partida do carro, cheio de malas, na frente do hotel. O carro, que levava a criada, bastante séria, virou à direita em direção a Shellal.

Hercule Poirot decidiu passar as duas horas que sobravam antes do almoço na ilha de Elefantina, bem em frente ao hotel em que estava hospedado.

Desceu até o ancoradouro e juntou-se aos dois homens que entravam em um dos barcos do hotel. Percebia-se que os dois não se conheciam. O mais jovem havia chegado de trem no dia anterior. Era um rapaz magro, alto, de cabelos negros, rosto fino e um queixo pugnaz. Vestia uma calça de flanela cinza bastante suja e um suéter de gola alta, inadequado para o clima. O outro era um sujeito de meia-idade, atarracado, que não perdeu tempo em puxar conversa com Poirot, num inglês quebrado. Sem participar da conversa, o mais novo ficou olhando de cara feia para os dois e virou-se de costas para eles, pondo-se a admirar a agilidade com que os barqueiros núbios conduziam o barco com os dedos dos pés, enquanto manipulavam as velas com as mãos.

A água estava bastante tranquila, as rochas negras passavam suavemente, e uma leve brisa soprava-lhes o rosto. Chegaram rapidamente a Elefantina. Assim que desembarcaram, Poirot e seu loquaz companheiro foram para o museu. Nesse momento, este último já havia oferecido a Poirot seu cartão de visita, onde se lia: "Signor Guido Richetti, Arqueólogo".

Para não ficar atrás, Poirot retribuiu o cumprimento e apresentou seu cartão. Terminadas as formalidades, os dois entraram juntos no museu. O italiano era uma fonte de informações eruditas. Os dois conversavam em francês.

O jovem de calça de flanela deu uma volta pelo museu, sem muito interesse, bocejando de vez em quando, e depois saiu.

Poirot e o signor Richetti o acompanharam. O italiano estava animado com as ruínas, mas Poirot, reconhecendo um guarda-sol listrado de verde nas pedras perto do rio, seguiu naquela direção.

A sra. Allerton estava sentada numa grande rocha, com um caderno de desenho ao lado e um livro no colo.

Poirot tirou educadamente o chapéu, e a sra. Allerton puxou conversa.

– Bom dia – ela disse. – Creio que é quase impossível nos livrarmos dessa criançada.

Um grupo de meninos morenos a cercava, sorridentes, de mãos estendidas e implorando por gorjeta com ar esperançoso.

– Achei que eles tivessem se cansado de mim – disse a sra. Allerton, desalentada. – Estão me observando há mais de duas horas e vão se aproximando aos poucos. Até eu gritar "*imshi*", "saiam daqui" e ameaçá-los com a sombrinha. Eles se dispersam por um tempo, mas depois voltam e ficam me olhando, com esses olhos nojentos, assim como os narizes. Acho que não gosto de criança... a não ser que esteja razoavelmente limpa e tenha noções básicas de educação.

Riu com certa resignação.

Poirot, amavelmente, tentou dispersar os meninos, mas sem resultado. Eles se afastaram, mas voltaram em seguida.

– Se pudesse ter sossego no Egito, eu gostaria mais daqui – disse a sra. Allerton. – Mas não conseguimos ficar sozinhos em lugar nenhum. Há sempre alguém pedindo dinheiro ou oferecendo burros, contas, passeios às vilas dos nativos etc.

– É um grande inconveniente, sem dúvida – concordou Poirot.

Estendeu o lenço no rochedo e sentou-se cautelosamente.

– Seu filho não está com a senhora hoje de manhã? – perguntou.

– Não. Tim precisava mandar algumas cartas antes de irmos embora. Vamos fazer a excursão à Segunda Catarata.

– Eu também.

– Que ótimo! Queria lhe dizer que estou encantada em conhecê-lo. Quando estávamos em Maiorca, conheci uma tal de sra. Leech, e ela nos contou maravilhas sobre o senhor. Ela havia perdido um anel de rubi no mar e lamentava que o senhor não estivesse lá para ajudá-la a encontrar.

– Ah, *parbleu*, mas não sou nenhuma foca!

Os dois riram.

A sra. Allerton continuou:

– Vi-o de minha janela caminhando com Simon Doyle hoje de manhã. O que o senhor acha do rapaz? Estamos bastante interessados nele.

– É mesmo?

– Sim. O senhor deve saber que o seu casamento com Linnet Ridgeway foi uma grande surpresa. Ela ia se casar com lorde Windlesham, e de repente aparece noiva desse rapaz que ninguém sabe quem é!

– A senhora a conhece bem, madame?

– Não, mas uma prima minha, Joanna Southwood, é uma de suas melhores amigas.

– Ah, sim, já vi esse nome nos jornais. – Poirot calou-se por um momento e depois continuou: – Está em evidência, a mademoiselle Joanna Southwood.

– Oh, ela sabe como se anunciar – disse a sra. Allerton, em tom crítico.

– A senhora não gosta dela, madame?

– Fui um pouco maldosa com esse comentário – disse a sra. Allerton, em tom penitente. – Sou de outro tempo. Não gosto muito dela. Mas Tim e Joanna são muito amigos.

– Compreendo – disse Poirot.

A sra. Allerton lançou-lhe um rápido olhar e mudou de assunto.

– Há poucos jovens aqui. Aquela menina bonita de cabelos castanhos... a mãe é horrível, com aquele turbante... é quase a única jovem daqui. Reparei que o senhor conversou bastante com ela. Essa menina me interessa.

– Por que, madame?

– Sinto pena dela. Como uma pessoa pode sofrer quando é jovem e sensível. Acho que está sofrendo.

– Sim, ela não está feliz, a coitadinha.

– Tim e eu a chamamos de "a menina amuada". Tentei falar com ela uma ou duas vezes, mas ela me desprezou. Creio que também fará essa viagem pelo Nilo e imagino que podermos nos aproximar, não acha?

– É possível, madame.

– Sou muito sociável, na verdade. Interesso-me bastante pelas pessoas. Tantos tipos diferentes. – Fez uma pausa e continuou: – Tim me contou que o nome dessa jovem é de Bellefort, é a moça que estava noiva de Simon Doyle. Deve ser constrangedor um encontro desses.

– É constrangedor mesmo – concordou Poirot.

– Sabe, pode parecer besteira, mas ela me assusta um pouco. Parece tão... intensa.

Poirot assentiu com a cabeça.

– A senhora não está de todo errada. Uma grande força emotiva é sempre assustadora.

– O senhor também se interessa pelas pessoas em geral, monsieur Poirot? Ou só por possíveis criminosos?

– Madame, quase ninguém escapa dessa categoria.

A sra. Allerton ficou ligeiramente alarmada.

– O senhor acha mesmo?

– Com o devido incentivo, acho sim – acrescentou Poirot.

– Que deve variar.

– Naturalmente.

A sra. Allerton hesitou, com um pequeno sorriso no rosto.

– Até eu?

– As mães, madame, são especialmente impiedosas quando os filhos estão em perigo.

– É verdade – disse, em tom grave. – O senhor tem razão.

Fez silêncio e depois acrescentou, sorrindo:

– Estou tentando imaginar motivos de crimes para cada uma das pessoas do hotel. Muito divertido isso. Simon Doyle, por exemplo.

Poirot disse, sorrindo também:

– Um crime muito simples. Um atalho para seu objetivo. Nenhuma sutileza.

– E, portanto, fácil de ser descoberto.

– Sim. Ele não seria muito esperto.

– E Linnet?

– Seria como a rainha de *Alice no País das Maravilhas*. "Cortem-lhe a cabeça".

– Claro. O direito divino da monarquia! Com um pequeno toque da vinha de Nabote. E a jovem perigosa... Jacqueline de Bellefort... *ela* seria capaz de cometer um assassinato?

Poirot hesitou um pouco.

– Sim, acho que sim – respondeu, em tom de dúvida.

– Mas o senhor não tem certeza.

– Não. Ela me intriga.

– Não acho que o sr. Pennington seja capaz de matar, o senhor acha? Ele parece tão sem vida, tão apático, sem sangue nas veias.

– Mas, possivelmente, com um poderoso instinto de autopreservação.

– Sim, é verdade. E a coitada sra. Otterbourne naquele turbante?

– Existe a vaidade.

– E isso é motivo para um assassinato? – perguntou a sra. Allerton, sem concordar.

– Os motivos, às vezes, são muito banais, madame.

– Quais são os motivos mais comuns, monsieur Poirot?

– Dinheiro, geralmente. Ou seja, lucro, com todas as ramificações possíveis. Depois vingança, seguido de amor, medo, ódio e beneficência...

– Monsieur Poirot!

– Ah, sim, madame. Conheci uma pessoa chamada, digamos, A, que foi assassinada por B só para beneficiar a C. Os crimes políticos muitas vezes são cometidos com o mesmo intuito. Alguém é considerado prejudicial à civilização e, por esse motivo, é eliminado. Esses criminosos se esquecem de que vida e morte são assuntos de Deus – disse Poirot, em tom grave.

A sra. Allerton concluiu, com tranquilidade.

– Fico feliz de ouvir o senhor dizer isso. Ainda assim, Deus escolhe seus instrumentos.

– É perigoso pensar assim, madame.

A sra. Allerton replicou, num tom mais leve.

– Depois desta conversa, monsieur Poirot, admira-me que ainda haja um ser vivo no mundo!

Levantou-se.

– Precisamos voltar. Sairemos logo depois do almoço.

Quando chegaram ao ancoradouro, encontraram o jovem de suéter acomodando-se no barco. O italiano já estava esperando. Quando o barqueiro núbio soltou a vela e eles partiram, Poirot dirigiu a palavra ao desconhecido.

– Existem coisas maravilhosas no Egito, não acha?

O jovem fumava um cachimbo relativamente malcheiroso. Tirando-o da boca, disse enfaticamente, sem faltar com a polidez:

– Elas me dão nojo.

A sra. Allerton colocou o *pince-nez* e observou-o com grande interesse,

– É mesmo? E por quê? – quis saber Poirot.

– As pirâmides, por exemplo. Grandes blocos de cantaria inútil, erguidos para satisfazer o egoísmo despótico de um rei inflado. Pense na multidão de homens que penaram e morreram construindo as pirâmides. Fico furioso de pensar no sofrimento e tortura que elas representam.

A sra. Allerton disse alegremente:

– O senhor preferiria não ter nenhuma pirâmide, Partenon, túmulo ou templo só pela satisfação de saber que as pessoas faziam três refeições por dia e morreram em seu leito.

O rapaz encarou-a com expressão de raiva.

– Acho que os seres humanos valem mais do que as pedras.

— Mas não duram tanto — observou Hercule Poirot.
— Prefiro ver um operário bem alimentado a admirar o que chamam de obra de arte. O que importa é o futuro, não o passado.

Isso foi demais para o signor Richetti, que desandou a proferir um discurso inflamado, difícil de acompanhar.

O jovem replicou dizendo a todos o que achava do sistema capitalista. Não media as palavras.

Concluída a invectiva, eles chegaram ao cais do hotel.

— Muito bem — murmurou a sra. Allerton, animada, e desembarcou.

O jovem olhou feio para ela.

No hall do hotel, Poirot encontrou Jacqueline de Bellefort, vestida com roupas de montaria. A jovem curvou-se, de modo irônico.

— Vou andar de jumento. Recomenda as vilas nativas, monsieur Poirot?

— Essa é sua excursão hoje, mademoiselle? *Eh bien*, as vilas são pitorescas, mas não gaste muito com as lembrancinhas locais.

— Que são enviadas de navios da Europa? Não, não sou assim tão ingênua.

Com um pequeno aceno de cabeça, ela saiu para a claridade do sol.

Poirot terminou de arrumar as malas, uma tarefa bastante simples, uma vez que seus pertences estavam sempre na mais perfeita ordem. Em seguida, desceu ao restaurante, onde almoçou.

Depois do almoço, o ônibus do hotel levou até a estação os hóspedes que iam à Segunda Catarata. De lá, pegariam o expresso diário, de Cairo para Shellal. Um trajeto que durava dez minutos.

Os Allerton, Poirot, o jovem com a calça suja de flanela e o italiano eram os passageiros. A sra. Otterbourne e a filha haviam feito a excursão à represa e a Filae. Tomariam o vapor em Shellal.

O trem de Cairo e Luxor estava atrasado cerca de vinte minutos, mas finalmente chegou, dando início à algazarra habitual. Carregadores nativos tiravam as malas do trem, esbarrando em outros carregadores que as colocavam.

Poirot, um tanto ofegante, por fim se viu num compartimento próprio, com sua bagagem, a dos Allerton e outra totalmente desconhecida, enquanto Tim e a mãe estavam em outro lugar com o resto das malas.

O compartimento em que Poirot se encontrava estava ocupado por uma senhora idosa, de rosto bastante enrugado, gola alta branca, do estilo que se usava no século XVIII, muitos diamantes e uma expressão de desprezo pelo resto da humanidade.

Lançou um olhar aristocrático para Poirot e escondeu-se por detrás de uma revista americana. À sua frente, estava sentada uma jovem grandalhona, meio desajeitada, com menos de trinta anos. Tinha olhos castanhos, cabelos em desalinho e ar de quem gosta de agradar. De vez em quando, a velha olhava por cima da revista e dava-lhe uma ordem qualquer.

"Cornelia, pegue as mantas." "Quando chegarmos, tome conta de minha mala. Não deixe ninguém pegá-la." "Não se esqueça de minha guilhotina."

A viagem foi curta. Em dez minutos eles chegaram ao píer onde o *Karnak* os esperava. As Otterbourne já estavam a bordo.

O *Karnak* era menor do que o *Papyrus* e o *Lotus*, vapores da Primeira Catarata, grandes demais para passar pelos canais da represa de Assuã. Os passageiros subiram a bordo e foram direto para suas acomodações. Como o navio não estava cheio, a maioria acomodou-se nas cabines do tombadilho. Toda a parte frontal desse tombadilho tinha um salão envidraçado, onde os passageiros podiam ficar para observar o rio. No convés de baixo, ficava a sala de fumantes e uma pequena sala de estar, e, no convés inferior a esse, o restaurante.

Depois de deixar a bagagem na cabine, Poirot voltou ao tombadilho para acompanhar a partida. Juntou-se a Rosalie Otterbourne, que estava debruçada na amurada.

– Vamos para Núbia. Está feliz, mademoiselle?

A jovem suspirou profundamente.

– Sim. Tenho a impressão de que estamos nos afastando de tudo, finalmente.

Fez um gesto com a mão. Havia um aspecto selvagem no lençol de água à frente deles, os enormes rochedos sem vegetação que chegavam até a margem, vestígios de casas em ruínas, abandonadas pela subida das águas. O cenário tinha um encanto melancólico, quase tenebroso.

– Afastando-nos das *pessoas* – explicou Rosalie Otterbourne.

– Exceto as pessoas de nosso grupo.

Ela encolheu os ombros. Depois disse:

– Há alguma coisa neste país que faz com que eu me sinta... má. Tudo o que está fervendo dentro de mim vem à tona. É tudo tão injusto...

– Será? Não podemos julgar pelas aparências.

Rosalie murmurou:

– Veja a mãe de algumas pessoas e compare com a minha. Para ela, não existe outro deus além do sexo, e Salome Otterbourne é sua profetisa. – Interrompeu-se. – Não deveria ter dito isso.

Poirot fez um gesto com as duas mãos.

– Por que não? Estou acostumado a ouvir muitas coisas. Se, como diz, está fervendo por dentro... como geleia ao fogo... *eh bien*, deixe que a espuma venha à superfície, para que se possa tirá-la com uma colher.

Fez um gesto como se deixasse cair algo no Nilo.

– Pronto, já foi.

– O senhor é fora de série! – elogiou Rosalie. O rosto fechado abriu-se num sorriso. Em seguida, ficou rígida novamente: – Olhe quem está aqui! A sra. Doyle e o marido! Nem imaginava que *eles* também fariam esta viagem.

Linnet havia acabado de sair de uma cabine localizada na parte central do convés. Simon vinha atrás dela. Poirot teve um leve sobressalto ao vê-la, tão radiante, tão segura de si. Uma mistura de arrogância e felicidade. Simon Doyle também, parecia outra pessoa. Sorria de orelha a orelha, feliz como um menino.

– Isso é magnífico – disse Simon, inclinando-se na amurada. – Acho que vou gostar muito desta viagem, você não, Linnet? Nem parece muito turística, parece que estamos realmente indo ao coração do Egito.

Sua esposa respondeu rapidamente:

– Tem razão. É muito mais selvagem.

Linnet passou a mão pelo braço dele. Ele a segurou carinhosamente.

– Pronto, Lin, partimos – murmurou.

O navio afastava-se do cais. Havia começado a viagem à Segunda Catarata, viagem que duraria sete dias, considerando ida e volta.

Atrás deles, ouviram uma gargalhada estridente. Linnet deu meia-volta.

Jacqueline de Bellefort estava ali, sorrindo com expressão de prazer.

– Olá, Linnet! Não esperava encontrá-la aqui. Pensei que você tivesse dito que ficaria mais dez dias em Assuã. Que surpresa!

– Você... você não... – balbuciou Linnet, forçando um sorriso convencional: – Eu... eu também não esperava encontrá-la.

– Não?

Jacqueline afastou-se para o outro lado do navio. Linnet apertou o braço do marido.

– Simon... Simon...

Toda a expressão de alegria no rosto de Doyle desaparecera. Ele estava furioso. Cerrou os punhos apesar do esforço que fazia para se controlar.

Os dois afastaram-se um pouco. Sem virar a cabeça, Poirot conseguiu ouvir algumas palavras soltas:

"...voltar... impossível... poderíamos...", e depois, um pouco mais alto, o som da voz de Doyle, desesperado, mas decidido:

– Não podemos fugir para sempre, Lin. Precisamos acabar com essa história agora.

Passaram-se algumas horas. A luz do dia estava se desvanecendo. Poirot encontrava-se no salão envidraçado, olhando para a frente. O *Karnak* atravessava um trecho estreito. Os recifes desciam com uma espécie de ferocidade até o rio que corria entre eles. Haviam chegado a Núbia.

Poirot ouviu um movimento e encontrou Linnet Doyle a seu lado, cruzando e descruzando as mãos, irreconhecível. Parecia uma criança assustada.

– Monsieur Poirot, estou com medo... – ela disse. – Medo de tudo. Nunca me senti assim antes. Todas essas rochas selvagens, terríveis, duras. Para onde estamos indo? O que acontecerá? Estou com medo, confesso. Todos me odeiam. Nunca me senti assim antes. Sempre fui gentil com as pessoas... sempre ajudei... e as pessoas me odeiam... muita gente me odeia. Com exceção de

Simon, estou cercada de inimigos... É horrível saber... que existem pessoas que nos odeiam...

– Mas por que tudo isso, madame?

Ela abanou a cabeça.

– Acho que estou nervosa. Sinto-me insegura. Tudo à minha volta parece perigoso.

Lançou um rápido olhar por sobre o ombro e depois disse bruscamente:

– Como terminará tudo isso? Estamos presos aqui. Numa armadilha! Não há saída. Temos que seguir em frente. Não sei onde estou.

Linnet deixou-se cair numa cadeira. Poirot a observava, preocupado. Seu olhar revelava compaixão.

– Como ela soube que estaríamos neste navio? – disse Linnet. – Como soube?

Poirot sacudiu a cabeça.

– Ela é inteligente – respondeu.

– Sinto que jamais escaparei dela.

Poirot disse:

– Existe uma solução. Aliás, admira-me que ainda não tenha lhe ocorrido. Afinal, dinheiro não é problema para a senhora, madame. Por que não pegou uma lancha particular?

– Se soubéssemos que isso ia acontecer... mas nós não percebemos. E era difícil... – Ela surgiu de repente – Ah! O senhor não sabe da metade de minhas dificuldades. Tenho de ter cuidado com Simon... Ele é extremamente sensível em matéria de dinheiro, de eu ter tanto! Ele queria que fosse com ele a alguma cidadezinha da Espanha... Queria pagar nossa lua de mel do próprio bolso. Como se isso *importasse*! Os homens são mesmo tolos! Ele precisa se acostumar a viver no conforto. A mera ideia de uma lancha particular o perturbou. Despesa desnecessária. Preciso educá-lo... aos poucos.

Linnet ergueu os olhou e mordeu os lábios, sentindo que havia se exposto demais.

Levantou-se.

– Preciso me trocar. Desculpe-me, monsieur Poirot. Acho que falei um monte de besteira.

Capítulo 8

A sra. Allerton, com um vestido preto elegante e discreto, desceu para o restaurante. O filho encontrou-a na porta.

– Desculpe-me, querido. Achei que estivesse atrasada.

– Onde nos sentaremos?

No salão, havia pequenas mesas. A sra. Allerton ficou parada à espera que o maître, ocupado em acomodar um grupo de pessoas, viesse atendê-los.

– A propósito – comentou –, convidei aquele homenzinho, Hercule Poirot, para sentar-se à nossa mesa.

– Mãe, você não fez isso! – exclamou Tim, surpreso e incomodado.

A sra. Allerton olhou para o filho sem entender. Tim era uma pessoa tão aberta...

– Você se importa?

– Sim, me importo. Que sujeitinho mais mal-educado!

– Ah, não, Tim! Não concordo com você.

– De qualquer maneira, para que nos envolvermos com um desconhecido? Presos num vaporzinho como este, essa situação sempre causa aborrecimento. Ele nos seguirá de manhã, de tarde e de noite.

– Sinto muito, querido – disse a sra. Allerton, compungida. – Achei que você fosse gostar. Afinal, ele tem muita experiência de vida. E você adora romances policiais.

Tim resmungou.

– Preferiria que você não tivesse essas ideias brilhantes, mãe. Agora não podemos fazer nada, imagino.
– Não mesmo, Tim.
– Melhor me conformar, então.

O maître veio nesse momento e conduziu-os a uma mesa. O rosto da sra. Allerton exibia uma expressão de perplexidade ao segui-lo. Tim costumava ser tão afável e aberto. Essa explosão de raiva não era de seu feitio. Ele não sentia a habitual aversão e desconfiança dos ingleses pelos estrangeiros. Tim era bastante cosmopolita. Paciência, pensou ela, suspirando. Os homens são mesmo incompreensíveis! Até os mais próximos e queridos têm reações e sentimentos inesperados.

Assim que se sentaram, Hercule Poirot entrou rapidamente no salão, sem fazer barulho. Parou, apoiando a mão no encosto da terceira cadeira.

– Permite realmente, madame, que eu aceite seu amável convite?

– Claro. Sente-se, monsieur Poirot.

– Muita gentileza sua.

A sra. Allerton reparou que, ao sentar-se, Poirot lançou um rápido olhar para Tim, e que Tim não conseguira esconder totalmente o mau humor.

A sra. Allerton decidiu criar um ambiente agradável. Durante a sopa, pegou a lista de passageiros que estava ao lado de seu prato.

– Vamos tentar identificar todo o grupo – sugeriu animada. – Sempre me divirto com isso.

Começou a ler:

– Sra. Allerton, sr. T. Allerton. Fácil! Srta. de Bellefort. Colocaram-na na mesma mesa das Otterbourne. Como será que ela e Rosalie estão se relacionando? Quem é o próximo? Dr. Bessner. Dr. Bessner? Quem consegue identificar o dr. Bessner?

Olhou para uma mesa onde havia quatro homens sentados juntos.

– Deve ser aquele gordinho de bigode e cabeça quase raspada. Alemão, com certeza. Parece que está gostando da sopa.

Dava para ouvir o som que ele fazia ao tomar a sopa. A sra. Allerton continuou:

– Srta. Bowers? Alguém adivinha? Há três ou quatro mulheres... Não, por enquanto vamos deixá-la de lado. Sr. e sra. Doyle. Sim, os destaques desta viagem. Ela é realmente linda, e que vestido maravilhoso está usando.

Tim virou-se na cadeira. Linnet, o marido e Andrew Pennington estavam sentados à uma mesa do canto. Linnet usava um vestido branco e um colar pérolas.

– A meu ver, parece-me bastante simples – disse Tim. – Um pedaço de pano com um cordão no centro.

– Sim, querido – disse a sra. Allerton. – Uma descrição bem masculina de um modelo de oitenta guinéus.

– Não entendo por que as mulheres gastam tanto dinheiro com roupas – disse Tim. – Parece um absurdo para mim.

A sra. Allerton deu continuidade ao estudo dos companheiros de viagem.

– O sr. Fanthorp deve ser um dos quatro naquela mesa. O rapaz quieto, que não fala nunca. Rosto simpático, cauteloso e inteligente.

Poirot concordou.

– Sim, ele é inteligente. Não fala, mas ouve atentamente e também observa. Sim, usa muito bem os olhos. Não é do tipo que estará viajando por prazer nesta parte do mundo. O que será que ele está fazendo aqui?

– Sr. Ferguson – leu a sra. Allerton. – Ferguson deve ser nosso amigo anticapitalista. Sra. Otterbourne, srta. Otterbourne. Sabemos quem são. Sr. Pennington? Conhecido como tio Andrew. Um homem bonito...

– Mãe! – ralhou Tim.

– Ora, acho-o muito bonito, apesar de um pouco insosso – comentou a sra. Allerton. – Queixo forte. Provavelmente o tipo de homem sobre o qual lemos nos jornais, que trabalha em Wall Street... ou *na* Wall Street? Garanto que é riquíssimo. Próximo: monsieur Hercule Poirot, cujos talentos estão sendo desperdiçados. Não pode arrumar um crime para o monsieur Poirot, Tim?

A provocação da sra. Allerton, embora bem--intencionada, aborreceu o filho, que a fulminou com o olhar. A sra. Allerton emendou:

– Sr. Richetti. Nosso amigo italiano, o arqueólogo. Depois, srta. Robson e, por último, srta. Van Schuyler. A última é fácil. A senhora americana feiíssima e esquiva, que não fala com ninguém, a não ser que seja de um nível muito elevado! Mas é uma figura estupenda, não? Uma espécie de antiguidade. As duas mulheres com ela devem ser a srta. Bowers e a sra. Robson, talvez uma secretária, a magra de *pince-nez*, e uma parente pobre, a jovem patética que certamente está se divertindo, apesar de ser tratada como uma escrava. Acho que Robson é a secretária e Bowers, a parente pobre.

– Errado, mãe – disse Tim, rindo. De uma hora para a outra, recuperou o bom humor.

– Como você sabe?

– Porque eu estava no salão antes do jantar e ouvi a velha dizendo para a moça: "Onde está a srta. Bowers? Vá chamá-la, Cornelia". E Cornelia foi correndo, como um cão obediente.

– Preciso conhecer a srta. Van Schuyler – disse a sra. Allerton, com ar pensativo.

Tim riu de novo.

— Ela a tratará com desdém, mãe.

— De forma alguma. Prepararei o terreno, sentando-me ao lado dela e falando em tom baixo e educado (mas penetrante) de todos os parentes e amigos nobres de que me lembrar. Creio que uma referência casual ao primo de segundo grau de seu pai, o duque de Glasgow, ajudará.

— Como você é inescrupulosa, mãe!

O que aconteceu depois do jantar não deixou de ser interessante para quem estudava a natureza humana.

O jovem socialista (que era mesmo o sr. Ferguson, conforme julgara a sra. Allerton) retirou-se para a sala de fumantes, desdenhando a presença dos passageiros que estavam no salão envidraçado do tombadilho.

A srta. Van Schuyler, como era de se esperar, assegurou para si o melhor lugar e o mais resguardado, avançando decidida para a mesa onde estava sentada a sra. Otterbourne.

— A senhora há de me desculpar, mas *acho* que deixei meu material de tricô aqui.

Diante daquele olhar hipnótico, a senhora de turbante levantou-se e saiu da mesa. A srta. Van Schuyler e sua comitiva instalaram-se ali. A sra. Otterbourne sentou-se numa mesa perto, arriscando alguns comentários recebidos com tanta frieza que ela logo desistiu. A srta. Van Schuyler ficou lá, sentada em glorioso isolamento. Os Doyle sentaram-se com os Allerton. O dr. Bessner continuou ao lado do quieto sr. Fanthorp. Jacqueline de Bellefort estava sozinha, com um livro na mão. Rosalie Otterbourne parecia inquieta. O sr. Allerton falou com a jovem uma ou duas vezes, tentando entrosá-la no grupo, mas a menina respondia de modo descortês.

Hercule Poirot passou a noite ouvindo a história da sra. Otterbourne como escritora.

No caminho para a cabine naquela noite, encontrou Jacqueline de Bellefort. Ela estava debruçada sobre a amurada. Virou a cabeça ao ouvir alguém se aproximar, e Poirot ficou assombrado com a expressão de profunda infelicidade que lhe transparecia no rosto. A despreocupação, o desafio malicioso, o triunfo sombrio haviam desaparecido.

– Boa noite, mademoiselle.

– Boa noite, monsieur Poirot – respondeu ela. Hesitou, mas perguntou: – Ficou surpreso ao me ver aqui?

– Não fiquei tão surpreso, mas com pena... muita pena...

Poirot falava de maneira grave.

– Pena... de *mim*?

– Sim. Mademoiselle, a senhorita escolheu o caminho mais perigoso. Assim como nós aqui neste navio embarcamos numa viagem, a senhorita embarcou numa jornada solitária... uma jornada num rio de águas tormentosas, navegando por entre rochas ameaçadoras, em direção a sabe-se lá que correntes de desastre...

– Por que o senhor está dizendo isso?

– Porque é verdade... A senhorita cortou as amarras que a atracavam num cais seguro. Agora, parece-me que não há mais volta.

– Tem razão... – ela concordou, falando devagar.

Depois, arremessando a cabeça para trás, disse:

– Pois bem. Precisamos seguir nossa estrela, para onde ela nos conduzir.

– Cuidado, mademoiselle, que a estrela pode ser falsa...

Ela riu e imitou a voz de papagaio dos meninos que ofereciam burros:

– Essa estrela muito ruim, senhor! Essa estrela cair...

Poirot estava quase pegando no sono quando o murmúrio de vozes o despertou. Era a voz de Simon Doyle, repetindo as mesmas palavras que disse quando o navio partiu de Shellal.

– Precisamos acabar com essa história agora...

"Sim", pensou Poirot, "precisamos acabar com essa história agora."

Poirot não estava nada satisfeito.

Capítulo 9

I

Na manhã seguinte, o navio chegou cedo a Ez-Zebua.

Cornelia Robson, com o rosto radiante e um chapéu de aba larga na cabeça, foi uma das primeiras a descer. Cornelia não sabia desprezar as pessoas. Era muito simpática e estava disposta a gostar de todos.

Não recuou ao ver Poirot, de paletó branco, camisa rosa, gravata borboleta e chapéu de caça branco, como provavelmente teria recuado a aristocrática srta. Van Schuyler. Caminhando juntos por uma avenida de esfinges, ela respondeu amavelmente à tentativa dele de puxar conversa.

— Suas companheiras não vão desembarcar para visitar o templo?

— Bem, a prima Marie, isto é, a srta. Van Schuyler, nunca se levanta cedo. Precisa ter muito cuidado com sua saúde. E, evidentemente, deve ter precisado da ajuda da srta. Bowers, a enfermeira. Além disso, ela falou que esse não é um dos templos mais interessantes. Mas foi muito gentil e permitiu que eu viesse.

— Muita gentileza mesmo — disse Poirot, secamente.

A ingênua Cornelia não percebeu a ironia.

— Ah, ela é muito amável. Realmente foi muito generosa em ter me convidado para esta viagem. Sinto-me uma menina de sorte. Mal acreditei quando ela disse para minha mãe que eu deveria vir.

– E a senhorita tem aproveitado?
– Ah, sim. Tem sido maravilhoso! Conheci a Itália... Veneza, Pádua, Pisa... e o Cairo. Só no Cairo é que a prima Marie não se sentia muito bem, e não pude sair muito. E agora esta viagem incrível para Wadi Halfa.

Poirot disse, sorrindo:

– A senhorita é muito alegre, mademoiselle.

Olhou pensativo para Rosalie, que andava sozinha e em silêncio na frente deles.

– Ela é muito bonita, não acha? – disse Cornelia, acompanhando o olhar de Poirot. – Tem um jeito meio altivo. Muito inglesa. Não é tão simpática quanto a sra. Doyle. A sra. Doyle é a mulher mais linda e elegante que já vi na vida! E o marido dela parece venerá-la, não? Acho aquela senhora de cabelos grisalhos muito distinta, não acha? É prima de um duque, parece. Estava falando sobre ele perto de nós ontem à noite. Mas acho que ela mesma não é nobre.

Cornelia foi falando até o guia fazer um sinal para todos pararem e anunciar:

– Este templo foi dedicado ao deus egípcio Amon e ao deus sol Rá, cujo símbolo é uma cabeça de gavião...

A tagarelice monótona continuou. O dr. Bessner, de Baedeker na mão, murmurava em alemão. Preferia a palavra escrita.

Tim Allerton não se reunira ao grupo. A mãe procurava quebrar o gelo com o reservado sr. Fanthorp. Andrew Pennington, de braço dado com Linnet Doyle, escutava atentamente, parecendo muito interessado nas medidas apresentadas pelo guia.

– Dezenove metros de altura? Parece um pouco menos para mim. Grande sujeito esse Ramsés. Uma energia e tanto!

– Um ótimo negociante, tio Andrew.

Andrew Pennington fitou-a com olhar de aprovação.

– Está muito bem hoje, Linnet. Tenho me preocupado com você ultimamente, andava muito abatida.

Conversando, o grupo retornou ao navio. Mais uma vez, o *Karnak* deslizou pelo rio. O cenário era menos inóspito agora. Havia palmeiras, campos cultivados.

A mudança de paisagem pareceu trazer certo alívio à opressão que se abatera sobre os passageiros. Tim Allerton havia superado o mau humor. Rosalie estava menos emburrada. Linnet parecia quase despreocupada.

Pennington lhe disse:

– É falta de tato falar de negócios para uma noiva em lua de mel, mas há uma ou duas coisas...

– Claro, tio Andrew – disse Linnet, assumindo imediatamente a postura de uma mulher de negócios. – Meu casamento requer algumas modificações, evidentemente.

– Exatamente. Quando puder, queria que assinasse alguns documentos.

– Por que não agora?

Andrew Pennington olhou em volta. Estavam quase sozinhos naquele canto do salão envidraçado. A maioria das pessoas estava do lado de fora no convés que ficava entre o salão e as cabines. Os únicos presentes no salão eram o sr. Ferguson, que bebia cerveja numa mesinha do centro, de pernas esticadas e com as mesmas calças sujas de flanela, assobiando entre um gole e outro; Hercule Poirot, sentado perto dele; e a srta. Van Schuyler, sentada num canto, lendo um livro sobre o Egito.

– Ótimo – disse Andrew Pennington, retirando-se do salão.

Linnet e Simon sorriram um para o outro – um sorriso lento que levou alguns minutos para se definir.

– Tudo bem, querida? – perguntou ele.

– Sim, por enquanto... Engraçado, mas não me sinto mais atormentada.

Simon disse com plena convicção:

– Você é maravilhosa!

Pennington voltou trazendo uma pilha de documentos.

– Meu Deus! – protestou Linnet. – Preciso assinar tudo isso?

Andrew Pennington disse, em tom escusatório:

– Sei que é chato, mas gostaria que ficasse tudo em ordem. Primeiro, o aluguel da propriedade da Quinta Avenida. Depois, a concessão daqueles terrenos... – continuou falando, organizando os papéis. Simon bocejava.

A porta do convés abriu-se, e o sr. Fanthorp entrou. Deu uma olhada geral pelo salão, dirigindo-se em seguida para onde estava Poirot, ficando ali a contemplar a água cristalina e a areia amarela...

– ...assine aqui – concluiu Pennington, estendendo uma folha para Linnet e indicando um espaço em branco.

Linnet pegou o documento e examinou-o. Voltou à primeira página, pegou a caneta-tinteiro que Pennington colocara sobre a mesa e assinou: *Linnet Doyle*...

Pennington retirou o papel e apresentou outro.

Fanthorp foi andando na direção deles, sem um propósito específico. Olhou com curiosidade pela janela lateral para algo que pareceu interessar-lhe na margem.

– É apenas a transferência – informou Pennington. – Nem precisa ler.

Mas Linnet leu rapidamente. Pennington colocou um terceiro papel diante dela. Mais uma vez, Linnet leu-o com atenção.

– Está tudo em perfeita ordem – disse Andrew. – Nada de especial. Só terminologia legal.

Simon continuava bocejando.

– Minha querida, você não vai ler tudo, vai? Daqui a pouco está na hora do almoço.

— Sempre leio tudo – disse Linnet. – Aprendi com meu pai. Ele dizia que podia haver algum erro involuntário.

Pennington deu uma gargalhada.

— Você é uma ótima mulher de negócios, Linnet.

— Muito mais cautelosa do que eu – disse Simon, rindo. – Nunca li um documento na vida. Assino onde me mandam assinar, na linha pontilhada, e pronto.

— Isso é desleixo – reprovou Linnet.

— Não tenho jeito para negócios – declarou Simon, de bom humor. – Nunca tive. O sujeito me diz para assinar, eu assino. Muito mais simples.

Andrew Pennington fitou-o, pensativo.

— Um pouco arriscado às vezes, não, Doyle? – disse secamente, acariciando o lábio superior.

— Que nada! – retrucou Simon. – Não sou dessas pessoas que acham que todo mundo quer nos passar para trás. Confio nos outros, e dá certo. Acho que nunca fui enganado.

De repente, para surpresa de todos, o silencioso sr. Fanthorp virou-se, dirigindo-se a Linnet:

— Espero não estar me intrometendo, mas gostaria de dizer o quanto admiro sua competência. Em minha profissão... sou advogado... vejo que as mulheres, infelizmente, são pouco metódicas. Jamais assinar um documento sem ler até o final é admirável. Admirável mesmo!

Curvou-se ligeiramente e depois, ainda vermelho, voltou a contemplar as margens do Nilo.

Linnet não sabia direito o que dizer.

— Obrigada...

Mordeu os lábios para conter o riso. O jovem havia sido tão solene!

Andrew Pennington parecia incomodado.

Simon Doyle não sabia se devia ficar incomodado ou achar graça.

As orelhas do sr. Fanthorp estavam bastante vermelhas.

– Próximo, por favor – disse Linnet, sorrindo para Pennington.

Mas Pennington ainda estava incomodado.

– Talvez seja melhor em outro momento – disse, de mau humor. – Como Doyle disse, se for ler tudo, ficaremos aqui até a hora do almoço. Não podemos perder a linda paisagem. De qualquer maneira, os dois primeiros documentos eram os únicos urgentes. Trataremos do resto depois.

– Que calor que está fazendo aqui! – disse Linnet. – Vamos lá para fora.

Os três saíram. Hercule Poirot virou a cabeça. Seu olhar pousou-se sobre as costas do sr. Fanthorp, mudando em seguida para o sr. Ferguson, que continuava relaxado, cabeça para trás, assobiando baixinho.

Finalmente, Poirot olhou para a empertigada srta. Van Schuyler no canto. A velha olhava furiosa para o sr. Ferguson.

A porta abriu-se, e Cornelia Robson entrou correndo.

– Você demorou – resmungou a srta. Van Schuyler. – Onde estava?

– Desculpe-me, prima Marie. A lã não estava onde a senhora me disse que estaria. Estava em outra caixa.

– Minha querida, você nunca encontra nada! É esforçada, eu sei, mas precisa ser mais rápida e esperta. Basta ter *concentração*.

– Sinto muito, prima Marie. Sou muito tola mesmo.

– Ninguém precisa ser tolo, minha querida. É só se esforçar. Convidei-a para esta viagem e espero um pouco de atenção em troca.

Cornelia corou.

– Sinto muito mesmo, prima Marie.

– E onde está a srta. Bowers? Há dez minutos que eu devia ter tomado minhas gotas. Por favor, vá procurá-la. O médico disse que é muito importante...

Nesse momento, a srta. Bowers entrou, carregando um pequeno copo com o remédio.

– Suas gotas, srta. Van Schuyler.

– Deveria ter tomado às onze da manhã – reclamou a velha. – Se há uma coisa que detesto é falta de pontualidade.

– Está certo – concordou a srta. Bowers, consultando o relógio de pulso. – Falta meio minuto para as onze.

– No meu relógio são onze e dez.

– A senhora pode confiar no meu relógio. Ele nunca atrasa, nem adianta – disse a srta. Bowers, imperturbável.

A srta. Van Schuyler tomou as gotas.

– Estou me sentindo muito pior – disse, irritada.

– Sinto muito, srta. Van Schuyler.

A srta. Bowers não parecia sentir muito. Parecia completamente desinteressada. Dera a resposta que devia dar, mecanicamente.

– Está muito quente aqui – resmungou a srta. Van Schuyler. – Arranje-me uma cadeira no convés, srta. Bowers. Cornelia, traga meu material de tricô. Tome cuidado para não deixá-lo cair. Depois, quero que enrole um pouco de lã.

A procissão saiu.

O sr. Ferguson suspirou, mudou de posição e exclamou em voz alta, para quem quisesse ouvir:

– Meu Deus, que vontade de enforcar essa velha!

Poirot perguntou, em tom interessado:

– É um tipo que lhe desagrada, não?

– Desagrada? Muito. Que bem essa velha já fez na vida? Jamais trabalhou, jamais levantou um dedo para ajudar. Vive às custas dos outros. Uma parasita, e uma parasita bem repugnante. Há muitas pessoas neste navio que não fariam falta no mundo.

– Acha mesmo?

– Sim. Aquela moça que estava aqui agora, assinando documentos de transferência e fazendo-se de importante. Centenas, milhares de trabalhadores matando-se por uma ninharia para que ela possa usar meias de seda e gozar de luxos inúteis. Disseram-me que é uma das mulheres mais ricas da Inglaterra, e nunca trabalhou na vida.

– Quem lhe disse que ela é uma das mulheres mais ricas da Inglaterra?

O sr. Ferguson encarou-o com hostilidade.

– Um homem com quem o senhor não gostaria de falar! Um homem que trabalha com as próprias mãos e não se envergonha disso. Muito diferente de seus vagabundos enfeitados e preguiçosos – disse, olhando feio para a gravata borboleta e a camisa rosa de Poirot.

– Pois eu trabalho com o cérebro e não tenho vergonha disso – retrucou Poirot, em resposta ao olhar do outro.

– Deviam ser mortos à bala – bufou o sr. Ferguson.
– Todos eles!

– Meu jovem – disse Poirot –, que paixão pela violência!

– O senhor tem alguma outra solução? Precisamos destruir antes de construir.

– Sem dúvida, é mais fácil e mais espetacular.

– Com o que *o senhor* trabalha? Aposto que não trabalha. Deve se considerar um homem comum.

– Não mesmo. Sou um homem superior – disse Hercule Poirot, com certa arrogância.

– O que o senhor faz?

– Sou detetive – informou Hercule Poirot com a mesma modéstia de quem diz "sou rei".

– Nossa! – exclamou o rapaz, perplexo. – Quer dizer que aquela menina anda com um detetive tolo para todos os lados? Tem tanto cuidado *assim*?

– Não tenho nenhuma ligação com o monsieur e a madame Doyle – declarou Poirot, secamente. – Estou de férias.

– Aproveitando, não?

– E o senhor? Não vai me dizer que também está de férias.

– Férias! – exclamou o sr. Ferguson, com desdém, acrescentando enigmaticamente: – Estou estudando as condições.

– Muito interessante – murmurou Poirot, saindo delicadamente para o tombadilho.

A srta. Van Schuyler instalara-se no melhor lugar. Cornelia estava ajoelhada à sua frente, com uma meada de lã em volta dos braços esticados. A srta. Bowers, sentada muito ereta, lia o *Saturday Evening Post*.

Poirot foi andando por ali em direção ao convés do estibordo. Ao passar pela popa, quase se chocou contra uma mulher, que o olhou assustada. Morena, provocante, do tipo latino, vestida de preto. Estivera conversando com um homem grandalhão, fardado, que devia ser um dos maquinistas. Havia uma estranha expressão no rosto de ambos, de culpa e sobressalto. Poirot ficou curioso sobre o que eles haviam conversado.

Continuou caminhando pelo bombordo. Uma porta de cabine abriu-se. A sra. Otterbourne, vestida com roupão de cetim escarlate, quase caiu em seus braços.

– Desculpe-me, meu caro sr. Poirot, desculpe-me. O balanço... o balanço das águas. Nunca consegui me equilibrar. Seria bom se o navio não balançasse...

– Agarrou o braço dele. – Não aguento esse balanço... Nunca me sinto bem a bordo... E fico aqui sozinha, horas e horas. Aquela minha filha não tem nenhuma consideração, nenhum cuidado com sua pobre mãe, que fez tudo por ela... – A sra. Otterbourne começou a chorar. – Tenho trabalhado feito escrava por ela, feito escrava. Uma *grande amourese*... é isso que eu poderia ter sido... uma *grande amourese*... sacrifiquei tudo... tudo... e ninguém se importa! Mas direi a todo mundo... direi agora mesmo... como ela me abandona... como é cruel... trouxe-me nesta viagem chatíssima... direi a todo mundo agora...

Ia sair, mas Poirot a impediu.

– Vou chamá-la, madame. Volte para sua cabine. É melhor assim...

– Não. Quero contar para todos... todos do barco...

– É muito perigoso, madame. A água está agitada. A senhora pode ser jogada para fora do navio.

A sra. Otterbourne olhou-o com ar de dúvida.

– O senhor acha?

– Sim.

Poirot conseguiu. A sra. Otterbourne vacilou, mas voltou para a cabine.

O detetive, satisfeito, foi procurar Rosalie Otterbourne, que estava sentada entre a sra. Allerton e Tim.

– Sua mãe a procura, mademoiselle.

Rosalie estava rindo, feliz da vida. Nesse momento, sua fisionomia anuviou-se. Ela olhou desconfiada para Poirot e saiu correndo.

– Não entendo essa menina – disse a sra. Allerton. – É tão instável. Num dia é simpática, no outro, nem fala.

– Totalmente mimada e mal-humorada – opinou Tim.

A sra. Allerton discordou com a cabeça.

– Não. Não acho que seja isso. Acho que é infelicidade.

Tim encolheu os ombros.

– Bom, cada um com seus problemas – disse em tom áspero.

Ouviu-se um som de gongo.

– Almoço! – exclamou a sra. Allerton, com alegria. – Estou morrendo de fome.

II

Naquela noite, Poirot reparou que a sra. Allerton conversava com a srta. Van Schuyler. Ao passar, a sra. Allerton piscou o olho para ele.

– Claro, no castelo Calfries... o querido duque... – dizia ela.

Cornelia, de folga por um tempo, estava no tombadilho ouvindo o dr. Bessner, que lhe falava sobre egiptologia, conforme aprendera nas páginas do Baedeker. Cornelia parecia encantada.

Debruçado sobre a amurada, Tim Allerton dizia:

– De qualquer maneira, é um mundo ruim...

– É injusto – disse Rosalie Otterbourne. – Algumas pessoas têm tudo.

Poirot soltou um suspiro. Estava feliz que não era mais jovem.

Capítulo 10

Na segunda-feira de manhã, várias exclamações de prazer e alegria foram ouvidas no convés do *Karnak*. O navio estava ancorado e, a alguns metros de distância, iluminado pelo sol daquela hora, podia ver-se um grande templo talhado na rocha. Quatro figuras rupestres colossais miravam eternamente o Nilo e o nascente.

Cornelia Robson disse, de modo incoerente:

– Ah, monsieur Poirot, não é uma maravilha? Tão grandes e serenos, perto deles nos sentimos tão pequenos... como insetos... e nada parece ter importância, não acha?

O sr. Fanthorp, que estava perto deles, murmurou:

– Sim, muito impressionante.

– Grandioso, não? – disse Simon Doyle, aproximando-se. Confidenciou a Poirot: – Não gosto muito de visitar templos, sair em passeios turísticos e essas coisas, mas um lugar como este impressiona. Aqueles antigos faraós devem ter sido pessoas extraordinárias.

Os outros haviam se afastado. Simon baixou a voz.

– Estou muito feliz de termos feito esta viagem. Ajudou a esclarecer as coisas. Incrível, mas foi o que aconteceu. Linnet recuperou-se. Segundo ela, é porque *enfrentou* a situação.

– Acho muito provável – concordou Poirot.

– Ela disse que quando viu Jackie no navio, sentiu-se muito mal. Mas depois, de uma hora para outra, deixou de se importar com isso. Nós dois combinamos de parar de fugir dela. Resolvemos encará-la de frente e mostrar que essa sua atitude ridícula não nos incomoda mais. É apenas falta de dignidade da parte dela, só isso. Ela achou que iria nos intimidar, mas agora não estamos mais intimidados. Ela verá.

– Sim – disse Poirot, pensativo.

– Esplêndido, não?

– Ah, sim.

Linnet apareceu no convés, sorridente. Usava um vestido de linho claro, cor de damasco. Cumprimentou Poirot sem grande entusiasmo. Acenou com a cabeça e levou o marido.

Poirot reconheceu, com um prazer momentâneo, que sua atitude crítica não havia sido muito apreciada. Linnet estava acostumada a ter admiração de todos por tudo o que fazia. Hercule Poirot pecara nesse sentido.

A sra. Allerton apareceu e comentou baixinho:

– Que diferença nessa jovem! Parecia preocupada e não muito feliz em Assuã. Hoje, está tão contente que dá até medo que esteja enfeitiçada.

Antes de Poirot perguntar, foi feita a chamada para todos se reunirem. O guia oficial levou o grupo para visitar Abu Simbel.

Poirot passou a caminhar ao lado de Andrew Pennington.

– É sua primeira vez no Egito? – perguntou.

– Não, estive aqui em 1923. Na verdade, no Cairo. Ainda não tinha feito essa viagem pelo Nilo.

– Veio no *Carmanic*, não? Pelo menos foi o que a madame Doyle me falou.

Pennington lançou-lhe um olhar penetrante.

– Vim, sim – admitiu.

– Gostaria de saber se o senhor encontrou alguns amigos meus que estavam a bordo: a família Rushington Smith.

— Não me lembro de ninguém com esse nome. O navio estava cheio, e o tempo estava ruim. Muitos passageiros não saíram da cabine. E, de qualquer maneira, a viagem é tão curta que não chegamos a saber quem está a bordo e quem não.

— É verdade. Que surpresa agradável o senhor encontrar-se com a madame Doyle e o marido. Não sabia que eles estavam casados?

— Não. A sra. Doyle me escreveu contando, mas a carta chegou depois de eu partir, e só a recebi após nosso encontro inesperado no Cairo.

— O senhor a conhece há muitos anos, não?

— Conheço sim, monsieur Poirot. Conheço Linnet Ridgeway desde que era deste tamanhinho – disse, mostrando a altura com a mão. – Seu pai e eu éramos grandes amigos. Um homem muito especial, Melhuish Ridgeway... muito bem-sucedido.

— Soube que a filha herdou uma fortuna considerável... Ah, *pardon*, talvez não seja delicado dizer isso.

Andrew Pennington sorriu.

— Todos sabem disso. Sim, Linnet é uma mulher muito rica.

— Pelo que entendi, no entanto, a última queda deve afetar qualquer ação, por mais sólida que seja.

Pennington levou um tempo para responder.

— Sim, é verdade, até certo ponto – disse. – As coisas estão muito difíceis hoje em dia.

Poirot murmurou:

— Mas imagino que a madame Doyle tenha tino para os negócios.

— Tem, sim. Linnet é uma mulher prática e inteligente.

Pararam. O guia começou a falar sobre o templo construído pelo grande Ramsés. As quatro enormes estátuas do próprio Ramsés, talhadas na rocha, duas de cada lado da entrada, pareciam encarar o pequeno grupo de turistas.

O signor Richetti, ignorando as explicações do guia, estava ocupado examinando os relevos dos escravos negros e sírios, na base das estátuas.

Quando o grupo entrou no templo, uma sensação de paz e tranquilidade tomou conta de todos. Os relevos em cores vivas em algumas das paredes internas ainda eram ressaltados, mas o grupo começou a dividir-se em subgrupos.

O dr. Bessner lia em voz alta seu Baedeker, em alemão, parando de vez em quando para traduzir um trecho para Cornelia, que caminhava docilmente a seu lado. Mas foi por pouco tempo. A srta. Van Schuyler, entrando de braço dado com a fleumática srta. Bowers, ordenou:

– Cornelia, venha aqui – disse, interrompendo a aula.

O dr. Bessner ainda sorria depois que ela se afastou, mirando-a vagamente através das lentes grossas.

– Uma moça muito simpática – disse para Poirot. – Não é magricela como as jovens de hoje. Não. Tem belas curvas. E ouve com atenção. É um verdadeiro prazer ensiná-la.

Poirot não pôde deixar de pensar que era sina de Cornelia ter sempre de obedecer ou aprender. De qualquer maneira, era sempre quem ouvia, nunca quem falava.

A srta. Bowers, momentaneamente liberada pela ordem peremptória dada a Cornelia, parou no meio do templo, olhando em volta com curiosidade e frieza. Não parecia muito encantada com as maravilhas do passado.

– O guia disse que o nome de um desses deuses ou deusas era Mut. Acredita?

Havia um santuário interno, com quatro imagens perpetuadas em sua apatia majestosa.

Linnet e o marido as contemplavam, de braços dados. Linnet tinha a expressão típica da nova civilização, inteligente, curiosa, alheia ao passado.

Simon disse, de repente:

– Vamos sair daqui. Não gosto desses quatro sujeitos, principalmente daquele de chapéu comprido.

– Deve ser Amon. E aquele é Ramsés. Por que você não gosta deles? Acho-os muito imponentes.

– Imponentes demais para o meu gosto. Possuem um mistério inquietante. Vamos para o sol.

Linnet riu, mas o acompanhou.

Saíram do templo para o sol, pisando na areia amarela e quente. Linnet começou a rir. Aos pés deles, em fila, viram as cabeças de seis meninos núbios, como se estivessem separadas do corpo. Uma cena horripilante. Moviam-se de um lado para o outro, entoando:

– Hip, hip, hurra! Hip, hip, hurra! Muito bonito, muito bom. Muito obrigado.

– Que absurdo! Como eles fazem isso? Estão enterrados muito fundo?

Simon atirou-lhes algumas moedas.

– Muito bonito, muito bom, muito caro – imitou-os.

Dois garotos encarregados do "show" pegaram as moedas.

Linnet e Simon continuaram em frente. Não tinham a mínima vontade de voltar para o barco e estavam cansados de fazer turismo. Sentaram-se de costas para a rocha, aquecendo-se ao sol.

"Que delícia o sol", pensava Linnet. "Tão quente, tão seguro... como é bom ser feliz... como é bom ser eu... eu... eu... Linnet..."

Fechou os olhos. Estava meio acordada, meio adormecida, deixando-se levar pelos pensamentos, como a areia pelo vento.

Simon estava de olhos abertos, também com expressão de alegria. Que bobo tinha sido ao se aborrecer naquela primeira noite... Não havia motivo para isso... Estava tudo bem... Afinal de contas, Jackie era digna de confiança...

Ouviu-se um berro. As pessoas acudiram, gesticulando e gritando.

Simon ficou imóvel por um momento. Depois, levantou-se e arrastou Linnet junto.

Um minuto depois teria sido tarde demais. Um grande bloco de pedra rolara do penhasco e caíra bem atrás deles. Se Linnet tivesse ficado onde estava, teria sido esmagada.

Pálidos, os dois continuaram agarrados. Hercule Poirot e Tim Allerton chegaram correndo.

– *Ma foi*, madame, escapou por pouco.

Os quatro olharam para cima instintivamente. Não viram nada, mas havia uma senda no alto do despenhadeiro. Poirot lembrou-se de ter visto alguns nativos andando por lá quando o grupo de turistas desembarcou.

Olhou para o casal. Linnet ainda estava perplexa, atordoada. Simon demonstrava fúria.

– Maldita! – exclamou.

Interrompeu-se, lançando um rápido olhar para Tim Allerton, que disse:

– Foi por pouco! Será que algum idiota soltou a pedra ou ela terá se soltado sozinha?

Linnet estava lívida.

– Acho que alguém jogou – disse com dificuldade.

– Poderia ser reduzida a pó. Tem certeza de que não tem nenhum inimigo, Linnet?

Linnet engoliu em seco e teve dificuldade de responder à pergunta simples.

– Volte para o navio, madame – disse Poirot, sem perder tempo. – A senhora precisa se recuperar.

Caminharam a passos rápidos. Simon, contendo a fúria, Tim, tentando distrair Linnet do perigo de que acabara de escapar. Poirot estava sério.

Quando chegaram à passarela de embarque, Simon estancou, estupefato.

Jacqueline de Bellefort descia do navio. Com seu vestido de guingão azul, parecia uma criança naquela manhã.

– Meu Deus! – exclamou Simon quase sem conseguir falar. – Então foi um acidente mesmo.

A raiva desapareceu de seu rosto. A expressão de alívio que a sucedeu foi tão evidente que Jacqueline percebeu alguma coisa de errado.

– Bom dia – disse. – Acho que estou um pouco atrasada.

Cumprimentou a todos com um gesto de cabeça e seguiu em direção ao templo.

Simon agarrou Poirot pelo braço. Tim e Linnet haviam ido na frente.

– Meu Deus, que alívio! Eu pensei...

– Sim, eu sei o que o senhor pensou – disse Poirot. Mas ainda continuava sério e preocupado.

Poirot virou a cabeça, observando cuidadosamente o restante dos passageiros do navio.

A srta. Van Schuyler regressava lentamente, apoiando-se no braço da srta. Bowers.

Um pouco mais distante, a sra. Allerton ria da fila de cabeças dos garotos núbios. A sra. Otterbourne estava com ela.

Não enxergou nenhum dos outros passageiros.

Poirot abanou a cabeça, enquanto acompanhava Simon de volta ao navio.

Capítulo 11

— A senhora me explicará, madame, o que quis dizer com "enfeitiçada"?

A sra. Allerton pareceu um pouco surpresa. Ela e Poirot subiam com dificuldade o rochedo próximo à Segunda Catarata. A maioria do grupo tinha ido de camelo, mas Poirot achava que o movimento do animal se assemelhava ao balanço do navio. A sra. Allerton alegou resguardar sua dignidade pessoal.

Haviam chegado a Wadi Halfa na noite anterior. Naquela manhã, duas lanchas transportaram todo o grupo à Segunda Catarata, com exceção do signor Richetti, que insistira em ir sozinho a um lugar remoto chamado Semna. Segundo ele, o local era muito importante por ter sido a entrada para Núbia na época de Amenemhat III. O signor Richetti queria ver a tal laje na qual se lia que os negros precisavam pagar alfândega para entrar no Egito. Tentaram de tudo para dissuadi-lo, mas foi em vão. O signor Richetti estava determinado e rejeitou todas as objeções: (1) que a excursão não valia a pena; (2) que a expedição não poderia ser realizada, devido à impossibilidade de se conseguir um carro na região; (3) que nenhum carro seria adequado para a viagem; (4) que o preço de um veículo seria proibitivo. Depois de zombar de (1), expressar incredulidade quanto a (2), ter se prontificado a encontrar um carro no caso (3) e pechinchar em árabe fluente no argumento (4), o signor Richetti partiu, finalmente, de maneira furtiva e secreta, para evitar que algum outro turista mudasse de ideia e resolvesse acompanhá-lo.

– "Enfeitiçada"? – perguntou a sra. Allerton, inclinando a cabeça ao considerar a resposta. – Na verdade, quis dizer que parece aquela espécie de felicidade exaltada que precede um desastre. "Bom demais para ser verdade", sabe?

A sra. Allerton se prolongou no assunto. Poirot ouvia atentamente.

– Obrigado, madame. Agora entendo. É estranho que a senhora tenha dito isso ontem, sem prever que a madame Doyle fosse escapar da morte pouco tempo depois.

A sra. Allerton estremeceu.

– Deve ter escapado por pouco. O senhor acha que algum daqueles meninos pode ter jogado a pedra por diversão? É o tipo de coisa que as crianças gostam de fazer. Sem intenção de machucar, na verdade.

Poirot encolheu os ombros.

– Pode ser, madame.

Mudou de assunto, falando de Maiorca e fazendo várias perguntas práticas em relação a uma possível visita.

A sra. Allerton, àquela altura, gostava bastante daquele homenzinho, talvez por espírito de contradição. Percebera que Tim tentava fazer com que ela não se envolvesse muito com Hercule Poirot, que ele qualificava como "o pior tipo de mal-educado". Mas ela não o via assim. Talvez fosse a maneira exótica de se vestir de Poirot que despertasse o preconceito do filho. Ela, por sua vez, achava-o inteligente e interessante, além de muito compreensivo. De uma hora para a outra, estava fazendo-lhe confidências sobre a antipatia que sentia por Joanna Southwood. Era um alívio falar do assunto. E afinal, por que não? Ele não conhecia Joanna e provavelmente jamais conheceria. Por que não desabafar e falar do ciúme que sempre a atormentara?

Nesse mesmo momento, Tim e Rosalie Otterbourne falavam dela. Tim reclamava, em tom meio brincalhão.

Saúde má, não o bastante para despertar interesse, nem boa o suficiente para que pudesse levar a vida que queria. Pouco dinheiro, nenhuma ocupação atraente.

– Uma vida completamente insípida – concluiu, descontente.

Rosalie disse de modo abrupto:

– Você tem algo que muita gente invejaria.

– O quê?

– Sua mãe.

Tim ficou surpreso e orgulhoso ao mesmo tempo.

– Minha mãe? Sim, ela é realmente especial. Fico feliz que tenha percebido.

– Ela é maravilhosa. Tão amável... serena e calma... como se nada fosse capaz de perturbá-la... e sempre bem-humorada também...

Rosalie gaguejava um pouco em sua sinceridade.

Tim sentiu uma onda de simpatia pela menina. Desejou poder retribuir o elogio, mas, lamentavelmente, a sra. Otterbourne representava, a seu ver, um dos maiores perigos da humanidade. A incapacidade de responder à altura deixou-o constrangido.

A srta. Van Schuyler ficara na lancha. Não podia arriscar-se a subir, fosse de camelo ou fosse a pé.

– Sinto ter de lhe pedir para ficar comigo, srta. Bowers – disse em tom brusco. – Queria que você fosse e Cornelia ficasse, mas as jovens de hoje são muito egoístas. Ela saiu correndo, sem nem falar comigo. E vi que conversava com aquele sujeito desagradável e mal--educado, Ferguson. Cornelia me decepcionou bastante. Não tem o mínimo tato social.

A srta. Bowers replicou, com seu jeito prosaico de sempre:

– Melhor assim, srta. Van Schuyler. Está muito quente para caminhar, e não consigo nem pensar naquelas selas dos camelos. Estarão fatalmente cheias de pulgas.

Ajeitou os óculos, contraiu os olhos para acompanhar o grupo que vinha descendo o morro e disse:

– A srta. Robson não está mais com aquele jovem. Está com o dr. Bessner.

A srta. Van Schuyler resmungou.

Desde que descobrira que o dr. Bessner tinha uma grande clínica na Tchecoslováquia e era um médico bastante conhecido na Europa, tratava-o com mais cordialidade. Além disso, podia vir a precisar de seus serviços profissionais até o fim da viagem.

Quando o grupo voltou para o *Karnak*, Linnet soltou uma exclamação de surpresa.

– Um telegrama para mim!

Apanhou-o pela ponta e abriu-o.

– Não entendo... batata, beterraba... o que significa isso, Simon?

Simon aproximava-se para ler sobre o ombro dela quando uma voz furiosa disse:

– Desculpe-me, esse telegrama é para mim.

O signor Richetti arrancou o papel da mão de Linnet, olhando feio para ela.

Linnet fitou-se, admirada, e depois virou o envelope.

– Ah, Simon, que tolice a minha! É Richetti, não Ridgeway... E, de qualquer maneira, meu nome nem é mais Ridgeway. Preciso pedir desculpa.

Linnet seguiu o arqueólogo até a popa.

– Sinto muito, signor Richetti. Meu nome de solteira era Ridgeway, e como me casei há pouco tempo...

Interrompeu-se, sorridente, convidando-o a sorrir também do deslize de uma recém-casada.

Mas Richetti não parecia muito disposto a sorrir. Nem a rainha Vitória, em seus momentos de maior descontentamento, teria se mostrado tão severa.

– Os nomes devem ser lidos com cuidado. Qualquer descuido nesse sentido é imperdoável.

Linnet corou, mordendo os lábios. Não estava acostumada a ver suas desculpas recebidas daquela maneira. Voltou para onde estava Simon.

– Esses italianos são mesmo insuportáveis – disse, irritada.

– Deixe para lá, querida. Vamos ver aquele crocodilo de marfim que você gostou.

Os dois desceram do navio juntos.

Poirot, que os observava, ouviu um suspiro forte a seu lado. Era Jacqueline de Bellefort, agarrada à amurada. A expressão de seu rosto impressionou Poirot. Não havia mais alegria ou malícia. Ela parecia consumida por um fogo ardente.

– Eles não ligam mais – disse, falando rápido e baixo. – Estão além de mim. Não consigo alcançá-los. Não se importam que eu esteja aqui ou não... Não tenho mais como feri-los...

Suas mãos tremiam.

– Mademoiselle...

– Ah, agora é tarde demais – interrompeu ela. – Tarde demais para advertências. O senhor estava certo: eu não devia ter vindo. Não nesta viagem. Como é que o senhor disse? Jornada da alma? Não tenho como voltar atrás. Preciso seguir em frente. E estou seguindo. Eles não serão felizes juntos. Não serão... Prefiro matá-lo antes...

Afastou-se repentinamente. Poirot, fitando-a, sentiu alguém lhe tocar o ombro.

– Sua amiga parece bem perturbada, monsieur Poirot.

Poirot virou-se, surpreendendo-se ao encontrar um velho conhecido.

– Coronel Race.

O homem alto e bronzeado sorriu.

– Que surpresa, hein?

Hercule Poirot havia encontrado o coronel Race um ano antes, em Londres. Os dois haviam sido convidados para o mesmo jantar – jantar que acabou na morte de um estranho sujeito: o dono da casa.

Poirot sabia que Race era um homem imprevisível. Geralmente, podia ser encontrado num dos postos avançados do Império onde havia perigo de rebelião.

– Então está em Wadi Halfa – comentou.

– Sim, aqui neste navio.

– O que isso quer dizer?

– Que voltarei com vocês para Shellal.

Hercule Poirot franziu a testa.

– Muito interessante. Aceita um drinque?

Foram para o salão envidraçado, agora vazio. Poirot pediu um uísque para o coronel e uma laranjada grande com bastante açúcar para si mesmo.

– Então voltará conosco – disse Poirot, dando o primeiro gole. – Iria mais rápido se fosse com o navio do governo, que viaja tanto de dia quanto de noite, não?

O rosto do coronel Race enrugou-se pelo sorriso.

– Sempre certo, monsieur Poirot – disse, com prazer.

– Está interessado nos passageiros, então?

– Um dos passageiros.

– Qual? Eu poderia saber? – perguntou Hercule Poirot, como quem não quer nada.

– Infelizmente nem eu sei – lamentou Race.

Poirot ficou interessado.

Race disse:

– Não há motivo para não lhe contar. Temos tido muitos aborrecimentos aqui, de uma forma ou de outra. Não estamos atrás das pessoas que promovem a desordem, mas dos homens que colocam fogo na pólvora. Eram três. Um morreu. Outro está na cadeia. Quero o terceiro... um homem que já cometeu cinco ou seis assassinatos a sangue frio. É um dos agitadores pagos mais inteligentes que já existiu... E ele está neste navio. Sei disso pelo trecho de uma carta que chegou a nossas mãos. Tivemos que decodificá-la, mas dizia: "X estará na viagem do *Karnak*, do dia sete ao dia treze". Não dizia o nome de X.

– Tem alguma descrição dele?

– Não. É descendente de americano, irlandês e francês. Meio mestiço. Isso não ajuda muito. Alguma ideia?

– Uma ideia... – Poirot ficou pensando.

Os dois se conheciam tão bem que Race não insistiu. Ele sabia que Hercule Poirot só falaria quando tivesse certeza.

Poirot coçou o nariz e disse, em tom descontente:

– Está acontecendo algo neste navio que me causa bastante inquietação.

Race olhou para ele sem entender.

– Imagine uma pessoa A – explicou Poirot – que prejudicou seriamente uma pessoa B. A pessoa B deseja vingança e começa a fazer ameaças.

– A e B estão neste navio?

– Sim – confirmou Poirot.

– E B, suponho, é mulher.

– Exato.

Race acendeu um cigarro.

– Eu não me preocuparia. Pessoas que avisam o que farão geralmente não fazem nada.

– Sobretudo quando se trata de *les femmes*. É verdade.

Mas Poirot não parecia satisfeito.

– Alguma outra consideração? – indagou Race.

– Sim, não é só isso. Ontem, a pessoa A escapou por pouco da morte, o tipo de morte que poderia ter sido chamado, muito convenientemente, de acidente.

– Planejado por B?

– Não. Essa é a questão. B não tem como ter participado.

– Então foi acidente mesmo.
– Creio que sim. Mas não gosto desse tipo de acidente.
– Tem certeza de que B não está envolvido?
– Absoluta.
– Pois bem. Coincidências acontecem. Falando nisso, quem é A? Uma pessoa especialmente desagradável?
– Pelo contrário. A é uma moça muito bonita, rica e simpática.

Race sorriu.

– Parece um romance.
– *Peut-être*. Mas lhe digo uma coisa: não estou nada satisfeito, meu amigo. Se eu estiver certo, e isso tem acontecido com frequência...

Race sorriu daquele comentário típico.

– ...então há motivo para inquietação – continuou Poirot. – E agora vem você e aparece com mais uma complicação, dizendo que há um assassino no *Karnak*.

– Ele não costuma matar moças encantadoras.

Poirot sacudiu a cabeça, contrariado.

– Estou com medo, meu amigo – disse. – Estou com medo... Hoje, aconselhei essa moça, a madame Doyle, a ir com o marido para Cartum e não voltar a este navio. Mas eles não me escutaram. Estou rezando para que cheguemos a Shellal sem nenhuma catástrofe.

– Você não está sendo muito pessimista, não?

Poirot balançou a cabeça.

– Estou com medo – disse simplesmente. – Sim, eu, Hercule Poirot, estou com medo...

Capítulo 12

I

Cornelia Robson estava dentro do templo de Abu Simbel. Era a noite do dia seguinte, uma noite tranquila e quente. O *Karnak* ancorara novamente em Abu Simbel para permitir uma segunda visita ao templo, dessa vez com luz artificial. Fazia uma grande diferença. Cornelia, admirada, comentou o fato com o sr. Ferguson, que estava a seu lado.

— Dá para ver muito melhor agora! — exclamou ela. — Todos os inimigos do rei degolados por sua ordem. Dá para ver bem. E ali, um lindo castelo que eu não tinha percebido antes. Queria que o dr. Bessner estivesse aqui, para me explicar o que é.

— Não entendo como aguenta aquele velho idiota — disse Ferguson, com tristeza.

— Ele é um dos homens mais gentis que já conheci.

— Velho pedante.

— Não fale assim.

O jovem segurou-a pelo braço. Os dois saíam do templo, avançando para a noite enluarada.

— Como consente em ser importunada por aquele velho e dominada por aquela megera?

— Sr. Ferguson!

— Não tem personalidade? Não sabe que é tão boa quanto ela?

— Não sou, não! — exclamou Cornelia, convicta.

— Não é tão rica, isso é verdade.

– Não. Não é isso. A prima Marie é muito culta e...

– Culta! – o jovem largou o braço dela tão repentinamente quanto o agarrara. – Essa palavra me causa repugnância.

Cornelia encarou-o, alarmada.

– Ela não gosta de vê-la conversando comigo, não é? – perguntou o jovem.

Cornelia enrubesceu, sem saber o que dizer.

– Por quê? Porque julga que não sou de seu nível social! Isso não lhe dá raiva?

Cornelia balbuciou:

– Gostaria que você não se exaltasse tanto com isso.

– Não compreende, como americana, que todos nascem livres e iguais?

– Não é bem assim – contestou Cornelia, certa do que dizia, mas sem se alterar.

– Minha querida, isso faz parte de sua Constituição!

– A prima Marie diz que os políticos não são cavalheiros – disse Cornelia. – E é óbvio que não somos todos iguais. Não faz sentido. Sei que não sou bonita e costumava ficar mal por causa disso, mas já consegui superar essa questão. Gostaria de ter nascido elegante e bela como a sra. Doyle, mas não foi assim que aconteceu, e não adianta ficar aborrecida por causa disso.

– Sra. Doyle! – exclamou Ferguson em tom de profundo desprezo. – É o tipo de mulher que deveria ser morta como exemplo.

Cornelia fitou-o, ansiosa.

– Deve ser sua digestão – diagnosticou ela, calmamente. – Tenho um remédio especial que a prima Marie tomou uma vez. Quer tomar?

– Você é impossível! – exclamou Ferguson, afastando-se dali.

Cornelia dirigiu-se para o navio. Quando estava subindo, Ferguson a alcançou.

— Você é a melhor pessoa deste navio — disse ele. — Lembre-se disso.

Corada de prazer, Cornelia foi para o salão envidraçado. A srta. Van Schuyler estava conversando com o dr. Bessner — uma conversa agradável sobre alguns clientes aristocratas do médico.

— Espero não ter demorado muito, prima Marie — disse Cornelia, em tom contrito.

Consultando o relógio, a velha resmungou:

— Não foi um exemplo de rapidez. E o que você fez com minha estola de veludo?

Cornelia olhou em volta.

— Verei se está na cabine — disse.

— Claro que não está lá! Estava comigo depois do jantar, e não saí daqui. Estava na cadeira.

Cornelia fez uma busca assistemática.

— Não encontro em lugar nenhum, prima Marie.

— Procure direito! — ordenou a srta. Van Schuyler, como quem dá ordem a um cachorro. Cornelia, submissa, obedeceu.

O quieto sr. Fanthorp, que estava sentado numa mesa perto, levantou-se para ajudá-la. Mas ninguém encontrou a tal estola.

O dia fora tão quente e abafado que a maioria das pessoas se retirara cedo, depois da visita ao templo. Os Doyle jogavam *bridge* com Pennington e Race numa mesa do canto. O único ocupante do salão era Hercule Poirot, que bocejava numa mesa perto da porta.

A srta. Van Schuyler, desfilando como uma rainha, com sua comitiva formada por Cornelia e a srta. Bowers, parou para lhe dizer algumas palavras antes de ir para a cama. Poirot levantou-se rapidamente, contendo um bocejo de dimensões colossais.

— Só agora percebi quem é, monsieur Poirot — disse a srta. Van Schuyler. — Meu velho amigo, Rufus Van

Aldin, me falou do senhor. Gostaria que me contasse alguns de seus casos, quando puder.

Poirot, com o olhar reluzente apesar da sonolência, curvou-se de maneira exagerada. Com um aceno de cabeça cordial, mas condescendente, a srta. Van Schuyler seguiu para o quarto.

Poirot bocejou mais uma vez. Sentia-se pesado e zonzo de tanto sono e mal conseguia ficar de olhos abertos. Olhou de relance para os jogadores de *bridge*, absortos no jogo, depois para o jovem Fanthorp, que lia, compenetrado. Além deles, não havia mais ninguém no salão.

Atravessou a porta e saiu ao convés. Jacqueline de Bellefort, que vinha apressadamente em direção contrária, quase se chocou contra ele.

– Perdão, mademoiselle.

– O senhor está com cara de sono, monsieur Poirot – disse ela.

– *Mais oui* – admitiu Poirot. – Estou morrendo de sono. Mal consigo ficar de olhos abertos. O dia foi muito opressivo.

– Sim – concordou ela, refletindo a respeito. – Um dia em que as coisas saem do controle! Não conseguimos mais continuar...

Falava baixo e com entusiasmo. Não olhava para Poirot, mas para a areia da costa. Suas mãos pareciam garras, rígidas.

De repente, a tensão se desfez.

– Boa noite, monsieur Poirot – ela disse.

– Boa noite, mademoiselle.

Os olhos deles se encontraram, por pouco tempo. Lembrando-se desse momento no dia seguinte, Poirot chegou à conclusão de que havia um apelo naquele olhar. Não se esqueceria disso.

Poirot dirigiu-se à sua cabine e Jacqueline foi para o salão.

II

Cornelia, depois de ter atendido a srta. Van Schuyler em muitas tarefas, úteis e inúteis, pegou um bordado e voltou para o salão. Não sentia o mínimo sono. Pelo contrário, estava bem acordada e ligeiramente empolgada.

Os quatro jogadores de *bridge* ainda estavam lá. Em outra cadeira, Fanthorp lia tranquilamente. Cornelia sentou-se com seu bordado.

De repente, a porta abriu-se, e Jacqueline de Bellefort apareceu. Ficou parada na entrada, a cabeça lançada para trás. Depois, tocou uma campainha, foi até Cornelia e sentou-se.

– Esteve em terra? – perguntou.

– Sim. Achei tudo lindo ao luar.

Jacqueline concordou com a cabeça.

– Sim, está uma noite linda... uma verdadeira noite de lua de mel.

Seu olhar foi para a mesa de *bridge*, fixando-se por um momento em Linnet Doyle.

O garçom veio atender a campainha. Jacqueline pediu um gim duplo. Ao fazer o pedido, Simon Doyle lançou-lhe um olhar rápido, deixando transparecer uma sobra de ansiedade no rosto.

Sua esposa disse:

– Simon, estamos esperando você.

Jacqueline cantarolava baixinho. Quando o drinque chegou, ela propôs um brinde:

– Ao crime!

Bebeu de um só gole e pediu outro.

Simon olhou de novo para aquele lado. Começou a jogar distraído. Seu parceiro, Pennington, chamava-lhe a atenção.

Jacqueline voltou a cantarolar, primeiro baixinho e depois mais alto:

– *Ele era dela e a enganou...*

– Desculpe-me – disse Simon a Pennington. – Tolice minha não ter voltado a seu naipe. Assim, eles ganham o *rubber*.

Linnet levantou-se.

– Estou com sono. Acho que vou para a cama.

– Já está na hora mesmo – disse o coronel Race.

– Concordo – disse Pennington.

– Você vem, Simon?

– Ainda não – respondeu ele, lentamente. – Acho que vou beber um drinque antes.

Linnet assentiu com a cabeça e saiu. Race saiu logo depois. Pennington terminou seu drinque e acompanhou os dois.

Cornelia começou a recolher o bordado.

– Não vá ainda, srta. Robson – disse Jacqueline. – Por favor. A noite é uma criança. Não me abandone.

Cornelia voltou a sentar-se.

– Nós, mulheres, precisamos ser solidárias umas com as outras – disse Jacqueline, jogando a cabeça para trás e soltando uma gargalhada estridente, sem alegria.

O segundo drinque chegou.

– Tome algo – sugeriu Jacqueline.

– Não, muito obrigada – retrucou Cornelia.

Jacqueline inclinou a cadeira para trás. Cantarolava alto agora:

– *Ele era dela e a enganou...*

O sr. Fanthorp virou uma página do livro *Conheça a Europa*.

Simon Doyle pegou uma revista.

– Acho que vou para a cama – anunciou Cornelia. – Está ficando muito tarde.

– Você não pode ir para a cama ainda – declarou Jacqueline. – Não vou deixar. Conte-me um pouco sobre você.

– Não sei. Não há muito a dizer – balbuciou Cornelia. – Não saio muito de casa, quase não viajo. Esta é minha primeira viagem à Europa. Estou adorando.

Jacqueline riu.

– Você é o tipo de pessoa feliz, não? Nossa, como eu gostaria de ser assim.

– Gostaria? Mas... tenho certeza...

Cornelia ficou aturdida. A srta. de Bellefort estava bebendo demais. Bem, isso não era novidade para Cornelia. Tinha visto muita bebedeira durante os anos da Lei Seca. Mas não era só isso... Jacqueline de Bellefort estava falando com ela, olhando para ela, e, no entanto, Cornelia sentia que suas palavras se dirigiam a outra pessoa...

Mas havia somente duas pessoas no salão: o sr. Fanthorp e o sr. Doyle. O sr. Fanthorp parecia bastante entretido em seu livro. O sr. Doyle tinha um ar estranho, uma expressão vigilante no olhar.

– Fale-me sobre você – Jacqueline pediu novamente.

Sempre obediente, Cornelia procurou falar. Contou detalhes inúteis de sua vida diária, num discurso monótono. Não estava acostumada a ser ouvida. Seu papel era sempre ouvir. Mas a srta. de Bellefort queria saber. Quando Cornelia parava, a outra a incentivava.

– Continue. Conte mais.

E, então, Cornelia continuava ("A mamãe, claro, está numa condição muito delicada; às vezes, come só cereais..."), sabendo que tudo o que dizia era extremamente desinteressante, mas lisonjeada pelo aparente interesse de sua interlocutora. Será que ela estava interessada? Não estaria, por acaso, ouvindo alguma outra coisa, ou, quem sabe, esperando ouvir outra coisa? Olhava para Cornelia, sim, mas não havia *outra pessoa* naquela sala?

– E, claro, temos aulas de arte muito boas. No último inverno, fiz um curso de...

(Que horas seriam? Devia ser tarde. Falara sem parar. Se pelo menos acontecesse alguma coisa...)

E imediatamente, como uma resposta a seu pedido, realmente aconteceu algo que lhe pareceu muito natural no momento.

Jacqueline virou a cabeça e falou com Simon Doyle.

– Toque a campainha, Simon. Quero outro drinque.

Simon Doyle ergueu os olhos da revista e disse calmamente:

– Os garçons já foram dormir. Já passa da meia-noite.

– Mas eu quero outro drinque.

– Você já bebeu demais, Jackie – censurou Simon.

– E o que você tem a ver com isso? – perguntou Jacqueline, agressivamente.

Ele encolheu os ombros.

– Nada.

Ela encarou-o por um tempo. Depois perguntou:

– O que houve, Simon? Está com medo?

Simon não respondeu. Pegou de novo a revista, muito sabiamente.

Cornelia murmurou:

– Nossa... está tarde... preciso...

Começou a recolher suas coisas, deixou cair um dedal...

– Não vá – pediu Jacqueline. – Queria ter a presença de outra mulher aqui, para me apoiar – disse, rindo novamente. – Sabe do que Simon tem medo? De que *eu* lhe conte a história da *minha* vida.

– É mesmo?

Cornelia viu-se dominada por emoções contraditórias. Sentia-se profundamente constrangida, mas, ao mesmo tempo, bastante curiosa. Que expressão *sombria* no rosto de Simon Doyle.

– Sim, é uma história muito triste – disse Jacqueline, em voz baixa, insolente. – Ele me tratou muito mal. Não foi, Simon?

Simon Doyle ordenou, com brutalidade:

– Vá dormir, Jackie. Você está bêbada.

– Se está constrangido, meu querido Simon, pode sair da sala.

Simon Doyle encarou-a. A mão que segurava a revista tremia ligeiramente, mas ele falou com firmeza:

– Vou ficar.

Cornelia disse pela terceira vez:

– Realmente preciso ir. Está tarde...

– Você não vai – disse Jacqueline, estendendo o braço e obrigando Cornelia a sentar-se. – Você vai ficar e ouvir o que tenho a dizer.

– Jackie – exclamou Simon asperamente –, você está fazendo um papel ridículo! Pelo amor de Deus, vá dormir.

Jacqueline endireitou-se na cadeira e começou a falar, sem medir as palavras.

– Está com medo que eu faça um escândalo, não? Você, tão inglês, sempre tão reservado! Quer que eu me comporte direitinho, não? Mas não quero nem saber. É melhor sair daqui logo, porque vou falar... e muito.

Jim Fanthorp fechou o livro com cuidado, bocejou, consultou o relógio, levantou-se e saiu. Atitude bastante inglesa e muito pouco convincente.

Jacqueline virou-se na cadeira e encarou Simon.

– Maldito idiota – esbravejou –, achava que podia me tratar dessa maneira e sair impune?

Simon Doyle abriu a boca, mas não disse nada. Fez silêncio na esperança de que aquela explosão de raiva se extinguisse por conta própria se não dissesse nada para provocá-la.

A voz de Jacqueline era carregada e confusa. Cornelia parecia fascinada. Não tinha o costume de testemunhar emoções tão à flor da pele.

– Eu avisei – disse Jacqueline – que o mataria antes de vê-lo com outra mulher... Acha que eu estava brincando? *Pois se engana*. Estava só esperando! Você é meu. Ouviu bem? Meu!

Simon permanecia em silêncio. A mão de Jacqueline procurava alguma coisa na bolsa. Ela inclinou-se para a frente.

– Disse que o mataria e estava falando a verdade...

Sua mão ergueu-se de repente segurando um objeto reluzente.

– Vou matá-lo como um cachorro, o cachorro que você é...

Simon finalmente reagiu. Ergueu-se de um salto, mas no mesmo instante ela apertou o gatilho...

Simon caiu sobre uma cadeira, contorcendo-se... Cornelia soltou um grito e correu para a porta. Jim Fanthorp estava no convés, debruçado sobre a amurada.

– Sr. Fanthorp! – berrava Cornelia. – Sr. Fanthorp!

Ele correu na direção da moça, que o agarrou, descontrolada.

– Ela atirou nele! Ela atirou nele!

Simon Doyle estava caído sobre uma cadeira... Jacqueline ficou paralisada. Tremia violentamente e, com os olhos arregalados de pavor, fitava a mancha vermelha que se espalhava pela calça de Simon, bem abaixo do joelho, no ponto da ferida, que ele comprimia com um lenço.

– Eu não queria... – gaguejava Jacqueline. – Oh, meu Deus, eu não queria...

A arma desprendeu-se de seus dedos nervosos, caindo no chão com um ruído de metal. Ela deu-lhe um pontapé e o revólver foi parar debaixo de uma das poltronas.

Simon murmurou, com a voz fraca:

– Fanthorp, pelo amor de Deus... alguém está vindo... Diga que está tudo bem... foi só um acidente... não foi nada. Não quero escândalo.

Fanthorp anuiu, compreendendo rapidamente. Virou-se para a porta, onde apareceu o rosto de um núbio assustado.

– Está tudo bem! – disse. – Está tudo bem! Foi só uma brincadeira.

O rapaz negro pareceu perplexo, mas depois tranquilizou-se. Sorriu, mostrando os dentes, fez um cumprimento com a cabeça e saiu.

Fanthorp virou-se.

– Muito bem. Acho que ninguém mais ouviu. Pareceu o estalo de uma rolha. Agora, o próximo passo...

Parou, sobressaltado. Jacqueline começou a chorar histericamente.

– Oh, meu Deus, eu preferia estar morta... Vou me matar... Vai ser melhor... Oh, o que eu fiz? O que eu fiz?

Cornelia correu em sua direção.

– Calma, querida, calma.

Simon, com a testa molhada e o rosto contraído de dor, disse em tom de urgência:

– Leve-a daqui. Pelo amor de Deus, leve-a daqui! Leve-a para a cabine dela, Fanthorp. Srta. Robson, chame aquela sua enfermeira.

Simon olhava para os dois, suplicante.

– Não a deixem sozinha. Chamem a enfermeira para cuidar dela. Depois, tragam o velho Bessner aqui. Pelo amor de Deus, não deixem que minha esposa fique sabendo.

Jim Fanthorp assentiu com a cabeça. O jovem silencioso sabia comportar-se de maneira calma e competente numa emergência.

Ele e Cornelia levaram Jacqueline, que chorava e se debatia, para a cabine. Lá, tiveram mais problemas. Jacqueline tentava se soltar, soluçando alto.

– Vou me afogar... Vou me afogar... Não mereço viver... Oh, Simon... Simon!

Fanthorp disse para Cornelia:

– Melhor chamar a srta. Bowers. Eu fico aqui enquanto isso.

Cornelia concordou e foi atrás da enfermeira.

Assim que ela saiu, Jacqueline agarrou Fanthorp.

– A perna dele está sangrando... está quebrada... ele pode sangrar até morrer. Preciso ir lá ajudá-lo... Oh, Simon... Simon... como fui capaz de fazer uma coisa dessas?

Ela erguera a voz. Fanthorp disse:

– Calma... calma... Ele ficará bem.

Ela começou a debater-se de novo.

– Solte-me! Quero me jogar na água... Quero me matar!

Fanthorp, segurando-a pelos ombros, obrigou-a a ficar na cama.

– Você precisa ficar aqui. Não faça barulho. Procure se controlar. Está tudo bem, garanto.

Para alívio dele, a moça atormentada conseguiu se controlar um pouco, mas Fanthorp ficou agradecido mesmo quando as cortinas se abriram e a eficiente srta. Bowers, impecavelmente vestida num quimono horrível, entrou, acompanhada de Cornelia.

– O que houve? – perguntou a srta. Bowers, tomando conta da situação sem demonstrar surpresa ou alarme.

Fanthorp deixou Jacqueline a seus cuidados e foi correndo à cabine do dr. Bessner. Bateu e entrou quase que imediatamente.

– Dr. Bessner?

Ouviu um ronco terrível. Uma voz assustada perguntou:

– Sim? O que houve?

Fanthorp acendeu a luz. O médico piscou os olhos, parecendo uma coruja gigante.

– Doyle está ferido. A srta. de Bellefort atirou nele. Aqui no salão. O senhor pode vir?

O médico robusto reagiu prontamente. Fez algumas perguntas rápidas, vestiu um roupão e os chinelos, pegou uma maleta de primeiros socorros e acompanhou Fanthorp até o salão.

Simon conseguira abrir uma janela. Estava debruçado ali, procurando respirar ar puro, com o rosto pálido.

O dr. Bessner aproximou-se.

– Deixe-me ver.

Um lenço ensopado de sangue estava no chão, e no tapete havia também uma poça vermelha.

O exame do médico foi pontilhado de exclamações e grunhidos teutônicos.

– Sim, é grave... O osso está fraturado. E houve uma grande perda de sangue. *Herr* Fanthorp, precisamos levá-lo para a minha cabine. Ele não pode andar. Precisamos carregá-lo, assim.

Quando levantaram Simon, Cornelia apareceu na entrada da porta. Ao vê-la, o médico soltou um grunhido de satisfação.

– *Ach*, é você? *Gut*. Venha conosco. Preciso de ajuda. Você será melhor que nosso amigo aqui. Ele já está pálido.

Fanthorp sorriu, sem vontade.

– Chamo a srta. Bowers? – perguntou.

– Muito bem, moça, não vá desmaiar, hein? – disse o dr. Bessner.

— Farei o que o senhor mandar — disse Cornelia, prestativa.

Bessner gostou de ouvir aquilo.

A pequena procissão passou pelo tombadilho.

Os dez minutos seguintes foram puramente cirúrgicos, e o sr. Jim Fanthorp não gostou nada. Sentia-se intimamente envergonhado pela força exibida por Cornelia.

— Bem, é o melhor que posso fazer — anunciou o dr. Bessner, terminando. — Você foi um herói, meu amigo — disse, dando um tapinha nas costas de Simon. Depois, enrolou a manga da camisa e tirou uma seringa da maleta.

— Agora, vou lhe dar algo para dormir. E sua esposa?

Simon disse, com a voz que lhe saía:

— Não quero que ela saiba até amanhã de manhã... — Fez uma pausa e continuou: — Eu... ninguém deve culpar Jackie... A culpa foi toda minha. Tratei-a muito mal... coitada... ela não sabia o que estava fazendo...

O dr. Bessner concordou com a cabeça.

— Sim, compreendo...

— A culpa é minha... — insistiu Simon. Olhou para Cornelia. — Alguém precisa ficar com ela. Ela poderia... fazer alguma loucura.

O dr. Bessner deu-lhe a injeção. Cornelia disse, com calma e competência:

— Não se preocupe, sr. Doyle. A srta. Bowers ficará com ela a noite toda...

Simon olhou-a, agradecido. Relaxou os músculos e fechou os olhos. De repente, abriu-os novamente.

— Fanthorp?

— Sim, Doyle.

— O revólver... não podemos deixá-lo jogado por aí. Os criados encontrariam de manhã.

Fanthorp concordou.

— Certo. Vou resolver isso.

Saiu da cabine e percorreu o convés. A srta. Bowers apareceu na porta da cabine de Jacqueline

— Ela ficará bem, agora — informou. — Dei-lhe uma injeção à base de morfina.

— Mas a senhora ficará com ela?

— Oh, sim. A morfina deixa algumas pessoas agitadas. Ficarei aqui a noite toda.

Fanthorp dirigiu-se ao salão.

Cerca de três minutos depois, o médico ouviu alguém bater na porta de sua cabine.

— Dr. Bessner?

— Sim? — respondeu o médico robusto.

Fanthorp chamou-o ao tombadilho.

— Olhe, não consigo achar aquela arma...

— Que arma?

— O revólver. Caiu da mão da moça. Ela o chutou, e ele foi parar debaixo de uma das poltronas. Mas não está mais lá.

Os dois ficaram se olhando.

— Quem pode ter pegado?

Fanthorp encolheu os ombros.

Bessner disse:

— Estranho... Mas não vejo o que possamos fazer.

Intrigados e ligeiramente alarmados, os dois homens se separaram.

Capítulo 13

Hercule Poirot estava tirando a espuma do rosto recém-barbeado quando ouviu uma batida na porta. Quase que imediatamente, o coronel Race entrou, sem cerimônia, fechando a porta atrás de si.

– Seu instinto estava correto – disse. – Aconteceu.

Poirot endireitou-se e perguntou bruscamente:

– Aconteceu o quê?

– Linnet Doyle está morta. Levou um tiro na cabeça ontem à noite.

Poirot ficou em silêncio por um tempo. Duas cenas apareceram vivamente diante de seus olhos – uma jovem em Assuã dizendo com a voz ofegante: "Gostaria de encostar meu revólver em sua cabeça e então... é só apertar o gatilho". E outra, mais recente, a mesma voz dizendo: "Um dia em que as coisas saem do controle! Não conseguimos mais continuar". E aquela expressão fugidia de súplica no olhar. O que acontecera com ele que não respondera ao apelo? Estivera cego, surdo e tonto de sono.

Race continuou:

– Como tenho certa posição oficial, entregaram-me o caso. O navio deveria partir em meia hora, mas só partirá quando eu autorizar. Existe a possibilidade, claro, de que o assassino tenha vindo de fora do navio.

Poirot abanou a cabeça, discordando.

Race achava o mesmo que ele.

– Tem razão. Podemos descartar essa possibilidade. Bem, meu caro, agora é com você. Você entende melhor deste assunto do que eu.

Poirot arrumara-se com pressa.

– Estou à sua disposição – disse.

Os dois saíram ao tombadilho.

Race disse:

– Bessner já deveria estar aqui. Mandei chamá-lo.

Havia quatro cabines de luxo no navio, com banheiro. Das duas a bombordo, uma era ocupada pelo dr. Bessner, a outra, por Andrew Pennington. A estibordo, a primeira era ocupada pela srta. Van Schuyler, a outra, por Linnet Doyle. A cabine de seu marido era a seguinte, contígua à sua.

Um criado de rosto pálido parado do lado de fora da cabine de Linnet Doyle abriu a porta para os dois homens entrarem. O dr. Bessner estava debruçado sobre a cama. Ergueu a cabeça e disse alguma coisa quando os outros dois entraram.

– O que o senhor pode nos dizer, doutor? – perguntou Race.

Bessner coçou o queixo não barbeado, com ar pensativo.

– *Ach!* Ela levou um tiro... um tiro à queima-roupa. Veja... aqui, logo acima da orelha... foi onde a bala entrou. Uma bala muito pequena... de calibre 22, acredito. O revólver, quase encostado na cabeça... veja, a pele está chamuscada.

De novo, Poirot lembrou-se das palavras que ouvira em Assuã.

Bessner continuou:

– Ela estava dormindo. Não houve luta. O assassino entrou no escuro e atirou nela deitada.

– Ah, *non*! – exclamou Poirot. Suas noções de psicologia estavam sendo ultrajadas. Jacqueline entrando sorrateiramente numa cabine escura, de revólver na mão... não, a imagem não fazia sentido.

Bessner fitou-o através das lentes grossas.

– Mas foi o que aconteceu.

– Sim, sim. Não quis dizer isso. Minha intenção não era contradizê-lo.

Bessner soltou um grunhido de satisfação.

Poirot aproximou-se do médico. Linnet Doyle estava deitada de lado, em posição natural e calma. Mas, acima da orelha, havia um pequeno furo e um círculo de sangue seco em volta.

Poirot balançou a cabeça com tristeza.

Nisso, seu olhar foi parar na parede à sua frente, para seu grande espanto. A brancura da parede estava maculada por uma enorme letra J traçada com uma tinta castanho-avermelhada.

Poirot olhou fixamente para a parede. Depois, inclinou-se sobre a moça morta e, com muito cuidado, levantou sua mão direita. Um dos dedos estava manchado de castanho-avermelhado.

– *Non d'un nom d'un nom!* – exclamou Hercule Poirot.

– Como?

O dr. Bessner ergueu os olhos.

– *Ach! Isso.*

Race disse:

– Deus do céu! O que me diz disso, Poirot?

– Você quer saber o que é isso – disse Poirot, ligeiramente convencido. – *Eh bien*, é muito simples, não? A madame Doyle está morrendo, deseja indicar seu assassino e escreve com o dedo, molhado no próprio sangue, a inicial de quem a matou. Oh, sim, bastante simples.

– *Ach*, mas...

O dr. Bessner ia falar, mas um gesto brusco de Race o silenciou.

– É isso o que lhe ocorre? – perguntou o coronel.

Poirot voltou-se para ele, concordando com a cabeça.

– Sim, sim. É, como eu disse, de uma incrível simplicidade! Tão familiar, não? Acontece com tanta frequência nas páginas dos romances policiais. Na verdade, já é até um pouco *vieux jeu*! O que nos leva a suspeitar que nosso assassino é... antiquado!

Race respirou profundamente.

– Compreendo – disse. – A princípio, achei... – interrompeu-se.

Poirot emendou com um sorriso:

– Que eu acreditava em todos os velhos clichês melodramáticos? Mas, perdão, dr. Bessner, o que o senhor ia dizer mesmo?

Bessner respondeu, com sua voz gutural:

– O que eu ia dizer? Que isso é um absurdo. A pobre moça morreu na hora. Molhar o dedo no sangue (como veem, há muito pouco sangue) e escrever a letra J na parede... um absurdo essa ideia! Um absurdo melodramático.

– *C'est de l'enfantillage* – concluiu Poirot.

– Mas foi feito com um propósito – sugeriu Race.

– Naturalmente – concordou Poirot, sério.

– O que significa a letra J? – perguntou Race.

Poirot respondeu na hora:

– J de Jacqueline de Bellefort, uma jovem que me declarou, há menos de uma semana, que nada lhe daria mais prazer do que... – fez uma pausa e depois citou: – "encostar meu revólver em sua cabeça e apertar o gatilho".

– *Gott im Himmel!* – exclamou o dr. Bessner.

Houve um momento de silêncio. Em seguida, Race respirou fundo e disse:

– Que foi exatamente o que aconteceu aqui.

— Sim — respondeu Bessner. — Foi um revólver de calibre muito pequeno. Como eu disse, provavelmente 22. A bala precisa ser extraída, evidentemente, para termos certeza.

Race compreendia.

— E o que nos diz sobre a hora da morte? — indagou o coronel.

Bessner coçou o queixo de novo, fazendo um ruído áspero.

— Não tenho como ser muito preciso. Agora são oito horas da manhã. Eu diria, levando em consideração a temperatura de ontem à noite, que ela está morta há umas seis horas, no máximo oito.

— Ou seja, entre meia-noite e duas da manhã.

— Exatamente.

Houve uma pausa. Race olhou em volta.

— E o marido? Suponho que esteja dormindo na cabine contígua.

— No momento — informou o dr. Bessner —, ele está dormindo em minha cabine.

Os outros dois ficaram surpresos.

Bessner abanou a cabeça várias vezes.

— *Ach, so.* Vejo que não lhes contaram. O sr. Doyle foi atingido por um tiro ontem à noite no salão.

— Tiro? De quem?

— De uma jovem, Jacqueline de Bellefort.

Race perguntou bruscamente:

— É grave?

— Sim. O osso foi fraturado. Fiz tudo o que estava a meu alcance, mas o sr. Doyle precisará tirar uma radiografia e receber tratamento adequado o quanto antes. Neste navio, é impossível.

— Jacqueline de Bellefort — murmurou Poirot, voltando a olhar para o J pintado na parede.

Race disse com urgência:

— Se não há mais nada a fazer aqui, vamos lá para baixo. A gerência deixou a sala de fumantes à nossa disposição. É fundamental sabermos os detalhes do que aconteceu ontem à noite.

Saíram da cabine. Race trancou a porta e guardou a chave.

— Podemos voltar mais tarde — disse. — A primeira coisa a fazer é esclarecer todos os fatos.

Eles desceram para o convés de baixo, onde encontraram o gerente do *Karnak* esperando, pouco à vontade, na porta da sala de fumantes. O coitado estava terrivelmente abalado com toda aquela história e não via a hora de passar a responsabilidade para o coronel Race.

— Parece-me que a melhor opção é deixar tudo em suas mãos, senhor, levando em conta sua posição oficial. Recebi ordens de me colocar à sua disposição sobre aquele outro assunto. Se quiser assumir o comando, cuidarei para que tudo seja feito conforme sua vontade.

— Ótimo! Para começar, gostaria que esta sala fosse reservada para mim e para o monsieur Poirot durante a investigação.

— Certamente, senhor.

— Por enquanto é isso. Continue com seu trabalho. Sei onde encontrá-lo.

Levemente aliviado, o gerente saiu da sala.

— Sente-se, Bessner — disse Race. — Vamos repassar toda a história do que aconteceu ontem à noite.

Ele e Poirot ouviram em silêncio o relato do médico, com sua voz estrondosa.

— Muito claro — comentou Race, no final. — A moça se preparou, com a ajuda de um drinque ou dois, e finalmente atirou no sr. Doyle, com um revólver calibre 22. Em seguida, foi até a cabine de Linnet Doyle e atirou nela também.

— Não, não — disse o dr. Bessner. — Não acho que tenha sido assim. Não teria sido *possível*. Em primeiro lugar, ela não teria escrito sua própria inicial na parede. Seria ridículo, *nicht wahr*?

— Poderia — declarou Race — se estivesse tão cegamente furiosa e enciumada quanto parecia. Talvez quisesse assinar o crime, por assim dizer.

Poirot discordava com a cabeça.

— Não, não. Não acho que ela teria sido tão *bruta* assim.

— Então só há uma explicação para esse J. Foi escrito por outra pessoa para incriminá-la.

Bessner concordou.

— Sim, e o criminoso foi infeliz, porque não só é *improvável* que a jovem Fräulein tenha cometido o crime, mas *impossível*, a meu ver.

— Como assim?

Bessner contou da histeria de Jacqueline e das circunstâncias que os levaram a chamar a srta. Bowers para tomar conta dela.

— E acho... tenho certeza de que a srta. Bowers ficou a noite inteira com ela.

— Se foi assim, o caso fica muito mais simples — disse Race.

— Quem descobriu o crime? — perguntou Poirot.

— A criada da sra. Doyle, Louise Bourget. Foi chamar a patroa, como sempre, e a encontrou morta. Saiu apavorada da cabine e desmaiou nos braços de um criado. Ele contou para o gerente, que veio falar comigo. Fui chamar o dr. Bessner e depois fui à sua procura.

Poirot concordou com a cabeça.

— Doyle precisa saber — continuou Race. — O senhor disse que ele ainda está dormindo?

– Sim – respondeu Bessner. – Está dormindo em minha cabine. Dei-lhe um sedativo forte ontem à noite.

Race virou-se para Poirot.

– Bem – disse –, acho que não precisamos mais prender o doutor, não é? Obrigado, doutor.

Bessner ficou em pé.

– Vou tomar meu café da manhã. Depois, volto para minha cabine, para ver se o sr. Doyle já pode ser acordado.

– Obrigado.

Bessner retirou-se. Poirot e Race entreolharam-se.

– O que acha, Poirot? – perguntou Race. – Você está no comando. Acatarei suas ordens. Você diz, eu faço.

Poirot curvou-se.

– *Eh bien*! – disse. – Precisamos iniciar o inquérito. Primeiro, acho que devemos verificar o incidente de ontem à noite. Ou seja, interrogar Fanthorp e a srta. Robson, que foram as testemunhas do que ocorreu. O desaparecimento da arma é muito significativo.

Race tocou uma campainha e enviou uma mensagem pelo criado.

Poirot suspirou, sacudindo a cabeça.

– Muito sério isso – murmurou. – Muito sério.

– Tem alguma ideia? – perguntou Race com curiosidade.

– Minhas ideias são conflitantes. Não consigo colocá-las em ordem. Não podemos nos esquecer do grande fato de que essa moça odiava Linnet Doyle e queria matá-la.

– Você acha que ela seria capaz de fazer isso?

– Acho que sim – Poirot respondeu, sem muita convicção.

– Mas não dessa forma, não é? É isso o que o preocupa, não? Ela não entraria na cabine no escuro e atiraria nela enquanto dormia. É o elemento "sangue frio" que o confunde, não?

– Em certo sentido, sim.

– Acha que essa moça, Jacqueline de Bellefort, seria incapaz de um crime frio e premeditado?

Poirot respondeu, vagarosamente:

– Não tenho certeza. Ela teria a inteligência de premeditar, sim. Mas duvido que chegasse a concretizar o *ato* em si.

– Compreendo – disse Race. – Bem, de acordo com o relato de Bessner, também teria sido fisicamente impossível.

– Se isso for verdade, facilita bastante o caso. Esperemos que seja verdade. – Poirot fez uma pausa e acrescentou com simplicidade: – Ficarei feliz se for, porque gosto muito daquela moça.

A porta abriu-se. Fanthorp e Cornelia entraram. Bessner chegou logo depois.

– Não é um horror? – disse Cornelia, ofegante. – Coitada da sra. Doyle! Tão encantadora. Só um *demônio* para feri-la! E o sr. Doyle, coitado. Ficará desesperado quando souber. Ontem à noite mesmo, estava preocupadíssimo, com medo que a esposa ficasse sabendo do incidente.

– É justamente sobre isso que queremos que nos conte, srta. Robson – disse Race. – Queremos saber exatamente o que aconteceu ontem à noite.

Cornelia começou um pouco confusa, mas uma ou duas perguntas de Poirot a ajudaram.

– Ah, sim, compreendo. Depois do *bridge*, a madame Doyle foi para sua cabine. Será que foi mesmo?

– Foi – disse Race. – Eu a vi. Cheguei a dizer boa--noite para ela na porta.

– A que horas foi isso?

– Ah, não sei dizer – respondeu Cornelia.

– Eram onze e vinte – disse Race.

– *Bien*. Então, às onze e vinte, madame Doyle estava viva. Nesse momento, quem estava no salão?

Fanthorp respondeu:

– Doyle, a srta. de Bellefort, eu e a srta. Robson.

– Isso mesmo – confirmou Cornelia. – O sr. Pennington tomou um drinque e foi dormir.

– Isso foi quanto tempo depois?

– Ah, uns três ou quatro minutos depois.

– Antes das onze e meia, então.

– Sim.

– Então, só ficaram no salão a senhorita, a srta. de Bellefort, o monsieur Doyle e o monsieur Fanthorp. O que vocês ficaram fazendo?

– O sr. Fanthorp estava lendo um livro. Eu fiquei bordando. A srta. de Bellefort estava... estava...

Fanthorp ajudou:

– Estava enchendo a cara.

– Sim – confirmou Cornelia. – Conversava comigo, pedindo-me que contasse minha vida. E dizia coisas... principalmente para mim, mas acho que suas palavras eram para o sr. Doyle. Ele começou a ficar irritado, mas não falou nada. Devia ser para ela se acalmar.

– Mas ela não se acalmou.

– Não. Tentei ir embora uma ou duas vezes, mas ela insistiu para eu ficar, e comecei a me sentir muito constrangida. Depois, o sr. Fanthorp se levantou e saiu...

– Era uma situação constrangedora mesmo – disse Fanthorp. – Achei melhor sair discretamente. A srta. de Bellefort estava preparando uma cena.

– E aí ela puxou o revólver – continuou Cornelia –, e o sr. Doyle deu um salto para tentar impedi-la, mas o revólver disparou, e a bala atingiu-o na perna. Nesse momento, a srta. de Bellefort começou a chorar e soluçar... e eu, aterrorizada, corri atrás do sr. Fanthorp. Ele me acompanhou. O sr. Doyle pediu que não fizéssemos escândalo, e um dos rapazes núbios ouviu o barulho e apareceu no salão, mas o sr. Fanthorp disse para ele que estava tudo bem. Aí, levamos Jacqueline para a cabine dela, e o sr. Fanthorp ficou um pouco com ela até eu chegar com a srta. Bowers.

Cornelia parou, ofegante.

– A que horas foi isso?

Cornelia repetiu:

– Ah, não sei.

Mas Fanthorp respondeu, sem pestanejar:

– Mais ou menos meia-noite e vinte. Sei que à meia-noite e meia cheguei à minha cabine.

– Preciso que me esclareçam um ou dois pontos – disse Poirot. – Depois que a madame Doyle se retirou, algum de vocês quatro saiu do salão?

– Não.

– Têm certeza de que a mademoiselle de Bellefort não saiu de lá?

Fanthorp respondeu sem hesitar:

– Absoluta. Nem Doyle, nem a srta. de Bellefort, nem a srta. Robson, nem eu. Ninguém saiu.

– Ótimo. Isso prova que a mademoiselle de Bellefort não poderia ter assassinado a madame Doyle antes de meia-noite e vinte, digamos. Agora, mademoiselle Robson, a senhorita disse que foi chamar a mademoiselle Bowers. A mademoiselle de Bellefort ficou sozinha na cabine durante esse tempo?

– Não. O sr. Fanthorp ficou com ela.

– Ótimo! Até agora, a mademoiselle de Bellefort tem um álibi perfeito. Ela é a próxima pessoa a ser ouvida, mas antes de chamá-la, gostaria de saber sua opinião sobre um ou dois pontos. O monsieur Doyle, segundo a senhorita, estava muito preocupado que a mademoiselle de Bellefort ficasse sozinha. Será que temia que ela estivesse pensando em cometer outra loucura?

– Essa é a minha opinião – respondeu Fanthorp.

– Temia que ela atacasse a madame Doyle.

– Não – disse Fanthorp. – Não creio que fosse esse seu receio. A meu ver, ele temia que ela fizesse alguma loucura contra si própria.

– Suicídio?

– Sim. Nesse momento, o efeito do álcool já havia desaparecido, e ela estava arrasada com o que havia feito. Recriminava-se o tempo todo, dizendo que era melhor morrer.

Cornelia disse timidamente:

– Acho que ele estava bastante preocupado com ela. Falou com muita calma. Disse que era tudo culpa sua, que ele a tratava mal. Foi muito delicado.

Hercule Poirot ouvia, pensativo.

– E o revólver? – continuou. – O que aconteceu com o revólver?

– Ela deixou o revólver cair – informou Cornelia.

– E depois?

Fanthorp explicou que havia voltado para procurar, mas não encontrou nada.

– Aha! – exclamou Poirot. – Agora estamos chegando perto. Por favor, sejam bastante precisos. Gostaria que descrevessem exatamente o que aconteceu.

– A srta. de Bellefort deixou o revólver cair, dando-lhe um pontapé em seguida.

– Como se sentisse repugnância – explicou Cornelia. – Sei o que ela sentia.

– E o revólver foi parar debaixo de uma poltrona, vocês disseram. Agora, muita atenção. A mademoiselle de Bellefort não pegou o revólver antes de sair do salão?

Tanto Fanthorp quanto Cornelia foram incisivos neste ponto.

– *Précisément.* Quero apenas ter certeza, vocês compreendem. Chegamos, então, a este ponto. Quando a mademoiselle de Bellefort sai do salão, o revólver está debaixo da poltrona, e como ela não ficou sozinha depois disso, estando sempre na companhia do monsieur Fanthorp, da mademoiselle Robson ou da mademoiselle Bowers, não teve oportunidade de ir ao salão pegar a arma. Que horas eram, monsieur Fanthorp, quando voltou para procurar o revólver?

– Deve ter sido um pouco antes da meia-noite e meia.

– E quanto tempo se passou, desde o momento em que o senhor e o dr. Bessner carregaram o monsieur Doyle para fora do salão até o senhor voltar?

– Uns cinco minutos, talvez um pouco mais.

– Então, nesses cinco minutos, alguém pegou o revólver debaixo da poltrona, onde ele estava, de certa forma, escondido. Esse alguém *não* era a mademoiselle de Bellefort. Quem poderia ser? É muito provável que essa pessoa tenha sido o assassino da madame Doyle. Podemos presumir também que essa pessoa viu ou ouviu parte do que aconteceu no salão um pouco antes.

– Não entendo como o senhor chegou a essa conclusão – objetou Fanthorp.

– O senhor acabou de nos contar que o revólver estava debaixo da poltrona, fora do alcance da vista. Portanto, é pouco provável que ele tenha sido descoberto por *acaso*. Ele foi pego por alguém que sabia que ele estava lá. Esse alguém, portanto, deve ter assistido à cena.

Fanthorp sacudiu a cabeça.

– Não vi ninguém quando saí para o convés, pouco antes do tiro.

– Ah, mas o senhor saiu pela porta a estibordo.
– Sim. Do mesmo lado de minha cabine.
– Então, se houvesse alguém na porta a bombordo espiando pelo vidro, o senhor não teria visto.
– Não – admitiu Fanthorp.
– Alguém ouviu o tiro, além do rapaz núbio?
– Que eu saiba, não.

Fanthorp continuou:
– As janelas estavam todas fechadas, pois a srta. Van Schuyler tinha sentido uma corrente de ar no início da noite. As portas estavam fechadas também. Muito difícil que alguém tenha ouvido o disparo. Deve ter soado como o estouro de uma rolha.

Race disse:
– Até onde eu sei, ninguém parece ter ouvido o segundo tiro, o tiro que matou a sra. Doyle.
– Falaremos disso daqui a pouco – disse Poirot. – Por enquanto, quero me ater à mademoiselle de Bellefort. Precisamos falar com a srta. Bowers. Mas, antes de vocês irem – deteve Fanthorp e Cornelia com um gesto –, gostaria que me dessem algumas informações sobre vocês. Assim, não será necessário chamá-los de novo. Primeiro o senhor, monsieur. Nome completo?
– James Lechdale Fanthorp.
– Endereço?
– Glasmore House, Market Donnington, Northamptonshire.
– Profissão?
– Sou advogado.
– Suas razões para visitar este país?

Houve uma pausa. Pela primeira vez, o impassível sr. Fanthorp pareceu desconcertado. Disse, por fim, murmurando:
– Por... prazer.

– Ah! – exclamou Poirot. – Tirou umas férias, não?
– Bem... sim.
– Muito bem, sr. Fanthorp. Poderia fazer um resumo do que fez ontem à noite depois dos acontecimentos que acaba de expor?
– Fui direto para a cama.
– A que horas foi isso?
– Um pouco depois da meia-noite e meia.
– Sua cabine é a 22, a estibordo, a mais próxima do salão.
– Sim.
– Gostaria de fazer-lhe mais uma pergunta. O senhor ouviu alguma coisa, qualquer coisa, depois que foi para sua cabine?

Fanthorp parou para pensar.

– Fui deitar logo. Tenho a impressão de ter ouvido o som de algo caindo na água quando adormecia. Mais nada.
– O senhor ouviu algo caindo na água? Perto?
– Não sei dizer. Estava quase dormindo.
– E a que horas deve ter sido isso?
– À uma, mais ou menos. Não sei.
– Obrigado, monsieur Fanthorp. Isso é tudo.

Poirot dirigiu a atenção para Cornelia.

– Agora a mademoiselle Robson. Nome completo?
– Cornelia Ruth. Meu endereço é The Red House, Bellfield, Connecticut.
– O que a trouxe ao Egito?
– A prima Marie, a srta. Van Schuyler, me convidou.
– A senhorita já conhecia a madame Doyle antes desta viagem?
– Não.
– E o que a senhorita fez ontem à noite?
– Fui direto para a cama depois de ajudar o dr. Bessner com a perna do sr. Doyle.

— Sua cabine é...?

— A cabine 43, a bombordo, bem ao lado da srta. de Bellefort.

— E ouviu alguma coisa?

— Não ouvi nada — respondeu Cornelia.

— Nenhum som de água?

— Não. Nem poderia ouvir, pois o navio está encostado à margem do meu lado.

Poirot demonstrou que compreendia com um gesto de cabeça.

— Obrigado, mademoiselle Robson. Poderia fazer a gentileza de chamar a mademoiselle Bowers?

Fanthorp e Cornelia retiraram-se.

— Parece claro — disse Race. — A menos que três testemunhas independentes estejam mentindo, Jacqueline de Bellefort não pegou o revólver. Mas alguém pegou. E alguém presenciou a cena. E alguém foi ousado o suficiente para escrever um grande J na parede.

Bateram na porta, e a srta. Bowers entrou. A enfermeira sentou-se com seu jeito calmo e eficiente de sempre. Em resposta a Poirot, disse seu nome, endereço e profissão, acrescentando:

— Estou cuidando da srta. Van Schuyler há mais de dois anos.

— A saúde da mademoiselle Van Schuyler está muito ruim?

— Não. Eu não diria isso — retrucou a srta. Bowers. — Ela não é nenhuma jovem, e se preocupa com sua saúde, de modo que gosta de ter uma enfermeira sempre a seu lado. Mas não tem nada grave. Só precisa de atenção e está disposta a pagar por isso.

Poirot mostrou que compreendia.

— Soube que a mademoiselle Robson foi chamá-la ontem à noite.

— Sim.

— Poderia me contar exatamente o que aconteceu?

— Bem, a srta. Robson me contou resumidamente o que tinha acontecido, e eu a acompanhei. Encontrei a srta. de Bellefort num estado de grande ansiedade e histeria.

— Ela fez alguma ameaça à madame Doyle?

— Não. Nada. Ela se censurava, num tom mórbido. Havia bebida demais, parece, e estava sentindo o efeito disso. Não achei bom deixá-la sozinha. Dei-lhe uma injeção à base de morfina e fiquei com ela.

— Agora, mademoiselle Bowers, quero que me responda uma questão: a mademoiselle de Bellefort saiu da cabine em algum momento?

— Não.

— E a senhorita?

— Eu fiquei com ela até hoje de manhã.

— Tem certeza?

— Absoluta.

— Obrigado, mademoiselle Bowers.

A enfermeira retirou-se. Os dois homens entreolharam-se.

Jacqueline de Bellefort era inocente. Quem, então, teria assassinado Linnet Doyle?

Capítulo 14

Race disse:

– Alguém pegou o revólver, e não foi Jacqueline de Bellefort. Alguém que sabia o suficiente para julgar que o crime seria atribuído a ela. Mas essa pessoa não sabia que uma enfermeira lhe daria uma injeção à base de morfina e passaria a noite a seu lado. E mais um detalhe: alguém já havia tentado matar Linnet Doyle, empurrando uma pedra de cima do penhasco. Esse alguém *não* era Jacqueline de Bellefort. Quem seria, então?

Poirot disse:

– Será mais simples dizer quem não poderia ter sido. O monsieur Doyle, a madame Allerton, o monsieur Allerton, a mademoiselle Van Schuyler e a mademoiselle Bowers são inocentes, pois estavam todos no meu campo de visão naquele momento.

– Hmm – fez Race. – Ainda temos muita gente. E o motivo?

– É nisso que espero que o monsieur Doyle possa nos ajudar. Houve vários incidentes...

A porta abriu-se e Jacqueline de Bellefort entrou. Estava muito pálida e caminhava com dificuldade.

– Não fui eu – ela disse, com voz de criança assustada. – Não fui eu. Por favor, acreditem em mim. Todo mundo vai pensar que fui eu... mas não fui eu... não fui eu. Que horror! Queria que não tivesse acontecido. Eu poderia ter matado Simon ontem à noite. Estava descontrolada. Mas o outro tiro não fui eu...

Sentou-se, desabando em lágrimas.

Poirot procurou consolá-la.

– Calma, calma. Sabemos que não matou a madame Doyle. Está provado... sim, provado, *mon enfant*. Não foi a senhorita.

Jackie endireitou-se de repente, com um lenço molhado nas mãos.

– Quem foi, então?

– É exatamente isso que estamos nos perguntando – respondeu Poirot. – Não pode nos ajudar nisso, minha jovem?

Jacqueline sacudiu a cabeça.

– Não sei... Não tenho ideia... Não tenho a mínima ideia – disse, franzindo a testa. – Não consigo pensar em ninguém que desejasse sua morte. – Sua voz vacilou: – A não ser eu.

– Desculpem-me por um momento – interrompeu Race. – Acabei de pensar em algo.

Saiu apressadamente da sala.

Jacqueline de Bellefort ficou sentada, cabisbaixa, torcendo os dedos, nervosa. De repente, exclamou:

– A morte é uma coisa horrível! Horrível! Odeio pensar nisso.

– Sim – concordou Poirot. – Não é agradável pensar que agora, neste exato momento, alguém está comemorando o sucesso da execução de seu plano.

– Não! Não! – gritou Jackie. – É horrível pensar dessa maneira.

Poirot encolheu os ombros.

– Mas é verdade.

Jackie falou em voz baixa:

– Queria que ela morresse... e agora ela *está* morta... E, o que é pior... morreu exatamente como eu disse.

– Sim, mademoiselle. Com um tiro na cabeça.

Jacqueline exclamou:

– Eu estava certa, então, naquela noite no Hotel Catarata. Havia realmente alguém ouvindo!

– Eu me perguntava se a senhorita se lembraria disso. Sim, é muita coincidência que a madame Doyle tenha morrido exatamente da forma como descreveu.

Jackie encolheu os ombros.

– Aquele homem, aquela noite... Quem poderia ter sido?

Poirot ficou em silêncio por um tempo, depois perguntou, com outro tom de voz:

– Tem certeza de que era um homem, mademoiselle?

– Sim, claro. Pelo menos...

– Sim?

Jacqueline franziu a testa, semicerrando os olhos na tentativa de lembrar.

– *Achei* que fosse um homem... – disse lentamente.

– Mas agora não tem tanta certeza.

– Não, não tenho certeza – respondeu. – Julguei que fosse um homem... mas vi apenas um vulto... uma sombra...

Fez uma pausa e, como Poirot não disse nada, acrescentou:

– O senhor acha que era uma mulher? Mas nenhuma mulher deste navio ia querer matar Linnet.

Poirot limitou-se a mover a cabeça de um lado para o outro.

A porta abriu-se e Bessner apareceu.

– Poderia falar com o sr. Doyle, monsieur Poirot? Ele gostaria de vê-lo.

Jackie deu um salto, agarrando o médico pelo braço.

– Como ele está? Está bem?

– É claro que não está bem – respondeu o dr. Bessner em tom de reprovação. – O osso está fraturado.

– Mas não morrerá – quis saber Jackie.

– *Ach*, quem falou de morrer? Vamos levá-lo para a cidade. Lá, ele vai tirar uma radiografia e receber o tratamento adequado.

– Oh! – exclamou a moça, comprimindo as mãos uma contra a outra e desabando de novo numa cadeira.

Poirot saiu ao convés com o médico e encontrou Race, que se reuniu a eles. Subiram o tombadilho e foram até a cabine de Bessner.

Simon Doyle estava deitado, escorado por almofadas e travesseiros, com um imobilizador improvisado na perna. Tinha o rosto bastante pálido, devastado pela dor e pelo choque. Mas a expressão predominante em sua fisionomia era de perplexidade – a penosa perplexidade de uma criança.

– Por favor, entrem – murmurou. – O médico me contou... me contou... sobre Linnet... Não consigo acreditar. Simplesmente não consigo acreditar que seja verdade.

– Sim, o senhor deve estar bastante abalado – disse Race.

Simon balbuciou:

– Não foi Jackie. Tenho certeza de que não foi ela! Tudo leva a crer que foi, mas garanto que não foi. Ela... ela estava um pouco nervosa ontem à noite e vinha preparada, e é por isso que me acertou. Mas ela não cometeria... um *assassinato*... um assassinato a sangue frio...

Poirot disse calmamente:

– Não se desgaste, monsieur Doyle. Quem atirou em sua mulher não foi a mademoiselle de Bellefort.

Simon olhou para ele sem entender.

– Sério?

– Mas, como não foi a mademoiselle de Bellefort – continuou Poirot –, o senhor teria alguma ideia de quem pode ter sido?

Simon respondeu que não com a cabeça, ainda mais perplexo.

– Impossível. Além de Jackie, ninguém desejava sua morte.

– Pense bem, monsieur Doyle. Ela não tinha inimigos? Ninguém guardava algum ressentimento em relação a ela?

Simon abanou a cabeça com o mesmo ar atônito.

– É algo totalmente surreal. Há Windlesham, claro. Ela o abandonou para se casar comigo. Mas não consigo imaginar um sujeito educado como Windlesham cometendo um assassinato. De qualquer maneira, ele está a muitos quilômetros de distância daqui. O mesmo se aplica ao sir George Wode. Ele tinha um pequeno ressentimento em relação a Linnet quanto à casa. Reprovava a reforma. Mas está longe daqui, em Londres, e seria absurdo pensar num crime por um motivo tão fútil.

– Escute, monsieur Doyle – Poirot falava com seriedade. – No primeiro dia a bordo do *Karnak*, fiquei impressionado com uma breve conversa que tive com sua esposa. Ela estava muito aborrecida, muito confusa. Disse... preste bem atenção... que *todo mundo* a odiava, que tinha medo e se sentia insegura... como se *todos* à sua volta fossem inimigos.

– Ela ficou realmente perturbada quando viu Jackie no navio. Eu também fiquei – comentou Simon.

– É verdade, mas isso não explica aquelas palavras. Quando ela disse que estava cercada de inimigos, com certeza era exagero, mas sem dúvida se referia a mais de uma pessoa.

– O senhor está certo – admitiu Simon. – Creio que posso explicar. Havia um nome na lista de passageiros que a incomodou.

– Um nome na lista de passageiros? Que nome?

– Bem, ela não me disse. Na verdade, eu não estava nem escutando. Pensava na questão toda de Jacqueline. Pelo que me lembro, Linnet disse algo sobre enganar as pessoas nos negócios, e que ela não se sentia à vontade quando encontrava alguém que tinha uma queixa contra sua família. Embora eu não conheça muito a história da família, sei que a mãe de Linnet era filha de um milionário. Seu pai era apenas rico, mas depois do casamento começou a investir em ações. Como resultado, claro, várias pessoas tiveram prejuízo. O senhor sabe como é: um dia o sujeito está lá em cima, no outro, na sarjeta. Bem, suponho que houvesse alguém a bordo cujo pai perdera dinheiro por causa do pai de Linnet. Lembro-me de que ela disse: "É horrível quando as pessoas nos odeiam sem nem nos conhecer".

– Sim – concordou Poirot, pensativo. – Isso explica o que ela me disse. Pela primeira vez sentia o peso de sua posição e não as vantagens. O senhor tem certeza, monsieur Doyle, de que ela não mencionou o nome desse homem?

Simon balançou a cabeça.

– Na verdade, não prestei muita atenção. Só disse: "Hoje em dia, ninguém dá muita importância ao que aconteceu com os pais. A vida não para". Algo assim.

Bessner disse secamente:

– *Ach*, mas tenho um palpite. Existe um rapaz a bordo que demonstra ressentimento.

– Ferguson? – perguntou Poirot.

– Sim. Ele falou contra a sra. Doyle uma ou duas vezes. Eu mesmo escutei.

– O que podemos fazer para descobrir? – indagou Simon.

Poirot respondeu:

– O coronel Race e eu devemos interrogar todos os passageiros. Enquanto não tivermos todas as versões, seria leviandade conceber teorias. Há, ainda, a criada. É a primeira que interrogaremos. Seria bom que fizéssemos isso aqui. A presença do monsieur Doyle pode ajudar.

– Sim, boa ideia – disse Simon.

– Ela estava com a sra. Doyle há muito tempo?

– Há uns dois meses, não mais.

– Só há dois meses! – exclamou Poirot.

– O senhor não acha...

– Sua esposa tinha joias de valor?

– Tinha pérolas – contou Simon. – Ela me contou uma vez que valiam quarenta ou cinquenta mil. – Simon estremeceu. – Meu Deus, o senhor acha que aquelas malditas pérolas...

– Roubo é um possível motivo – disse Poirot. – De qualquer maneira, é muito pouco provável. Bem, veremos. Pode chamar a criada.

Louise Bourget era a mesma morena vivaz que Poirot encontrara no tombadilho outro dia.

Mas agora a vivacidade desaparecera. Via-se que tinha chorado, e a moça parecia assustada. No entanto, transparecia-lhe no rosto uma expressão astuciosa que desagradou os dois homens.

– Seu nome é Louise Bourget?

– Sim, monsieur.

– Quando viu a madame Doyle viva pela última vez?

– Ontem à noite, monsieur. Estava na cabine dela para ajudá-la a tirar a roupa.

– Que horas eram?

– Um pouco depois das onze, monsieur. Não sei exatamente. Despi a madame, coloquei-a na cama e saí.

– Quanto tempo levou tudo isso?

– Dez minutos, monsieur. A madame estava cansada. Pediu-me para apagar as luzes quando saísse.

– E quando saiu, o que a senhorita fez?

— Fui para minha cabine, monsieur, no convés de baixo.

— E a senhorita não viu nem ouviu nada que possa nos ajudar?

— Como poderia, monsieur?

— Isso, mademoiselle, só a senhorita poderia dizer — retrucou Poirot.

A mulher olhou-o de soslaio.

— Mas, monsieur, eu não estava perto... O que eu poderia ter visto ou ouvido? Estava no convés de baixo. Minha cabine fica do outro lado do navio. Impossível ouvir alguma coisa de lá. Naturalmente, se não tivesse conseguido dormir, se tivesse subido as escadas, *aí* sim, talvez tivesse visto o assassino, esse monstro, entrando ou saindo da cabine da madame, mas como foi...

Ergueu as mãos num gesto suplicante para Simon.

— Monsieur, eu lhe imploro... O que posso dizer?

— Minha querida – disse Simon asperamente –, não seja tola. Ninguém acha que você viu ou ouviu coisa alguma. Não se preocupe. Eu cuidarei de você. Ninguém a está acusando de nada.

— Monsieur é muito bom – murmurou Louise, fechando os olhos modestamente.

— Podemos afirmar, portanto, que a senhorita não viu nem ouviu nada? – perguntou Race, sem paciência.

— Foi o que eu disse, monsieur.

— E a senhorita não conhece ninguém que tivesse alguma desavença com a sua patroa?

Para surpresa de todos os presentes, Louise respondeu que conhecia.

— Ah, sim, conheço. A essa pergunta posso responder "sim" tranquilamente.

— Refere-se à mademoiselle de Bellefort? – perguntou Poirot.

– Ela, com certeza. Mas não é dela que estou falando. Há um homem a bordo que não gostava da madame, que estava muito zangado porque ela o havia prejudicado.

– Meu Deus! – Simon exclamou. – O que significa tudo isso?

Louise continuou, enfaticamente:

– Sim, sim, é exatamente isso! A história está relacionada à ex-criada da madame, que trabalhou antes de mim. Um homem, um dos maquinistas deste navio, queria se casar com ela. E ela, Marie, também queria. Mas a madame Doyle investigou a vida dele e descobriu que esse tal Fleetwood já era casado... entendem? Uma mulher deste país. Ela havia voltado para sua família, mas ele ainda era casado com ela. A madame contou tudo isso para Marie, e Marie ficou muito triste, sem querer saber mais dele. Fleetwood ficou furioso e quando descobriu que a madame Doyle era mademoiselle Linnet Ridgeway antes do casamento, disse-me que gostaria de matá-la! A intromissão dela havia estragado sua vida, disse ele.

Louise fez uma pausa triunfante.

– Interessante – comentou Race.

Poirot voltou-se para Simon.

– O senhor sabia disso?

– Não – respondeu Simon, com evidente sinceridade. – Duvido até que Linnet soubesse que esse homem estava no navio. Provavelmente se esquecera do incidente.

Perguntou bruscamente à criada.

– Você contou alguma coisa para a sra. Doyle sobre isso?

– Não, monsieur, claro que não.

Poirot perguntou:

– A senhorita sabe algo sobre o colar de pérolas de sua patroa?

– O colar de pérolas? – repetiu Louise com os olhos arregalados. – Ela o usou ontem à noite.

– A senhorita viu o colar quando ela foi para a cama?

– Sim, monsieur.

– Onde ela o colocou?

– Na mesinha de cabeceira, como sempre.

– Foi onde o viu pela última vez?

– Sim, monsieur.

– E o colar estava lá hoje de manhã?

Um olhar de espanto surgiu no rosto da menina.

– *Mon Dieu*! Nem reparei. Aproximei-me da cama, vi a madame... soltei um berro e saí correndo. Acabei desmaiando.

Hercule Poirot fez que compreendia com a cabeça.

– A senhorita não reparou. Mas sou bom observador e digo-lhe que não havia nenhum colar na mesinha de cabeceira hoje de manhã.

Capítulo 15

Poirot não se enganara. Não havia colar de pérolas na mesinha de cabeceira de Linnet Doyle.

Louise Bourget foi encarregada de conferir os pertences de Linnet. De acordo com ela, estava tudo em ordem. Só o colar havia desaparecido.

Quando saíram da cabine, um dos criados estava esperando para avisar que o café da manhã tinha sido servido na sala de fumantes. Ao atravessarem o convés, Race parou e debruçou-se sobre a amurada.

– Ah! Vejo que teve uma ideia, meu amigo.

– Sim. Ocorreu-me algo quando Fanthorp disse que ouviu o som de alguma coisa caindo na água. É perfeitamente possível que, depois do crime, o assassino tenha jogado o revólver lá embaixo.

– Acha realmente possível, meu amigo? – perguntou Poirot.

Race encolheu os ombros.

– É uma possibilidade. Afinal, a arma não foi encontrada na cabine. Foi a primeira coisa que procurei.

– Mesmo assim – disse Poirot –, parece incrível que a arma tenha sido jogada na água.

– Onde ela está, então? – indagou Race.

Poirot respondeu, pensativo:

– Se não está na cabine da madame Doyle, pela lógica só pode estar em um lugar.

– Onde?

– Na cabine da mademoiselle de Bellefort.

– Sim, faz sentido... – disse Race. – Ela não está na cabine agora. Vamos lá dar uma olhada?

– Não, meu amigo, seria precipitado de nossa parte – respondeu Poirot. – Talvez a arma ainda não tenha sido colocada lá.

– O que acha de uma busca imediata em todo o navio?

– Dessa forma, mostraríamos nossas cartas. Devemos agir com bastante cautela. Nossa posição é muito delicada no momento. Vamos discutir a situação enquanto comemos.

Race concordou. Os dois foram para a sala de fumantes.

– Bem – disse Race, servindo-se de café. – Temos duas situações concretas: o desaparecimento das pérolas e a questão de Fleetwood. Em relação às pérolas, tudo leva a crer que foi roubo, mas... não sei se concordará comigo...

Poirot emendou:

– Mas foi um momento estranho para pensar nisso?

– Exato. Roubar as pérolas numa situação dessas acarretaria uma revista rigorosa em todos os passageiros a bordo. Como o ladrão poderia esperar escapar?

– Ele pode ter ido a terra e deixado o colar em algum lugar.

– A companhia tem sempre um vigia em terra.

– Então não seria possível. Será que o assassinato foi cometido para desviar a atenção do roubo? Não, não faz sentido. Uma ideia absurda. Mas suponhamos que a madame Doyle tenha acordado e apanhado o ladrão no flagra.

– E por isso o ladrão atirou nela? Mas ela estava dormindo quando a mataram.

– Então não faz sentido... Tenho uma ideia em relação a essas pérolas... e, no entanto... não... é impossível.

Porque se eu estivesse certo, as pérolas não teriam desaparecido. Diga-me: o que você acha da criada?

– Achei que ela sabia mais do que disse – respondeu Race lentamente.

– Ah, você também teve essa impressão?

– Não é uma menina confiável, isso é certo – disse Race.

– Sim, eu não confiaria nela – concordou Hercule Poirot, acompanhando as palavras com um gesto afirmativo de cabeça.

– Acha que ela teve alguma relação com o assassinato?

– Não. Acho que não.

– Com o roubo das pérolas?

– Isso já é mais provável. Ela trabalhava há pouco tempo com a madame Doyle. Talvez faça parte de uma quadrilha especializada em roubos de joias. Nesse caso, há sempre uma criada com ótimas referências. Infelizmente, não temos condições de obter informações nesse sentido. E, de qualquer maneira, essa explicação não me convence... Aquelas pérolas... ah, *sacré*, meu palpite *devia* estar certo. E, no entanto, ninguém seria tão imbecil...
– interrompeu-se.

– E Fleetwood?

– Devemos interrogá-lo. Talvez a solução esteja aí. Se a história de Louise Bourget for verdadeira, ele tinha motivo para desejar vingança. Poderia ter ouvido a conversa entre Jacqueline e o monsieur Doyle, e entrado no salão para pegar o revólver depois que eles saíram. Sim, é possível. E a letra J escrita com sangue. Isso também estaria de acordo com uma natureza simples e brutal.

– Então ele é justamente a pessoa que estamos procurando?

– Sim... só... – Poirot coçou o nariz e disse com uma pequena careta – reconheço minhas fraquezas. Dizem que gosto de complicar os casos. Mas a solução que você está apresentando é... simples demais, fácil demais. Não sinto que tenha acontecido realmente assim. Admito que pode ser apenas preconceito de minha parte.

– Bom, melhor chamarmos o sujeito aqui.

Race tocou a campainha e deu a ordem de chamá-lo.

– Alguma outra possibilidade? – perguntou em seguida.

– Muitas, meu amigo. Há, por exemplo, o procurador americano.

– Pennington?

– Sim, Pennington. Houve uma cena curiosa aqui outro dia. – Poirot narrou os acontecimentos para Race. – É significativo. A madame queria ler todos os documentos antes de assinar. Pennington, então, deu a desculpa de assinar outro dia. E o marido fez um comentário bastante interessante.

– Que comentário?

– Ele disse: "Nunca li um documento na vida. Assino onde me mandam assinar". Percebe o significado disso? Pennington percebeu. Vi em seus olhos. Ele olhou para Doyle como se tivesse mudado completamente de ideia. Imagine, meu amigo, que você é procurador da filha de um homem muito rico. Talvez você use esse dinheiro para especular. Sei que acontece assim nos romances policiais, mas também lemos isso nos jornais. Acontece, meu amigo, *acontece*.

– Não duvido – disse Race.

– Talvez ainda haja tempo para especular bastante. Sua tutelada ainda não atingiu a maioridade. Até que ela resolve se casar. De uma hora para a outra, o controle passa de suas mãos para as mãos dela. Que desastre! Mas ainda há uma chance. Ela está em lua de mel. Talvez se descuide dos negócios. Um documento enfiado no meio dos outros, assinado sem ser lido... Mas Linnet Doyle não era assim. Em lua de mel ou não, estamos falando de uma mulher de negócios. E então o marido faz um comentário, e uma nova ideia passa na cabeça daquele homem desesperado para salvar-se da ruína. Se Linnet Doyle morresse, sua fortuna passaria para as mãos do marido... e com ele seria fácil lidar. Seria como uma criança nas mãos de um homem astuto como Andrew Pennington. *Mon cher colonel*, garanto que *vi* esse pensamento passar pela mente de Andrew Pennington. "Se fosse com Doyle que eu tivesse que tratar..." Era o que ele estava pensando.

– É bem possível – disse Race, secamente –, mas você não tem provas.

– Infelizmente não.

– Há também o jovem Ferguson – disse Race. – Fala de modo bastante contrariado. Não que eu me guie pelo modo de falar das pessoas. Mesmo assim, talvez ele seja o sujeito cujo pai foi arruinado pelo velho Ridgeway. Sei que é uma ideia um pouco sem nexo, mas está dentro das possibilidades. Algumas pessoas ficam remoendo injúrias do passado. – Fez uma breve pausa e acrescentou: – E há também o meu amigo.

– Sim, há o "seu amigo", como você diz.

– Ele é um assassino – afirmou Race. – Sabemos disso. Por outro lado, não vejo que ligação possa ter tido com Linnet Doyle. Os dois viviam em esferas completamente diferentes.

Poirot disse, com calma:

– A menos que, acidentalmente, ela tivesse recebido provas da identidade dele.

– É possível, mas pouco provável.

Bateram na porta.

– Ah, chegou nosso quase bígamo.

Fleetwood era um homem grande e truculento. Olhou desconfiado para os dois. Poirot reconheceu-o como o sujeito que tinha visto conversando com Louise Bourget.

– Queria falar comigo? – perguntou Fleetwood.

– Sim – respondeu Race. – Você provavelmente está sabendo que foi cometido um assassinato neste navio ontem à noite.

Fleetwood concordou com a cabeça.

– E creio que você tinha motivos para não gostar da mulher que foi assassinada.

Uma expressão de espanto surgiu no olhar de Fleetwood.

– Quem lhe falou isso?

– Você achava que a sra. Doyle havia se intrometido na sua relação com uma determinada jovem.

– Sei quem lhe falou isso: aquela francesa petulante. Essa menina é uma mentirosa.

– Mas essa história específica é verdade, não?

– É mentira!

– Diz isso sem saber ainda do que se trata.

O homem enrubesceu, engolindo em seco.

– É verdade que o senhor ia se casar com uma moça chamada Marie, e que ela desistiu quando soube que já era casado?

– Isso não era da conta dela.

– Da conta da sra. Doyle, você quer dizer? Bem, bigamia é bigamia.

– Não foi assim. Casei-me com uma das nativas daqui. Não deu certo, e ela voltou para a sua família. Não a vejo há uns seis anos.

– Mas continuava casado com ela.

O homem ficou em silêncio. Race continuou:

– A sra. Doyle, ou srta. Ridgeway na época, descobriu tudo.

– Sim, descobriu. Aquela maldita! Metendo o nariz onde não é chamada. Eu teria cuidado de Marie, teria feito tudo por ela. E ela jamais ficaria sabendo da outra, não fosse por aquela intrometida. Sim, confesso, eu *tinha* raiva daquela mulher e fiquei revoltado quando a vi neste navio, toda cheia de joias e dando ordens para todo mundo, sem se lembrar, por um segundo, que havia estragado a vida de um homem! Fiquei revoltado sim, mas daí a acharem que sou um assassino, que peguei um revólver e a matei, já é demais! Nunca toquei nela. Deus é testemunha.

Parou. O suor escorria-lhe pelo rosto.

– Onde você estava ontem à noite entre meia-noite e duas da manhã?

– Na minha cama, dormindo. Meu companheiro de quarto pode confirmar.

– Veremos – disse Race, dispensando-o com um pequeno sinal de cabeça. – Por enquanto é só.

– *Eh bien?* – perguntou Poirot quando Fleetwood saiu.

Race encolheu os ombros.

– Ele foi bastante objetivo. Está nervoso, claro, mas é normal. Temos de investigar seu álibi, embora não creia que será decisivo. Seu companheiro de quarto provavelmente estava dormindo, e ele poderia ter saído e entrado sem o outro perceber. O importante é saber se alguém o viu.

– Sim, precisamos verificar.

– O próximo passo, em minha opinião – disse Race –, é investigar se alguém ouviu alguma coisa que possa nos dar uma ideia da hora do crime. Bessner diz que o assassinato ocorreu entre meia-noite e duas da manhã. É provável que algum passageiro tenha ouvido o disparo, mesmo sem se dar conta de que era um tiro. Eu não ouvi nada. E você?

Poirot respondeu que não com um gesto de cabeça.

– Estava dormindo como uma pedra. Não ouvi nada, absolutamente nada. Dormia profundamente.

– Pena – comentou Race. – Espero que tenhamos mais sorte com os passageiros que têm cabine a estibordo. Já falamos com Fanthorp. Os Allerton são os próximos. Mandarei um criado chamá-los.

A sra. Allerton entrou rapidamente, trajando um vestido de seda listrado, cinza. Via-se aflição em seu rosto.

– É horrível! – exclamou ela, aceitando a cadeira que Poirot lhe ofereceu. – Mal posso acreditar. Aquela criatura adorável, com a vida inteira pela frente... morta. Não dá para acreditar.

– Sei como se sente, madame – disse Poirot, empaticamente.

– Que bom que *o senhor* está aqui – comentou com simplicidade. – Poderá descobrir quem a matou. Fiquei feliz ao saber que não foi aquela pobre menina de expressão trágica.

– A senhora se refere a mademoiselle de Bellefort? Quem lhe disse que não foi ela?

– Cornelia Robson – respondeu a sra. Allerton, com um sorriso tímido. – Ela ficou muito empolgada com toda essa história. Talvez tenha sido a única coisa interessante que já lhe aconteceu na vida. E provavelmente a única que lhe acontecerá nesse sentido. Mas ela é tão boazinha que sente vergonha por estar gostando. Acha que é horrível de sua parte.

A sra. Allerton fitou Poirot por alguns segundos e acrescentou:

– Mas chega de tagarelar. O senhor quer me fazer perguntas.

– Sim, por favor. A que horas foi se deitar, madame?

– Um pouco depois das dez e meia.

– E a senhora dormiu logo?

– Sim. Estava com sono.

– E ouviu algum barulho, qualquer barulho, durante a noite?

A sra. Allerton franziu as sobrancelhas.

– Sim, acho que ouvi um barulho de água e depois alguém correndo. Ou foi o contrário? Estou um pouco confusa. A impressão que tive é que alguém tinha caído na água. Parecia sonho. Mas depois acordei e fiquei prestando atenção, mas não ouvi mais nada.

– Sabe a que horas foi isso?

– Não. Mas acho que foi pouco tempo depois que eu dormi. Digo, deve ter sido na primeira hora de sono, ou próximo disso.

– Infelizmente, madame, essa informação é muito vaga.

– É mesmo. Mas melhor eu não querer adivinhar sem ter a menor ideia, não é?

– E isso é tudo o que tem a nos dizer, madame?

– Acho que sim.

– A senhora já conhecia a madame Doyle?

– Não. Tim a conhecia. E eu já tinha ouvido falar muito sobre ela, por uma prima nossa, Joanna Southwood, mas nunca tínhamos conversado até nos encontrarmos em Assuã.

– Tenho outra pergunta, madame, se me permitir a indiscrição.

A sra. Allerton murmurou com um rápido sorriso:

– Adoraria que me fizessem uma pergunta indiscreta.

– Pois bem. A senhora, ou alguém de sua família, já teve algum prejuízo financeiro em consequência de transações com o pai da madame Doyle, Melhuish Ridgeway?

A sra. Allerton ficou perplexa com a pergunta.

– Não! As finanças familiares nunca sofreram, exceto em alguns períodos de baixa. O senhor sabe, hoje em dia tudo rende menos do que antes. Nunca houve nada de melodramático em nossa pobreza. Meu marido nos deixou pouco dinheiro, mas ainda tenho o que herdei, embora os juros não sejam os mesmos daquele tempo.

– Obrigado, madame. Poderia chamar seu filho, por favor?

Tim disse quando sua mãe voltou:

– Fim do martírio? Minha vez agora! Que tipo de pergunta lhe fizeram?

– Apenas se eu tinha ouvido alguma coisa ontem à noite – respondeu a sra. Allerton. – E infelizmente não ouvi nada. Não sei como. Afinal de contas, a cabine de Linnet é quase do lado da minha. Eu deveria ter ouvido o disparo. Mas vá. Eles estão à sua espera.

Poirot repetiu as mesmas perguntas para Tim Allerton.

– Fui para a cama cedo – respondeu Tim –, às dez e meia, mais ou menos. Fiquei lendo. Um pouco depois das onze, apaguei a luz.

– O senhor ouviu alguma coisa depois disso?

– Ouvi a voz de um homem dizendo boa noite, não muito longe.

– Era eu dizendo boa noite para a sra. Doyle – informou Race.

– Sim. Depois disso, dormi. Mais tarde, ouvi um certo tumulto, alguém chamando Fanthorp, lembro-me agora.

– A mademoiselle Robson quando saiu do salão.

– Sim, imagino que sim. Depois, ouvi várias vozes diferentes. E alguém correndo pelo convés. E aí o som de um baque na água. Em seguida, ouvi a voz do velho Bessner dizendo algo do tipo "cuidado agora" e "não tão depressa".

– O senhor ouviu um baque.

– Sim, algo do tipo.

– Tem certeza de que não foi um *tiro*?

– Bom, pode ter sido... Ouvi um som parecido com o estalo de uma rolha. Talvez tenha sido o tiro. Posso ter pensado em água por associação de ideias: o som de rolha me fez lembrar de um líquido sendo despejado num copo... A impressão que tive foi que estava acontecendo algum tipo de festa. Meu desejo era que todos fossem dormir e fizessem silêncio.

– Algo mais depois disso?

Tim ficou pensando.

– Só Fanthorp andando em sua cabine, que é do lado da minha. Achei que ele nunca mais fosse dormir.

– E depois disso?

Tim encolheu os ombros.

– Depois disso, nada.

– Não ouviu mais nada?

– Não.

– Obrigado, monsieur Allerton.

Tim levantou-se e saiu da cabine.

Capítulo 16

Race estudava meticulosamente a planta do tombadilho do *Karnak*.

– Fanthorp, o jovem Allerton, a sra. Allerton. Depois, uma cabine vazia, a de Simon Doyle. A cabine da sra. Doyle e depois a da velha americana. Se alguém ouviu alguma coisa, ela também deve ter ouvido. Se ela já estiver acordada, melhor mandarmos chamá-la.

A srta. Van Schuyler entrou na cabine, com aparência mais velha e amarelada do que de costume. Os pequenos olhos negros tinham uma expressão de desagrado e perversidade.

Race levantou-se, cumprimentando-a com uma inclinação do corpo.

– Sentimos muito incomodá-la, srta. Van Schuyler. É muita gentileza de sua parte. Por favor, sente-se.

A srta. Van Schuyler disse, secamente:

– Odeio estar envolvida nisso. Odeio. Não quero estar vinculada de forma alguma com esse assunto tão desagradável.

– Certo. Eu estava justamente dizendo ao monsieur Poirot que o quanto antes ouvíssemos seu depoimento, melhor, porque assim não teremos mais de incomodá-la.

A srta. Van Schuyler olhou para Poirot com um pouco mais de simpatia.

– Fico feliz de ver que vocês compreendem meus sentimentos. Não estou acostumada com essas coisas.

Poirot disse em tom confortador:

— Entendemos, madame. É por isso que queremos deixá-la livre de aborrecimentos o mais rápido possível. Agora, a que horas foi para a cama ontem à noite?

— Costumo dormir às dez horas. Ontem, fui dormir mais tarde, porque Cornelia Robson, muito desconsideradamente, me deixou esperando.

— *Très bien*, mademoiselle. Agora, o que a senhora ouviu depois de se retirar?

A srta. Van Schuyler respondeu:

— Tenho o sono muito leve.

— *Merveille*! Uma sorte para nós.

— Fui acordada por aquela jovem exibida, a criada da sra. Doyle, dizendo: "*Bonne nuit, madame*", numa voz alta demais, em minha opinião.

— E depois disso?

— Voltei a dormir. Acordei com a impressão de que havia alguém em minha cabine, mas percebi que a pessoa estava na cabine ao lado.

— Na cabine da sra. Doyle?

— Sim. Depois ouvi alguém no convés e o som de algo caindo na água.

— Sabe que horas eram?

— Posso lhe dizer a hora exata. Era uma e dez.

— Tem certeza?

— Sim. Vi no relógio que fica na mesa de cabeceira.

— Não ouviu um tiro?

— Não, nada parecido.

— Mas pode ter sido um disparo que a acordou.

A srta. Van Schuyler considerou a questão, inclinando a cabeça.

— Talvez – admitiu, contrariada.

— E a senhora tem alguma ideia do que pode ter causado o baque na água?

— Sei exatamente o que foi.

— Sabe? – perguntou o coronel Race, interessado.

– Sim. Não estava gostando daquele barulho de passos, de modo que me levantei e fui até a porta da cabine. A srta. Otterbourne estava debruçada na amurada e tinha acabado de jogar alguma coisa na água.

– A srta. Otterbourne? – Race repetiu, espantado.

– Sim.

– Tem certeza de que era a srta. Otterbourne?

– Vi seu rosto.

– E ela não a viu?

– Acho que não.

Poirot inclinou-se para a frente.

– E qual era a expressão no rosto dela, mademoiselle? – perguntou.

– Estava visivelmente alterada.

Race e Poirot trocaram um rápido olhar.

– E depois? – quis saber Race.

– A srta. Otterbourne afastou-se pelo lado da popa, e eu voltei para a cama.

Bateram na porta, e o gerente entrou, com um pacote encharcado na mão.

– Conseguimos, coronel.

Race pegou o pacote e desembrulhou, dobra por dobra, o tecido de veludo molhado. De dentro, caiu um pequeno revólver com coronha de madrepérola, enrolado num lenço comum manchado de rosa.

Race olhou para Poirot com ar de triunfo.

– Viu? Eu estava certo. A arma foi realmente jogada na água – disse, mostrando o revólver na palma da mão.

– O que me diz, monsieur Poirot? É o mesmo revólver que viu aquela noite no Hotel Catarata?

Poirot examinou a arma com cuidado e disse sem pestanejar:

– Sim. É o mesmo. Tem os mesmos adornos e as iniciais J.B. É um *article de luxe*, bem feminino, mas não deixa de ser uma arma letal.

– Calibre 22 – murmurou Race. – Duas balas disparadas. Sim, não resta muita dúvida.

A srta. Van Schuyler tossiu para chamar a atenção.

– E minha estola? – perguntou.

– Sua estola, mademoiselle?

– Sim, essa é minha estola de veludo.

Race pegou o lenço molhado.

– Isso é seu, srta. Van Schuyler?

– Claro que é meu! – exclamou a velha, sem paciência. – Não a encontrei ontem à noite. Perguntei para todos se tinham visto minha estola.

Poirot consultou Race com o olhar, e este assentiu discretamente.

– Onde a senhora a viu pela última vez, srta. Van Schuyler?

– No salão ontem à noite. Quando cheguei à cabine, não consegui mais encontrá-la em lugar nenhum.

Race perguntou rapidamente:

– A senhora percebe para que ela foi usada?

Race abriu a estola, indicando com um dedo a parte queimada e vários furinhos.

– O assassino usou-a para abafar o som do disparo.

– Que insolência! – exclamou a srta. Van Schuyler. Seu rosto murcho ficou vermelho de irritação.

Race disse:

– Ficarei feliz, srta. Van Schuyler, se a senhora me contar como era sua relação com a sra. Doyle antes desta viagem.

– Não havia relação.

– Mas a senhora a conhecia?

– Sabia quem era, evidentemente.

– Mas sua família e a dela não tinham contato?

– Como família, sempre nos orgulhamos de sermos exclusivos, coronel Race. Minha querida mãe jamais sonharia em ter contato com alguém da família Hartz, que, além do dinheiro, não tinha nada.

— Isso é tudo o que a senhora tem a dizer, srta. Van Schuyler?

— O que eu tinha a dizer, já disse. Linnet Ridgeway foi criada na Inglaterra, e eu nunca a tinha visto até esta viagem.

Levantou-se. Poirot abriu-lhe a porta, e ela saiu, com passos duros.

Os dois homens entreolharam-se.

— Essa é a versão dela — disse Race —, e ela a sustentará até o fim. Talvez seja verdade. Não sei. Mas... Rosalie Otterbourne? Por essa eu não esperava.

Poirot sacudiu a cabeça, perplexo.

— Mas não faz sentido! — exclamou, batendo com o punho na mesa. — *Nom d'un nom d'un nom!* Não faz sentido.

Race ficou olhando para ele.

— O que você quer dizer exatamente com isso?

— Quero dizer que até certo ponto tudo caminha logicamente. Alguém queria matar Linnet Doyle. Alguém presenciou a cena no salão ontem à noite. Alguém entrou lá, sem ser visto, e pegou o revólver... o revólver de Jacqueline de Bellefort, lembre-se bem! Alguém atirou em Linnet Doyle com esse revólver e escreveu a letra J na parede... Tudo muito claro, não? Tudo apontando para Jacqueline. E aí o que o assassino faz? Deixa o revólver, a prova do crime, o revólver de Jacqueline de Bellefort, à vista? Não, ele, ou ela, joga a arma, a única prova contundente, na água. Por que, meu amigo, por quê?

— Muito esquisito — comentou Race, balançando a cabeça.

— É mais do que esquisito... É *impossível*!

— Impossível não, pois aconteceu.

— Não foi isso o que eu quis dizer. A sequência dos acontecimentos é impossível. Alguma coisa está errada.

Capítulo 17

O coronel Race olhou com curiosidade para o colega. Respeitava, e com razão, a inteligência de Hercule Poirot. Mas naquele momento não conseguiu acompanhar seu raciocínio. Resolveu, porém, não perguntar nada. Raramente fazia perguntas. Seguiu com a conversa.

– O que fazer agora? Interrogar a menina Otterbourne?

– Sim, isso talvez nos ajude um pouco.

Rosalie Otterbourne entrou mal-humorada. Não parecia nervosa ou assustada, simplesmente estava relutante e irritada.

– Então, o que desejam?

Race foi o porta-voz.

– Estamos investigando a morte da sra. Doyle – explicou.

Rosalie consentiu com a cabeça.

– Poderia me dizer o que fez ontem à noite?

Rosalie refletiu um minuto.

– Minha mãe e eu fomos para a cama cedo... antes das onze. Não ouvimos nada de especial, apenas um murmúrio em frente à cabine do dr. Bessner. Ouvi a voz pesada do alemão. Evidentemente, só hoje de manhã é que fiquei sabendo o que tinha acontecido.

– Não ouviu um tiro?

– Não.

– Chegou a sair da cabine em algum momento?

– Não.

– Tem certeza?

Rosalie encarou-o.

– Como assim? Claro que tenho certeza.
– Você, por acaso, não teria dado a volta pelo convés e jogado alguma coisa na água?

Rosalie corou.

– Existe alguma lei que proíba jogar coisas na água?
– Não, claro que não. Então você fez isso?
– Não. Não fiz. Como lhe disse, não saí de minha cabine.
– E se alguém tivesse dito que a viu...?

Ela o interrompeu.

– Quem disse que me viu?
– A srta. Van Schuyler.
– A srta. Van Schuyler? – perguntou realmente assombrada.
– Sim. A srta. Van Schuyler disse que olhou pela porta de sua cabine e a viu jogando algo na água.

Rosalie disse abertamente:

– É mentira! – exclamou. Depois, como se tivesse sido acometida por um pensamento repentino, perguntou: – A que horas foi isso?

Foi Poirot quem respondeu:

– Uma e dez, mademoiselle.

Rosalie ficou pensativa.

– Ela viu mais alguma coisa?

Poirot fitou-a com curiosidade, coçando o queixo.

– Ver... não – respondeu –, mas ouviu.
– Ouviu o quê?
– Alguém caminhando na cabine da madame Doyle.
– Compreendo – murmurou Rosalie.

Estava pálida agora. Totalmente pálida.

– E insiste em dizer que não atirou nada na água, mademoiselle.
– Por que eu haveria de andar no meio da noite jogando coisas na água?
– Pode haver um motivo... um motivo inocente.

– Inocente? – repetiu a menina, bruscamente.

– Foi o que eu disse. Acontece que alguma coisa foi jogada na água ontem à noite, mademoiselle... uma coisa nem um pouco inocente.

Race mostrou a estola de veludo manchada, abrindo-a para exibir seu conteúdo.

Rosalie Otterbourne recuou.

– Foi com isso que a mataram?

– Sim, mademoiselle.

– E o senhor acha que eu... que fui eu que a matei? Mas isso não tem cabimento! Por que eu haveria de querer matar Linnet Doyle? Eu nem a conheço!

Soltou uma gargalhada, levantando-se com desdém.

– A história toda é tão ridícula!

– Lembre-se, srta. Otterbourne – disse Race –, que a srta. Van Schuyler é capaz de jurar que viu seu rosto ao luar.

Rosalie riu de novo.

– Aquela velha? Já deve estar quase cega. Não foi a mim que ela viu. – Fez uma pausa. – Posso ir agora?

Race assentiu, e Rosalie Otterbourne retirou-se.

Os dois homens entreolharam-se. Race acendeu um cigarro.

– Bom, é isso. Contradições. Em qual das duas devemos acreditar?

Poirot sacudiu a cabeça.

– Tenho a leve impressão de que nenhuma das duas foi totalmente franca.

– Isso é o mais difícil de nosso trabalho – comentou Race, desanimado. – As pessoas ocultam a verdade pelos motivos mais fúteis. Qual o próximo passo? Dar prosseguimento ao interrogatório dos passageiros?

– Acho que sim. É sempre bom agir com ordem e método.

Race concordou.

A sra. Otterbourne foi a seguinte a ser chamada. Ela confirmou o que a filha dissera: as duas foram dormir antes das onze horas. Não ouvira nada de diferente durante a noite. Não sabia dizer se Rosalie saíra da cabine ou não. Sobre o crime, parecia disposta a discorrer.

– O *crime passionel*! – exclamou. – O instinto primitivo: matar! Tão ligado ao instinto sexual. Aquela menina, Jacqueline, meio latina, de temperamento ardente, obedecendo aos instintos mais profundos de seu ser, avança, de revólver em punho...

– Mas Jacqueline de Bellefort não atirou na madame Doyle. Disso temos certeza. Está provado – declarou Poirot.

– O marido, então – propôs a sra. Otterbourne, sem se dar por vencida. – A sede de sangue e o instinto sexual: um crime passional. Existem muitos exemplos conhecidos.

– O sr. Doyle foi baleado na perna e estava impossibilitado de se mover, com uma fratura no osso – explicou o coronel Race. – Passou a noite com o dr. Bessner.

A sra. Otterbourne ficou ainda mais desapontada. Procurou outra solução.

– É claro! – exclamou. – Como fui tola! A srta. Bowers!

– A srta. Bowers?

– Sim! É tão *evidente* do ponto de vista psicológico. Repressão! A virgem reprimida! Enfurecida ao ver os dois, um casal jovem e apaixonado. Claro que foi ela! É o tipo perfeito: pouco atraente, respeitável por natureza. Em meu livro, *A vinha estéril*...

O coronel Race interrompeu-a com delicadeza:

– Suas informações foram muito úteis, sra. Otterbourne. Precisamos continuar com nosso trabalho agora. Muito obrigado.

Acompanhou-a educadamente até a porta e voltou enxugando a testa.

– Que mulher diabólica! Por que alguém não *a* matou?

– Pode acontecer ainda – Poirot consolou-o.

– Pode haver algum sentido nisso. Quem falta? Pennington. Acho que vamos deixá-lo para o fim. Richetti. Ferguson.

O signor Richetti chegou muito agitado e tagarela.

– Mas que horror, que infâmia! Uma moça tão jovem e tão bela. Um crime hediondo! – exclamou, gesticulando com veemência.

Suas respostas foram objetivas. Ele tinha ido para a cama cedo, muito cedo. Para ser preciso, após o jantar. Lera um pouco – um livreto muito interessante, recém-publicado, *Prähistorische Forschung in Kleinasien*, sobre a arte em cerâmica das montanhas da Anatólia.

Desligara a luz um pouco antes das onze horas. Não, não ouvira nenhum tiro, nem nenhum som parecido com o estalo de uma rolha. A única coisa que ouvira – mas isso foi mais tarde, no meio da noite – foi o som de algo caindo na água, um som forte, perto de sua escotilha.

– Sua cabine é no convés de baixo, a estibordo, não?

– Sim, exatamente. E ouvi o som de algo caindo na água. Um som muito forte – disse, erguendo os braços para dar ênfase ao que dizia.

– O senhor saberia me dizer a que horas foi isso?

O signor Richetti refletiu por um momento.

– Uma, duas, três horas depois que fui dormir. Talvez às duas da manhã.

– Poderia ter sido à uma e dez, por exemplo?

– Sim, poderia. Ah, mas que crime terrível! Tão desumano... Uma mulher tão linda!

O signor Richetti sai, ainda gesticulando bastante.

Race olhou para Poirot. Poirot levantou as sobrancelhas expressivamente, encolhendo os ombros. Próximo: sr. Ferguson.

Ferguson foi difícil.

— Quanto estardalhaço! — exclamou em tom de desprezo, sentado de maneira insolente numa cadeira. — O que importa tudo isso? Existem mulheres em excesso no mundo.

Race falou friamente:

— O senhor poderia nos contar o que fez ontem à noite, sr. Ferguson?

— Não vejo razão para isso, mas tudo bem. Fiquei andando à toa por um tempo. Desci do navio com a srta. Robson. Quando ela voltou, fiquei mais um tempo sozinho, passeando. Voltei para minha cabine mais ou menos à meia-noite.

— Sua cabine fica no convés de baixo, a estibordo?

— Fica. Não estou em cima, com a nobreza.

— O senhor ouviu um tiro? Deve ter soado como o estalo de uma rolha.

Ferguson ficou pensando.

— Sim. Acho que ouvi algo como o som de uma rolha... Não me lembro quando... antes de ir dormir. Mas ainda havia muita gente acordada... muita agitação, passos apressados de um lado para o outro no convés de cima.

— Deve ter sido o tiro disparado pela srta. de Bellefort. Não ouviu outro tiro?

Ferguson balançou a cabeça.

— Nem o som de algo caindo na água?

— Isso sim. Acho que sim. Mas havia tanto barulho que não tenho certeza.

— O senhor chegou a sair de sua cabine durante a noite?

Ferguson sorriu.

— Não. E não participei da boa ação, infelizmente.

— Sr. Ferguson, não seja infantil.

O jovem não gostou do comentário.

– Por que não dizer o que penso? Sou a favor da violência.

– Mas imagino que o senhor não pratica o que prega – murmurou Poirot.

Inclinou-se para a frente.

– Foi Fleetwood que lhe disse que Linnet Doyle era uma das mulheres mais ricas da Inglaterra, não foi?

– O que Fleetwood tem a ver com isso?

– Fleetwood, meu amigo, tinha um excelente motivo para matar Linnet Doyle. Guardava-lhe rancor.

O sr. Ferguson saltou da cadeira como que impulsionado por uma mola.

– Que jogo sujo é esse, hein? – perguntou, indignado. – Colocar a culpa no pobre Fleetwood, que não pode se defender, que não tem dinheiro para pagar advogados. Mas uma coisa eu lhes digo: se vocês tentarem incriminá-lo, terão de se ver comigo.

– E quem é o senhor? – perguntou Poirot docemente.

O sr. Ferguson enrubesceu.

– Sou uma pessoa leal aos amigos – respondeu, rispidamente.

– Muito bem, sr. Ferguson, por enquanto é só – disse Race.

Quando Ferguson se retirou, Race comentou, inesperadamente:

– Um jovem até bastante simpático.

– Não acha que ele pode ser o homem que *você* está procurando? – indagou Poirot.

– Não creio. Tenho certeza de que está a bordo. A informação foi muito precisa. Bem, uma coisa de cada vez. Vejamos o que Pennington diz.

Capítulo 18

Andrew Pennington demonstrou todas as convencionais reações de pesar e choque. Estava, como sempre, muito bem-vestido. Usava agora um smoking. O rosto comprido e bem barbeado exibia uma expressão de perplexidade.

– Senhores – disse, com tristeza –, esse caso me abalou profundamente! A pequena Linnet... Lembro-me dela como a criatura mais linda do mundo. Como Melhuish Ridgeway se orgulhava da filha! Bom, não vale a pena entrar nisso. Digam-me apenas o que posso fazer para ajudá-los. É só o que lhes peço.

Race disse:

– Para começar, sr. Pennington, o senhor ouviu alguma coisa ontem à noite?

– Não, senhor. Não posso dizer que ouvi. Minha cabine fica ao lado da cabine do dr. Bessner, número quarenta e quarenta e um. Ouvi certa agitação por volta da meia-noite. Evidentemente, não sabia do que se tratava na ocasião.

– Não ouviu mais nada? Tiros?

– Nada parecido – respondeu Andrew Pennington, sacudindo a cabeça.

– E a que horas o senhor foi para a cama?

– Um pouco depois das onze, acho.

Inclinou-se para a frente.

– Não creio que seja novidade para vocês, mas há muitos boatos correndo pelo navio. Aquela menina meio francesa, Jacqueline de Bellefort. Há algo de suspeito nela. Linnet não me disse nada, mas não sou cego nem surdo. Ela e Simon tiveram um caso há algum tempo, não tiveram? *Cherchez la femme*, é uma regra que costuma funcionar, e eu diria que vocês não precisam *cherchez* muito.

– Ou seja, de acordo com o senhor, foi Jacqueline de Bellefort quem matou a madame Doyle? – perguntou Poirot.

– É o que me parece. Evidentemente, *saber* mesmo, não sei de nada.

– Infelizmente, nós sabemos!

– Como assim? – perguntou o sr. Pennington, espantado.

– Sabemos que é quase impossível que a mademoiselle de Bellefort tenha matado a madame Doyle.

Poirot explicou com detalhes as circunstâncias. Pennington parecia relutante em aceitá-las.

– Concordo que faz sentido, mas aquela enfermeira... Aposto que ela não ficou acordada a noite toda. Deve ter cochilado, e a menina saiu e voltou sem que ninguém percebesse.

– Muito pouco provável, monsieur Pennington. Lembre-se de que ela havia tomado uma forte injeção à base de morfina. E, de qualquer maneira, as enfermeiras costumam ter sono leve e acordam quando o paciente acorda.

– Acho tudo muito esquisito – declarou Pennington.

Race disse de maneira gentil, mas autoritária:

– O senhor pode acreditar, sr. Pennington, que examinamos todas as possibilidades com muito cuidado. Não há dúvida quanto ao resultado: Jacqueline de Bellefort não matou a sra. Doyle. Desse modo, somos obrigados a procurar em outro lugar, e achamos que o senhor pode nos ajudar nesse ponto.

– Eu? – perguntou Pennington, nervoso.

– Sim. O senhor era amigo íntimo da vítima. Deve saber mais de sua vida do que o próprio marido, que a conheceu há poucos meses. O senhor deve saber, por exemplo, se existe alguém com alguma queixa contra ela, alguém que tivesse motivos para desejar sua morte.

Andrew Pennington passou a língua pelos lábios secos.

– Garanto-lhes que não tenho a mínima ideia. Linnet foi criada na Inglaterra. Sei muito pouco a respeito de sua vida e suas relações.

– Além disso – ponderou Poirot –, alguém neste navio estava interessado em seu desaparecimento. O senhor deve se lembrar que a madame Doyle escapou por pouco, aqui mesmo, quando aquela pedra rolou lá de cima. Ah, mas talvez o senhor não estivesse lá.

– Não. Eu estava dentro do templo nesse momento. Soube depois, claro. Foi por um triz. Mas possivelmente um acidente, não?

Poirot encolheu os ombros.

– Naquele momento, achamos que sim. Agora, não sabemos.

– Sim, sim, claro – disse Pennington, enxugando o rosto com um lenço fino de seda.

O coronel Race tomou a palavra:

– O sr. Doyle referiu-se a uma pessoa neste navio que tinha rancor, não em relação a ela pessoalmente, mas em relação à sua família. O senhor sabe quem poderia ser?

– Não tenho a mínima ideia – respondeu Pennington, estupefato.

– Ela nunca mencionou o assunto?

– Não.

— O senhor era amigo íntimo do pai dela. Não se lembra de nenhuma transação sua que tenha gerado a ruína de algum adversário nos negócios?

Pennington abanou a cabeça.

— Nenhum caso especial. Essas transações eram frequentes, claro, mas não me lembro de ninguém que tivesse feito ameaças, nem nada parecido.

— Em resumo, sr. Pennington, o senhor não pode nos ajudar.

— É o que parece. Sinto muito, senhores.

Race trocou um olhar com Poirot e depois disse:

— Sinto, também. Tínhamos esperança.

Levantou-se para mostrar que havia terminado.

Andrew Pennington disse:

— Como Doyle está de cama, com certeza desejará que eu cuide de tudo. Perdoe-me, coronel, mas quais são as providências?

— Quando sairmos daqui, vamos direto para Shellal. Chegaremos amanhã de manhã.

— E o corpo?

— Será levado para uma das câmaras frigoríficas.

Andrew Pennington fez um cumprimento com a cabeça e retirou-se.

Poirot e Race entreolharam novamente.

— O sr. Pennington — disse Race, acendendo um cigarro — não estava nem um pouco à vontade.

Poirot concordou.

— E o sr. Pennington estava tão perturbado que contou uma mentira estúpida. Ele *não* estava no templo de Abu Simbel quando a pedra caiu. Eu mesmo posso jurar, *moi qui vous parle*. Eu tinha acabado de sair de lá.

— Uma mentira estúpida – disse Race – e reveladora.

Poirot concordou de novo.

— Mas, por enquanto – disse, sorrindo –, vamos tratá-lo com luvas de pelica, não?

— Essa era a ideia – disse Race.

— Meu amigo, você e eu nos entendemos maravilhosamente bem.

Ouviram um ronco distante e sentiram o chão vibrar. O *Karnak* iniciava sua viagem de regresso a Shellal.

— As pérolas – disse Race. – É o próximo assunto a esclarecer.

— Você tem algum plano?

— Sim – respondeu Race, consultando o relógio. – Daqui a meia hora será servido o almoço. No final da refeição, proponho fazermos um anúncio. Simplesmente informar que o colar de pérolas foi roubado e pedir que ninguém se retire para fazermos uma busca no navio.

Poirot gostou do plano.

— Muito engenhoso. O indivíduo que roubou o colar ainda está com ele. Pego de surpresa, o ladrão não terá como jogar o colar na água, numa atitude de desespero.

Race puxou algumas folhas de papel em sua direção.

— Gosto de fazer um resumo dos fatos à medida que avanço – disse, em tom de quem se desculpa. – Ajuda a esclarecer as coisas.

— Faz bem. Método e ordem são fundamentais – disse Poirot.

Race escreveu por alguns minutos em sua letra pequena e caprichada. Quando terminou, empurrou para Poirot o resultado de seu trabalho.

— Veja se discorda de alguma coisa.

Poirot pegou as folhas e leu o título:

ASSASSINATO DA SRA. LINNET DOYLE

A sra. Doyle foi vista com vida, a última vez, pela criada Louise Bourget. Hora: 23h30 (aproximadamente).

Das 23h30 às 00h20, as seguintes pessoas têm álibis: Cornelia Robson, James Fanthorp, Simon Doyle, Jacqueline de Bellefort – *mais ninguém* –, mas o crime provavelmente foi cometido *após* esse horário, pois é quase certo que a arma utilizada seja o revólver de Jacqueline de Bellefort, que até então estava na bolsa dela. Não está *provado* que o crime foi cometido com esse revólver, e só poderemos ter certeza depois da autópsia e da perícia técnica. Mas podemos considerar isso como provável.

Provável sequência de acontecimentos: X (o assassino) presenciou a cena entre Jacqueline e Simon Doyle no salão envidraçado e viu onde caiu o revólver, debaixo da poltrona. Quando o salão ficou vazio, X foi pegar a arma, julgando que o crime seria atribuído a Jacqueline de Bellefort. De acordo com esta teoria, as seguintes pessoas podem ser consideradas inocentes:

Cornelia Robson, uma vez que não teve oportunidade de ir pegar o revólver antes de James Fanthorp voltar para procurá-lo.

Srta. Bowers – idem.

Dr. Bessner – idem.

Observação: Fanthorp não pode ser considerado totalmente inocente, pois poderia ter colocado a arma no bolso, dizendo depois que não conseguiu encontrá-la.

Qualquer outra pessoa poderia ter pegado o revólver durante aquele intervalo de dez minutos.

Possíveis motivos para o crime:

Andrew Pennington. Partindo do princípio de que é culpado de práticas fraudulentas. Há uma boa quantidade de indícios neste sentido, mas não o suficiente para incriminá-lo. Se foi ele quem empurrou a pedra, é um homem que sabe aproveitar as oportunidades. O crime, evidentemente, não foi premeditado, exceto em linhas *gerais*. O momento do tiro no salão ontem à noite representou uma oportunidade ideal.

Objeções à teoria da culpabilidade de Pennington: *por que ele jogou o revólver na água, se a arma constituía uma prova valiosa contra J.B.?*

Fleetwood. Motivo: vingança. Fleetwood considera-se prejudicado por Linnet Doyle. Pode ter presenciado a cena e visto onde a arma foi parar. Talvez tenha apanhado o revólver por ser um objeto útil, não com a ideia de culpar Jacqueline. Isso condiz com o fato de a arma ter sido jogada na água. *Mas, nesse caso, por que ele teria escrito a letra J com sangue na parede?*

Observação: É mais provável que o lenço barato encontrado em volta do revólver pertença a um homem como Fleetwood do que a algum dos passageiros ricos.

Rosalie Otterbourne. Devemos aceitar o depoimento da srta. Van Schuyler ou a versão de Rosalie? Alguma coisa *foi* jogada na água, provavelmente o revólver enrolado na estola de veludo.

Pontos a serem estudados. Rosalie tinha algum motivo? Pode não ter gostado de Linnet Doyle e até sentido inveja dela, mas isso não parece configurar motivo para um assassinato. Rosalie só poderá ser incriminada se descobrirmos um motivo adequado. Até onde sabemos, não havia nenhuma ligação anterior entre Rosalie Otterbourne e Linnet Doyle.

Srta. Van Schuyler. A estola de veludo em que a arma foi enrolada pertencia à srta. Van Schuyler. De acordo com seu próprio depoimento, ela a viu pela última vez no salão envidraçado. Chamou a atenção para a perda da estola durante a noite, e empreendeu-se uma busca para encontrá-la. Sem resultado.

Como a estola foi parar nas mãos de X? Será que X a roubou mais cedo naquela noite? Nesse caso, por quê? Ninguém podia prever que haveria uma cena entre Jacqueline e Simon. Será que X encontrou a estola no salão quando foi pegar o revólver debaixo da poltrona? Nesse caso, por que não foi encontrada na ocasião da busca? Será que a srta. Van Schuyler realmente havia perdido a estola? Isto é: Será que a srta. Van Schuyler matou Linnet Doyle? Sua acusação a Rosalie Otterbourne seria uma mentira deliberada? Se matou a sra. Doyle, qual o motivo?

Outras possibilidades:

Roubo como motivo. Possível, uma vez que o colar de pérolas desapareceu, e Linnet Doyle usou-o ontem à noite.

Alguém contra a família Ridgeway. Possível – mas sem provas.

Sabemos que há um homem perigoso a bordo, um assassino. Temos um assassino e uma morte. Não haverá ligação entre os dois? Para chegarmos a essa conclusão, precisaríamos demonstrar que Linnet Doyle possuía informações que ameaçavam esse homem.

Conclusões: Podemos dividir as pessoas a bordo em dois grupos: aqueles que tinham um possível motivo ou contra quem há indícios concretos e aqueles que, até onde sabemos, estão livres de suspeita.

Grupo I	*Grupo II*
Andrew Pennington	Sra. Allerton
Fleetwood	Tim Allerton
Rosalie Otterbourne	Cornelia Robson
Srta. Van Schuyler	Srta. Bowers
Louise Bourget (roubo?)	Dr. Bessner
Ferguson (política?)	Signor Richetti
	Sra. Otterbourne
	James Fanthorp

Poirot empurrou os papéis de volta.
– Muito justo, muito exato, o que você escreveu.
– Concorda?
– Sim.
– E o que você tem a dizer?
Poirot empertigou-se.
– Tenho uma pergunta: "*Por que* o revólver foi jogado na água?".
– Só isso?
– No momento, sim. Enquanto não chegar a uma resposta satisfatória a essa pergunta, de nada vale o resto. Este deve ser o ponto de partida. Você perceberá, meu amigo, que em seu resumo, você não tentou solucionar essa questão.
Race encolheu os ombros.
– Pânico – disse, em resposta à pergunta.
Poirot sacudiu a cabeça, com perplexidade. Pegou o veludo molhado e abriu-o em cima da mesa, passando os dedos em volta dos furos e das marcas chamuscadas.

– Diga-me, meu amigo – falou de repente –, você tem mais intimidade do que eu com armas de fogo. Uma coisa assim, enrolada num revólver, amorteceria efetivamente o som do tiro?

– Não. Não como um silenciador.

Poirot continuou sua linha de raciocínio:

– Muito bem. Um homem, com certeza um homem acostumado a lidar com armas de fogo, saberia disso. Mas uma mulher... uma mulher *não* saberia.

Race fitou-o com curiosidade.

– Provavelmente não.

– Não. Deve ter lido romances policiais, em que o autor nem sempre é muito exato nos detalhes.

Race sacudiu o revólver com coronha de madrepérola.

– De qualquer maneira, este revólver é muito pequeno para fazer barulho – disse. – Só um estalo. Com outros barulhos à volta, o mais provável é que não ouvíssemos nada.

– Sim, já pensei nisso.

Poirot examinou o lenço.

– Lenço de homem, mas não de um cavalheiro. Um lenço barato.

– O tipo de lenço que um homem como Fleetwood usaria.

– Sim. Reparei que Andrew Pennington usa um lenço de seda bastante fino.

– E Ferguson? – sugeriu Race.

– Possivelmente. Como bravata. Mas aí usaria uma bandana.

– Utilizou-o em vez de uma luva, imagino, para segurar a arma sem deixar impressões digitais – disse Race, acrescentando, em tom jocoso: – "O caso do lenço cor-de-rosa".

– Ah, sim. Uma cor bem *jeune fille**, não?

Poirot colocou o lenço na mesa e voltou a examinar a estola com as marcas de pólvora.

– De qualquer maneira, é estranho...

– O quê?

– *Cette pauvre* madame Doyle. Deitada tão em paz... com aquele furo na cabeça. Lembra-se de sua expressão?

Race olhou-o com curiosidade.

– Percebi que você está querendo me dizer alguma coisa, mas não faço a mínima ideia do que seja.

---

* De menina. (N.T.)

Capítulo 19

Bateram na porta.

– Pode entrar – disse Race.

Um criado entrou.

– Desculpe-me – falou, dirigindo-se a Poirot –, mas o sr. Doyle quer falar com o senhor.

– Já estou indo.

Poirot levantou-se, saiu, subiu a escada que levava ao tombadilho e foi até a cabine do dr. Bessner.

Simon, com o rosto vermelho e febril, estava apoiado em travesseiros. Parecia constrangido.

– Muita gentileza sua vir até aqui, monsieur Poirot. Gostaria de lhe fazer um pedido.

– Pois não?

Simon corou ainda mais.

– Em relação a Jackie. Quero vê-la. O senhor acha... o senhor se importaria... acha que ela se incomodaria se o senhor lhe pedisse para vir aqui? Fico deitado, pensando... Aquela pobre menina... afinal, ela não passa de uma criança... e eu a tratei tão mal... e... – não sabia como continuar e calou-se.

Poirot olhou-o, interessado.

– O senhor deseja ver a mademoiselle Jacqueline? Vou chamá-la.

– Obrigado. É muita bondade sua.

Poirot foi atrás de Jacqueline de Bellefort e encontrou-a encolhida num canto do salão envidraçado. Havia um livro aberto em seu colo, mas ela não o lia.

Poirot disse gentilmente:

— Poderia vir comigo, mademoiselle? O monsieur Doyle gostaria de vê-la.

— Simon? — perguntou ela, perplexa. Corou, depois empalideceu. — Ele quer *me* ver?

Poirot achou comovente aquela incredulidade.

— Poderia vir, mademoiselle?

Ela o acompanhou docilmente, como uma criança intrigada.

— Sim, é claro.

Poirot entrou na cabine.

— Aqui está a mademoiselle.

Jacqueline entrou, vacilante, e parou. Ficou muda, olhando fixo para o rosto de Simon.

— Oi, Jackie. — Ele também estava constrangido. — Muito obrigado por ter vindo. Eu queria dizer... ou seja... o que eu queria dizer...

Ela interrompeu-o nesse momento. Suas palavras saíram desenfreadas, em tom de desespero.

— Simon, eu não matei Linnet. Você sabe que não fui eu... Eu estava louca ontem à noite. Será que você é capaz de me perdoar?

Simon falava com mais facilidade agora.

— Claro. Não tem importância! Não tem a mínima importância! É isso o que eu queria dizer. Achei que você podia estar um pouco preocupada...

— *Preocupada? Um pouco?* Ah, Simon!

— Era por isso que queria vê-la. Queria lhe dizer que está tudo bem, viu? Você estava um pouco perturbada ontem à noite. Normal.

— Ah, Simon! Eu poderia ter acabado com sua vida!

— Não com um revólver de brinquedo como aquele...

— E sua perna? Talvez você nunca mais volte a andar...

– Olhe, Jackie, não seja dramática. Assim que chegarmos a Assuã, eles tirarão uma radiografia e extrairão a bala, e tudo ficará bem de novo.

Jacqueline engoliu em seco duas vezes. Depois, correu para o lado da cama, ajoelhou-se perto de Simon, escondendo o rosto nas mãos e soluçando. Simon acariciou-lhe a cabeça, meio sem jeito. Seu olhar encontrou o de Poirot, que, com um suspiro relutante, saiu da cabine.

Ao sair, ainda ouviu murmúrios:

– Como pude ser tão má? Oh, Simon!... Sinto tanto!

Do lado de fora, Cornelia Robson estava debruçada sobre a amurada. Virou a cabeça.

– Ah, é o senhor, monsieur Poirot. Parece estranho, de certa forma, que o dia esteja tão bonito.

Poirot olhou para o céu.

– Quando o sol brilha, não conseguimos ver a lua – disse. – Mas quando o sol se põe... ah, quando o sol se põe...

Cornelia ficou olhando para ele, boquiaberta.

– Perdão?

– Eu estava dizendo, mademoiselle, que quando o sol se pôr, conseguiremos ver a lua. Não?

– Sim, claro – disse ela, sem entender direito.

Poirot riu.

– Devaneios. Não repare.

Em seguida, dirigiu-se lentamente para a popa do navio. Ao passar pela primeira cabine, parou um minuto. Conseguiu ouvir trechos de conversa lá dentro.

– Profunda ingratidão... depois de tudo o que fiz por você... você não tem consideração com a coitada de sua mãe... não imagina o quanto sofri...

Poirot comprimiu os lábios. Ergueu a mão e bateu na porta.

Fez-se silêncio. Depois a sra. Otterbourne perguntou:

– Quem é?
– A mademoiselle Rosalie está?

Rosalie apareceu na porta. Poirot ficou impressionado com sua aparência. Havia círculos escuros sob seus olhos e sulcos em volta da boca.

– O que houve? – perguntou, sem nenhuma cordialidade. – O que o senhor quer?

– O prazer de alguns minutos de conversa com a mademoiselle. Poderia vir?

Rosalie olhou-o desconfiada.

– Por que eu deveria?

– Eu lhe imploro, mademoiselle.

– Bem...

Ela saiu ao convés, fechando a porta atrás de si.

– Pois não?

Poirot segurou-a delicadamente pelo braço e conduziu-a em direção à popa. Passaram pelos banheiros e deram a volta pelo outro lado. Estavam sozinhos naquela parte do navio. O Nilo corria atrás deles.

Poirot apoiou-se na amurada. Rosalie continuou ereta e tesa.

– Pois não? – perguntou novamente, com a mesma rispidez.

Poirot falou lentamente, escolhendo as palavras.

– Poderia lhe fazer algumas perguntas, mademoiselle, mas não creio que consinta em respondê-las.

– Parece, então, uma perda de tempo ter me trazido aqui.

Poirot passou o dedo pela amurada de madeira.

– Está acostumada, mademoiselle, a suportar sozinha o peso de seus aborrecimentos... Mas não há como fazer isso por muito tempo. A tensão torna-se grande demais. No seu caso, mademoiselle, isso já está acontecendo.

– Não sei do que o senhor está falando – disse Rosalie.

– Estou falando de fatos. Fatos objetivos e desagradáveis. Vamos falar abertamente e sem muitos rodeios. Sua mãe é alcoólatra, mademoiselle.

Rosalie não respondeu. Chegou a abrir a boca, mas não disse nada. Dessa vez, parecia perdida.

– Não precisa falar nada, mademoiselle. Deixe essa parte para mim. Em Assuã, fiquei interessado na relação entre vocês. Vi imediatamente que, apesar de seus comentários pouco filiais, a senhorita, na verdade, estava protegendo sua mãe de alguma coisa. Logo percebi o que era. Soube muito antes de encontrar sua mãe um dia de manhã, completamente embriagada. Compreendi que o caso dela era de crises esporádicas, muito mais difícil de tratar. A senhorita lidava com tudo isso de maneira bastante corajosa. No entanto, sua mãe tinha a sagacidade de quem bebe às escondidas. Conseguiu esconder uma boa quantidade de bebidas. Não me admiraria saber que só ontem a senhorita descobriu o esconderijo dela. Portanto, ontem à noite, assim que sua mãe pegou no sono, a senhorita apanhou todo o conteúdo do *depósito*, foi até o outro lado do navio (uma vez que o seu lado fica contra a margem) e jogou tudo no Nilo.

Poirot fez uma pausa.

– Acertei?

– Sim, acertou – Rosalie disse num ímpeto. – Fui tola em não lhe contar. Mas não queria que todo mundo soubesse. A notícia se espalharia por todo o navio. E parecia uma besteira tão grande... isto é... que eu...

Poirot completou a frase para ela.

– Uma besteira tão grande que a senhorita fosse suspeita de cometer um assassinato?

Rosalie concordou com um gesto de cabeça.

Em seguida, explodiu de novo:

– Tenho me esforçado tanto para que ninguém saiba. Na verdade, não é culpa dela. Ela começou a ficar desanimada. Seus livros não vendiam mais. As pessoas estão cansadas de todas essas histórias sexuais baratas... Ela ficou magoada, profundamente magoada. E aí começou a beber. Durante muito tempo, não percebi por que ela estava tão esquisita. Quando descobri, tentei impedi-la. Ela parava por um tempo, mas depois recaía, e começava a discutir e brigar com as pessoas. Um horror! – estremeceu. – Sempre tive que estar alerta, para ajudá--la... Depois, ela começou a implicar comigo. Voltou-se contra mim. Às vezes, chego a achar que ela me odeia.

– *Pauvre petite* – disse Poirot.

Rosalie virou-se bruscamente para ele.

– Não sinta pena de mim. Não seja gentil. Será mais fácil assim – disse, soltando um suspiro comovente. – Estou tão cansada... estou exausta.

– Eu sei – disse Poirot.

– As pessoas me acham insuportável. Arrogante e mal-humorada. Não consigo ser de outro jeito. Já me esqueci de como ser gentil.

– Foi o que lhe disse: a senhorita suportou esse peso sozinha por muito tempo.

Rosalie disse lentamente:

– É um alívio falar sobre isso. O senhor sempre foi tão amável comigo, monsieur Poirot. Acho que muitas vezes fui grosseira.

– *La politesse* não é necessária entre amigos.

A expressão de desconfiança voltou de repente ao rosto de Rosalie.

– O senhor contará para todos? Imagino que terá de contar, por causa daquelas malditas garrafas que joguei na água.

– Não, não será necessário. Diga-me apenas uma coisa: a que horas foi isso? À uma e dez?

– Mais ou menos. Não me lembro exatamente.

– A mademoiselle Van Schuyler *a* viu? A senhorita viu a *mademoiselle Van Schuyler*?

– Não, não *a* vi – respondeu Rosalie.

– Ela disse que espiou pela porta da cabine.

– Não teria como vê-la. Só olhei para o convés e depois para o rio.

Poirot anuiu.

– E a senhorita viu alguém quando olhou para o convés?

Houve uma pausa bastante longa. Rosalie franziu a testa, como quem reflete.

Finalmente, respondeu, em tom firme:

– Não. Não vi ninguém.

Hercule Poirot consentiu com a cabeça. Mas seu olhar era grave.

Capítulo 20

Os passageiros entraram no salão de jantar, sozinhos ou em duplas, com expressão de desânimo, como se achassem indecoroso sentarem-se à mesa para comer. Tomaram seus lugares com ar quase penitente.

Tim Allerton chegou alguns minutos depois que sua mãe sentou. Parecia bastante mal-humorado.

– Maldita hora em que resolvi fazer esta viagem – resmungou.

A sra. Allerton balançou a cabeça tristemente.

– Ah, querido, sinto o mesmo. Aquela moça tão linda! Que crueldade. Pensar que alguém foi capaz de matá-la a sangue frio. Um horror que possam fazer algo assim. E a outra coitadinha...

– Jacqueline?

– Sim. Sinto muita pena dela. Parece tão infeliz!

– Para ela aprender a não brincar com armas – disse Tim com frieza, servindo-se de manteiga.

– Deve ter tido uma educação deficiente.

– Pelo amor de Deus, mãe. Não seja tão maternal.

– Como você está mal-humorado, Tim!

– Estou mesmo. Quem não estaria?

– Não vejo por quê. A situação é apenas triste.

Tim disse, com irritação:

– Você está vendo a situação do ponto de vista romântico! Parece não compreender que estar envolvido num caso de assassinato não é brincadeira.

A sra. Allerton sobressaltou-se.

– Mas, certamente...

— Esse é o ponto! Não existe isso de "certamente". Todo mundo neste maldito navio é suspeito. Eu e você, assim como todos os outros.

— Tecnicamente, sim — objetou a sra. Allerton —, mas é absurdo.

— Não há nada de absurdo quando o assunto é assassinato! Você pode ficar aí sentada, exalando honestidade e integridade, mas os policiais de Shellal ou Assuã não a julgarão pelas aparências.

— Talvez já saibam a verdade antes disso.

— Por quê?

— O monsieur Poirot pode descobrir.

— Aquele velho charlatão? Não descobrirá nada. Só tem presunção e bigodes.

— Bem, Tim — disse a sra. Allerton —, talvez você tenha razão, mas não há outro jeito. Melhor nos conformarmos e encararmos a situação com o máximo de tranquilidade possível.

Mas seu filho não parecia tranquilo.

— Ainda há o roubo daquelas malditas pérolas.

— As pérolas de Linnet?

— Sim. Parece que roubaram o colar dela.

— Deve ter sido o motivo do crime — opinou a sra. Allerton.

— Por quê? Você está misturando duas coisas completamente diferentes.

— Quem lhe disse que o colar sumiu?

— Ferguson. Ele soube pelo amigo maquinista, que soube pela criada.

— Eram pérolas lindas — declarou a sra. Allerton.

Poirot sentou-se à mesa, cumprimentando a sra. Allerton.

— Estou um pouco atrasado — disse.

– O senhor devia estar ocupado – disse a sra. Allerton.

– Sim, tenho estado bastante ocupado.

Poirot pediu uma garrafa de vinho ao garçom.

– Somos muito fiéis a nossos hábitos – observou a sra. Allerton. – O senhor sempre bebe vinho. Tim sempre bebe uísque com soda. E eu, sempre experimentando uma nova marca de água mineral.

– *Tiens*! – exclamou Poirot, olhando-a por um momento. Depois, murmurou para si mesmo: – É uma ideia, que...

Em seguida, encolhendo os ombros com impaciência, afastou a preocupação repentina que o distraíra e começou a conversar sobre outros assuntos.

– É grave o ferimento do sr. Doyle? – quis saber a sra. Allerton.

– Sim, bastante grave. O dr. Bessner está ansioso para chegar a Assuã, para que possam tirar uma radiografia e extrair a bala. Mas ele acredita que não haverá sequelas permanentes.

– Coitado do Simon – disse a sra. Allerton. – Ontem mesmo ele parecia feliz como um menino, a quem nada faltava no mundo. E agora sua linda esposa está morta, e ele, inutilizado numa cama. Mas espero...

– O que a senhora espera, madame? – perguntou Poirot aproveitando a pausa da sra. Allerton.

– Espero que ele não esteja muito zangado com aquela pobrezinha.

– Com a mademoiselle Jacqueline? Muito pelo contrário. Ele estava muito preocupado com ela.

Poirot virou-se para Tim.

– Eis um interessante problema de psicologia. Durante todo o tempo em que mademoiselle Jacqueline os seguiu de um lugar para o outro, ele estava furioso. Mas agora, depois de ter levado um tiro dela, sendo gravemente ferido e com risco de ficar inválido para sempre, toda sua raiva parece ter desaparecido. Dá para entender?

– Sim – respondeu Tim, pensativo. – Acho que consigo entender. Na primeira situação, ele se sentia um tolo...

Poirot concordou.

– Tem razão. Sua dignidade masculina era abalada.

– Mas agora, olhando sob certo aspecto, *ela* é que fez papel de tola. Todos estão contra ela, e assim...

– Ele consegue ser generoso e perdoá-la – completou a sra. Allerton. – Como os homens são infantis!

– Uma afirmação totalmente falsa que as mulheres sempre fazem – murmurou Tim.

Poirot sorriu.

– Diga-me uma coisa: a prima da madame Doyle, a srta. Joanna Southwood, era parecida com ela?

– O senhor deve ter se confundido, monsieur Poirot. Ela é nossa prima e amiga de Linnet.

– Ah, perdão, fiz confusão. É uma moça que está em evidência. Cheguei a me interessar no caso dela por algum tempo.

– Por quê? – perguntou Tim secamente.

Poirot quase se levantou para cumprimentar Jacqueline de Bellefort, que acabava de entrar, passando por eles em direção à sua mesa. Estava corada e um pouco ofegante. Seus olhos brilhavam. Quando Poirot se sentou novamente, parecia ter esquecido a pergunta de Tim.

– Será que todas as jovens que têm joias valiosas são tão descuidadas quanto a madame Doyle? – murmurou vagamente.

– É verdade, então, que o colar foi roubado? – perguntou a sra. Allerton.

– Quem lhe disse isso, madame?

– Ferguson – respondeu Tim.

– Sim, é verdade – informou Poirot, bastante sério.

– Imagino – disse a sra. Allerton, nervosa – que isso será muito desagradável para todos nós. Foi o que Tim disse.

O rapaz fechou a cara, mas Poirot não perdeu tempo.

– Ah, então já passou por essa experiência? Já esteve numa casa em que houve um roubo.

– Nunca – retrucou Tim.

– Ah, sim, querido, você esteve na casa dos Portarlingtons naquela época, quando os diamantes daquela velha detestável foram roubados.

– Você sempre confunde as histórias, mãe. Eu estava lá quando descobriram que o colar de diamantes que ela usava em volta do pescoço gordo era falso! A substituição deve ter sido feita meses antes. Aliás, muita gente disse que foi ela mesma quem forjou tudo!

– Joanna deve ter dito, imagino.

– Joanna não estava lá.

– Mas ela os conhecia. E esse comentário é bem típico dela.

– Você sempre implica com a Joanna, mãe.

Poirot mudou rapidamente de assunto. Disse que pretendia fazer uma grande compra numa das lojas de Assuã. Um tecido lilás e dourado muito bonito de um comerciante indiano. Teria que pagar taxas alfandegárias, mas...

– Eles falaram que podem... como se diz? ...despachar para mim. E que os impostos não serão muito altos. Acham que chegará tudo em ordem?

A sra. Allerton relatou que soube de muitas pessoas que compraram coisas naquelas lojas e não tiveram nenhum problema em enviar as compras diretamente para a Inglaterra. Tudo chegou direitinho.

– *Bien*. Farei isso. Mas é um trabalhão quando estamos no exterior e nos chega uma encomenda da Inglaterra! Já aconteceu com vocês, de chegar algum pacote quando estão viajando?

– Acho que não. Já aconteceu, Tim? Às vezes você recebe livros, mas nunca tivemos problema.

– Ah, com livros é diferente.

A sobremesa foi servida. Nesse momento, sem prévio aviso, o coronel Race levantou-se e fez seu discurso.

Falou sobre as circunstâncias do crime e anunciou o roubo das pérolas. Disse que realizariam uma busca no navio e que ficaria grato se todos os passageiros permanecessem no salão até concluírem o procedimento. Depois, se ninguém se opusesse, seriam todos revistados.

Poirot escapou agilmente para seu lado. Houve muita agitação, vozes indignadas, desconfiadas, perplexas...

Poirot aproximou-se de Race e murmurou algo em seu ouvido, no momento em que Race estava para sair do salão.

Race ouviu, fez um sinal positivo com a cabeça e chamou um empregado. Disse-lhe alguma coisa e depois, junto com Poirot, saiu ao convés, fechando a porta atrás de si.

Ficaram um tempo debruçados sobre a amurada, em silêncio. Race acendeu um cigarro.

– Não é ruim sua ideia – disse. – Logo veremos se dá resultado. Dou-lhes três minutos.

A porta do salão de jantar abriu-se, e o mesmo criado com quem eles tinham falado apareceu. Cumprimentou Race e disse:

– Tudo certo. Uma senhora disse que precisa falar com o senhor urgentemente.

– Ah! – exclamou Race, satisfeito. – Quem?

– Srta. Bowers, a enfermeira.

Race pareceu surpreso.

– Mande-a para a sala de fumantes. Não deixe mais ninguém sair.

– Não se preocupe, senhor. O outro empregado cuidará disso.

O homem voltou para o restaurante. Poirot e Race foram para a sala de fumantes.

– Bowers, hein? – murmurou Race.

Mal chegaram à sala de fumantes, o criado reapareceu com a srta. Bowers. Convidou-a a entrar e saiu, fechando a porta.

– Muito bem, srta. Bowers – disse o coronel Race, fitando-a com curiosidade no olhar. – O que está acontecendo?

A srta. Bowers estava impassível como sempre.

– Queira desculpar-me, coronel Race, mas nas atuais circunstâncias, achei melhor falar imediatamente com o senhor – disse, abrindo a bolsa preta – para lhe devolver isto.

Tirou de dentro um colar de pérolas, que colocou em cima da mesa.

Capítulo 21

Se a srta. Bowers fosse do tipo de mulher que gostasse de causar sensação, teria ficado totalmente satisfeita com o resultado de seu gesto.

O coronel Race parecia completamente estupefato.

– Extraordinário! – exclamou, apanhando as pérolas na mesa. – Poderia explicar, srta. Bowers?

– Claro. Foi para isso que eu vim – disse a srta. Bowers, acomodando-se numa cadeira. – Evidentemente, foi difícil decidir o que fazer. A família, naturalmente, preferiria evitar um escândalo e confiava em meu bom senso, mas as circunstâncias são tão fora do comum que não tive escolha. É claro que não encontrando nada nas cabines, o próximo passo seria revistar os passageiros, e se as pérolas fossem encontradas comigo, a situação seria constrangedora, e a verdade teria que vir à tona.

– E qual é a verdade? A senhorita pegou essas pérolas na cabine da sra. Doyle?

– Não. Claro que não, coronel Race. Foi a srta. Van Schuyler.

– A srta. Van Schuyler?

– Sim. Ela não consegue evitar, mas... pega as coisas. Sobretudo joias. Na verdade, é por isso que estou sempre com ela. Não por sua saúde. É por essa pequena idiossincrasia. Fico alerta, e felizmente nunca tive problema desde que estou com ela. Basta eu ficar atenta. E ela sempre esconde as coisas no mesmo lugar, dentro de uma meia, o que facilita a busca. Todo dia de manhã, verifico suas meias. Além disso, tenho o sono leve e durmo sempre num quarto contíguo, com a porta de comunicação aberta, se estivermos num hotel. Ou seja, costumo ouvir tudo. Procuro convencê-la a voltar para a cama. Num navio, claro, é muito mais difícil. Mas geralmente ela não faz isso à noite. É mais uma mania de pegar as coisas que ela vê esquecidas. Evidentemente, ela sempre gostou de pérolas.

A srta. Bowers parou de falar.

– Como descobriu que o colar tinha sido roubado? – perguntou Race.

– Ele estava dentro da meia dela hoje de manhã. Eu sabia de quem era, claro. Já tinha reparado nesse colar. Fui devolvê-lo na esperança de que a sra. Doyle não tivesse se levantado ainda e não tivesse dado por sua falta. Mas quando cheguei à sua cabine encontrei um criado, que me contou do assassinato, dizendo que ninguém podia entrar. Fiquei, então, num dilema. Mas ainda esperava conseguir devolver o colar mais tarde, antes de perceberem que ele havia desaparecido. Posso lhe dizer que passei uma manhã muito desagradável, pensando na melhor maneira de proceder. A família da srta. Van Schuyler é tão reservada e exclusiva. Seria um escândalo se uma notícia dessas saísse nos jornais. Mas não será necessário, não é?

A srta. Bowers parecia preocupada.

– Depende das circunstâncias – respondeu o coronel Race, sem se comprometer. – Mas faremos o possível para ajudar. O que a srta. Van Schuyler diz a respeito disso?

– Oh, ela negará, claro. Ela sempre nega. Diz que alguma pessoa maldosa colocou o objeto lá. Ela nunca admite que pegou alguma coisa. É por isso que volta rapidinho para a cama se for pega a tempo. Diz que estava saindo apenas para ver a lua, ou algo parecido.

– A srta. Robson sabe desse seu... defeito?

– Não. Sua mãe sabe, mas a srta. Robson é uma menina muito simples, e a mãe achou melhor ela não saber de nada. Sou perfeitamente capaz de tomar conta da srta. Van Schuyler sozinha – acrescentou a competente srta. Bowers.

– Gostaríamos de agradecer, mademoiselle, por ter vindo tão rápido – disse Poirot.

A srta. Bowers levantou-se.

– Espero ter feito o melhor.

– Tenha certeza disso.

– Levando em consideração um assassinato também...

O coronel Race interrompeu-a, com voz grave.

– Srta. Bowers, vou lhe fazer uma pergunta e quero que responda com toda a franqueza. A srta. Van Schuyler tem um problema mental a ponto de ser cleptomaníaca. A senhorita acha que ela também tem tendências homicidas?

A srta. Bowers respondeu imediatamente:

– Não! De jeito nenhum. Sou capaz de jurar que não. A velha não faria mal a uma mosca.

A resposta veio com tanta segurança que não havia mais nada a dizer. Mesmo assim, Poirot ainda fez mais uma pergunta.

– A srta. Van Schuyler tem problema de surdez, não?

– Para falar a verdade, sim, monsieur Poirot. Nada grave. Ou seja, é algo que não se nota conversando com ela. Mas muitas vezes ela não ouve quando alguém entra no quarto, ou coisas desse tipo.

– A senhorita acha que ela ouviria alguém caminhando na cabine da sra. Doyle, que é ao lado da sua?

– Acho que não. A cama dela fica do outro lado, longe da parede em comum entre as cabines. Acho que ela não ouviria nada.

– Obrigado, srta. Bowers.

Race disse:

– Poderia voltar ao salão de jantar e esperar com os outros?

Abriu a porta para ela e viu-a descendo as escadas e entrando no salão. Depois, fechou a porta e voltou para a mesa. Poirot estava com o colar na mão.

– Bem – disse Race, sombriamente –, a reação foi rápida. Mulher muito calma e astuta, perfeitamente capaz de sonegar informações, se isso lhe convier. E como fica a srta. Marie Van Schuyler agora? Não creio que possamos eliminá-la da lista de suspeitos. Ela poderia ter cometido o crime para se apoderar das joias. Não podemos acreditar na enfermeira. Ela fará de tudo para proteger a família.

Poirot concordou. Estava muito ocupado com as pérolas, revirando-as pelos dedos, examinando-as à altura dos olhos.

– Podemos acreditar em parte da história da velha. Ela realmente espreitou pela porta da cabine e viu Rosalie Otterbourne. Mas não creio que ela tenha ouvido alguma coisa ou alguém na cabine de Linnet Doyle. Devia estar apenas espiando, esperando o melhor momento para sair da cabine e ir roubar as joias.

– Então Rosalie estava realmente lá.

– Sim, jogando as garrafas de bebida da mãe no rio.

O coronel Race sacudiu a cabeça, com pena.

– Então é isso! Deve ser difícil para uma menina tão nova.

– Sim, a vida não tem sido muito alegre para *cette pauvre petite Rosalie*.

– Fico feliz de que isso tenha sido esclarecido. Será que *ela* não viu ou ouviu alguma coisa?

– Perguntei isso. Ela respondeu, depois de uns vinte segundos, que não tinha visto ninguém.

– Oh! – exclamou Race, alerta.
– Sim, muito sugestivo.
Race disse lentamente:
– Se Linnet Doyle foi assassinada por volta de uma e dez, ou mais tarde, parece incrível que ninguém tenha ouvido o tiro. É verdade que aquele revólver não faz muito barulho, mas, de qualquer maneira, o navio devia estar completamente silencioso a essa hora, e qualquer ruído, mesmo um pequeno estalo, deveria ser ouvido. Mas começo a entender melhor agora. A cabine ao lado da dela, na parte da frente, estava desocupada, pois seu marido estava na cabine do dr. Bessner. A outra, na parte de trás, é da srta. Van Schuyler, que é parcialmente surda. Sobra apenas...

Fez uma pausa e olhou para Poirot, fazendo suspense. Poirot assentiu com a cabeça.

– A cabine perto da dela, do outro lado do navio, isto é, a de Pennington. Parece que sempre voltamos a Pennington.

– Voltaremos a ele daqui a pouco, mas sem luvas de pelica! Ah, sim, estou me prometendo esse prazer.

– Nesse meio-tempo, melhor continuarmos com nossa busca no navio. O colar ainda é uma desculpa conveniente, mesmo que já estejamos com ele. A srta. Bowers não deverá falar nada.

– Ah, essas pérolas! – exclamou Poirot, examinando-as mais uma vez contra a luz. Passou a língua sobre elas, chegando a morder uma. Depois, com um suspiro, largou-as sobre a mesa.

– Mais complicações, meu amigo – disse. – Não sou especialista, mas lidei muito com joias em minha profissão e tenho quase certeza do que digo. Estas pérolas não passam de imitação.

Capítulo 22

— Este maldito caso está ficando cada vez mais complicado – praguejou o coronel Race, pegando o colar. – Tem certeza de que são falsas? Parecem verdadeiras para mim.

– Sim, a imitação é perfeita.

– O que isso significa? Talvez Linnet Doyle tivesse mandado fazer pérolas de imitação para viajar mais tranquila. Muitas mulheres fazem isso.

– Nesse caso, o marido saberia.

– Talvez ela não tenha lhe contado.

Poirot balançou a cabeça, insatisfeito.

– Não, não creio que seja isso. Na primeira noite, reparei nas pérolas da madame Doyle, em seu brilho maravilhoso. Tenho certeza de que eram verdadeiras.

– Isso nos leva a duas possibilidades. Primeiro, que a srta. Van Schuyler só roubou o colar de imitação depois que o verdadeiro foi roubado por outra pessoa. Segundo, que toda aquela história de cleptomania é inventada. Ou a srta. Bowers é uma ladra e inventou a história procurando afastar suspeitas com a entrega do colar falso, ou estamos diante de uma verdadeira quadrilha de ladrões de joias, disfarçados de família americana.

– Sim – murmurou Poirot. – Difícil saber. Mas chamo atenção para um detalhe: fazer uma imitação perfeita do colar, com fecho e tudo, a ponto de enganar a madame Doyle requer muita destreza. Não é algo que dá para ser feito às pressas. A pessoa que copiou as pérolas teve tempo de examinar as verdadeiras.

Race levantou-se.

– Não adianta ficarmos especulando. Vamos dar prosseguimento ao trabalho. Precisamos encontrar as pérolas verdadeiras. E, ao mesmo tempo, ficaremos de olhos abertos.

Revistaram as cabines do convés inferior. A do signor Richetti continha diversos trabalhos arqueológicos em diferentes idiomas, uma grande variedade de roupas, loções de cabelo bastante perfumadas e duas cartas pessoais, uma de uma expedição arqueológica na Síria e outra, aparentemente, de uma irmã em Roma. Seus lenços eram todos de seda, coloridos.

Passaram para a cabine de Ferguson.

Literatura comunista, uma boa quantidade de fotografias, *Erewhon*, de Samuel Butler, e uma edição barata do *Diário* de Pepys. Tinha poucos pertences pessoais. A maior parte das roupas estava rasgada e suja. A roupa de baixo, contudo, era de ótima qualidade. Lenços caros, de linho.

– Algumas discrepâncias interessantes – murmurou Poirot.

Race concordou.

– Estranho que não haja nenhum documento pessoal, carta etc.

– Sim, dá o que pensar. Um jovem esquisito o monsieur Ferguson – disse Poirot, examinando um anel com sinete, antes de guardá-lo na gaveta onde o encontrou.

Foram para a cabine de Louise Bourget. A criada costumava comer depois dos outros passageiros, mas Race dera ordem para que fosse se juntar ao resto do grupo. Um dos criados apareceu.

– Desculpe-me, senhor – disse –, mas não consegui encontrar a moça em lugar nenhum. Não sei onde ela pode estar.

Race olhou para dentro da cabine. Vazia.

Foram para o tombadilho, começando a estibordo. A primeira cabine era de James Fanthorp. Tudo na mais perfeita ordem. O sr. Fanthorp trazia pouca bagagem, mas tudo o que tinha era de boa qualidade.

– Nenhuma carta – disse Poirot, pensativo. – O sr. Fanthorp tem o cuidado de destruir sua correspondência.

Seguiram para a cabine de Tim Allerton.

Havia sinais de uma personalidade anglo-católica: um pequeno tríptico e um grande rosário de madeira cuidadosamente trabalhado. Além das roupas pessoais, Poirot e Race encontraram um manuscrito incompleto, bastante anotado e rabiscado, uma boa quantidade de livros, quase todos recém-publicados, e muitas cartas, jogadas de qualquer maneira numa gaveta. Poirot, que jamais tivera o mínimo escrúpulo de ler a correspondência alheia, examinou-as. Notou que não havia nenhuma carta de Joanna Southwood. Pegou um bastão de cola, manuseou-o por um ou dois minutos e disse:

– Vamos continuar.

– Nenhum lenço barato – comentou Race, recolocando rapidamente o que havia tirado de uma gaveta.

A cabine da sra. Allerton foi a seguinte. Muito arrumada, com um leve cheiro de lavanda no ar. A busca foi rápida.

– Uma boa mulher – disse Race, ao sair.

A próxima cabine era a que Simon Doyle usava como vestiário. As coisas de primeira necessidade, como pijama e objetos de toalete, foram levados para a cabine do dr. Bessner, mas o resto de seus pertences ainda estava ali: duas grandes malas de couro e uma bolsa de mão. Havia também algumas roupas no armário.

– Examinemos tudo com muita atenção, meu amigo – disse Poirot –, porque é provável que o ladrão tenha escondido as pérolas aqui.

– Acha possível?

– Totalmente! Pense bem. O ladrão, seja ele quem for, deveria saber que, mais cedo ou mais tarde, faríamos uma busca e que seria insensato esconder o colar em sua própria cabine. As outras cabines apresentam dificuldades específicas. Mas esta cabine pertence a um homem que não tem como visitá-la sozinho. Portanto, se o colar for encontrado aqui, ficaremos na mesma.

Por mais que procurassem, não encontraram nada.

– *Zut*! – exclamou Poirot baixinho, saindo mais uma vez ao convés.

A cabine de Linnet Doyle tinha sido trancada depois de removido o corpo, mas Race estava com a chave. Destrancando-a, os dois homens entraram.

Exceto pela ausência do corpo, a cabine estava exatamente igual a como estava de manhã.

– Poirot – disse Race –, se há algo para ser descoberto aqui, pelo amor de Deus, vá em frente e descubra! Você é capaz.

– Desta vez não se refere às pérolas, *mon ami*?

– Não. O assassinato é o principal. Deve haver algo que deixei escapar hoje de manhã.

Com calma e habilidade, Poirot começou a busca. Ajoelhou-se e inspecionou meticulosamente o assoalho. Em seguida, a cama. Depois, passou para o armário, as gavetas da cômoda, um baú e as duas malas de luxo. Examinou a valise, também luxuosa. Por fim, concentrou-se no lavatório. Havia diversos cremes, talcos, loções faciais, mas a única coisa que pareceu interessar Poirot foram dois pequenos frascos com uma etiqueta onde se lia "Nailex". Poirot pegou os frascos e levou-os para a penteadeira. Um, com o rótulo "Nailex Rose", estava quase vazio, com uma ou duas gotas de um líquido vermelho escuro no fundo. O outro, do mesmo tamanho, mas chamado "Nailex Cardinal", estava quase cheio. Poirot destapou primeiro o frasco vazio e depois o frasco cheio, cheirando os dois com delicadeza.

Uma fragrância de pera tomou conta do ambiente. Com uma ligeira expressão de desagrado, Poirot fechou os frascos.

– Descobriu alguma coisa? – perguntou Race.

Poirot respondeu com um provérbio francês:

– *On ne prend pas les mouches avec le vinaigre.**

Depois disse, com um suspiro:

– Meu amigo, não tivemos sorte. O assassino não nos ajudou. Não deixou cair as abotoaduras, a ponta do charuto, a cinza do cigarro ou, no caso de ser uma mulher, o lenço, o batom ou um prendedor de cabelo.

– Apenas o frasco de esmalte.

Poirot encolheu os ombros.

– Preciso perguntar à criada. Existe algo realmente muito curioso nisso.

– Onde será que ela se meteu? – perguntou Race, em tom de exclamação.

Os dois saíram da cabine, fecharam a porta e passaram para a cabine da srta. Van Schuyler.

De novo, encontraram todos os pertences típicos de uma pessoa rica, produtos de toalete, malas de qualidade, algumas cartas privadas e documentos em perfeita ordem.

A cabine seguinte era a dupla ocupada por Poirot e, depois dela, a cabine de Race.

– Pouco provável que tenha escondido aqui – opinou o coronel.

Poirot discordou.

– É possível. Uma vez, no Expresso do Oriente, investiguei um assassinato em que havia sumido um

---

* Não atraímos moscas com vinagre. (N.E.)

quimono vermelho. O quimono tinha de estar no trem. Sabe onde o encontrei? Na minha própria maleta, que estava trancada! Que impertinência!

– Bem, vejamos se alguém foi impertinente com você ou comigo desta vez.

Mas o ladrão das pérolas não havia sido impertinente com Hercule Poirot ou com o coronel Race.

Contornando a popa, fizeram uma busca meticulosa na cabine da srta. Bowers, mas não encontraram nada suspeito. Os lenços dela eram de linho simples, com uma inicial.

A cabine das Otterbourne era a seguinte. Novamente, Poirot fez uma busca cuidadosa, mas sem resultado.

Entraram na próxima cabine, que era do dr. Bessner. Simon Doyle estava deitado com uma bandeja de comida intocada a seu lado.

– Estou sem apetite – disse, desculpando-se.

Parecia febril e muito pior do que mais cedo. Poirot compreendeu a ansiedade de Bessner em levá-lo o mais rápido possível para um hospital. O pequeno detetive belga explicou o que Race e ele estavam fazendo, e Simon fez um gesto de aprovação com a cabeça. Ficou estupefato ao saber que as pérolas haviam sido devolvidas pela srta. Bowers, mais ainda ao saber que eram falsas.

– O senhor tem certeza, monsieur Doyle, de que sua esposa não tinha um colar de imitação que trouxe em vez do verdadeiro?

– Tenho. Certeza absoluta – respondeu Simon, convicto. – Linnet amava esse colar e o usava o tempo todo. Tinha seguro contra qualquer tipo de risco. Por isso, talvez, não se preocupasse tanto.

– Então precisamos continuar nossa busca.

Poirot começou a abrir gavetas. Race foi direto para uma das malas.

– Vocês não estão suspeitando do velho Bessner, não é? – perguntou Simon, sem entender o que eles faziam.

– Por que não? – disse Poirot, encolhendo os ombros. – Afinal de contas, o que sabemos do dr. Bessner? Só o que ele mesmo diz.

– Mas ele não teria como esconder aqui sem que eu visse.

– Não *hoje*, mas talvez há alguns dias. Não sabemos quando a substituição foi feita.

– Nunca pensei nisso.

A busca, no entanto, foi em vão.

A cabine seguinte era de Pennington. Os dois homens levaram algum tempo examinando o conteúdo de uma pasta cheia de documentos legais e de negócios. A maioria precisava da assinatura de Linnet.

Poirot sacudiu a cabeça, desconsolado.

– Parece tudo certo, não?

– Sim. Mas aquele homem não é nenhum idiota. Se *houvesse* algum documento comprometedor aqui, uma procuração ou coisa parecida, ele certamente o teria destruído logo após o crime.

– É verdade.

Poirot tirou da gaveta de cima da cômoda um pesado revólver Colt. Examinou-o e colocou-o de volta no lugar.

– Pelo visto, ainda há pessoas que viajam armadas – murmurou.

– Sim. Sugestivo. De qualquer maneira, Linnet Doyle não foi assassinada com uma arma desse calibre. – Race fez uma pausa e disse: – Pensei numa possível resposta à sua questão sobre a arma que foi jogada no rio. Talvez o assassino tenha deixado o revólver na cabine de Linnet Doyle, e outra pessoa o tenha jogado na água.

– Sim, é possível. Pensei nisso. Mas essa hipótese abre espaço para diversas outras questões. Quem era essa segunda pessoa? Que interesse tinha em proteger Jacqueline de Bellefort dando cabo da arma? O que essa segunda pessoa estava fazendo aqui? A única pessoa que sabemos que entrou na cabine foi a mademoiselle Van Schuyler. Seria possível que ela tenha pegado a arma? Que motivo *ela* teria para proteger Jacqueline de Bellefort? E, no entanto, que outro motivo pode existir para o desaparecimento da arma?

– Talvez ela tenha reconhecido a estola, se assustado e jogado tudo fora – sugeriu Race.

– A estola, talvez, mas ela teria jogado a arma também? De qualquer maneira, concordo que talvez seja uma solução. Mas é, *bon Dieu*, pouco sutil. E você ainda não percebeu um detalhe em relação à estola...

Quando saíram da cabine de Pennington, Poirot sugeriu que Race revistasse as cabines que faltavam, de Jacqueline, Cornelia e duas outras desocupadas, enquanto ele ia trocar uma palavra com Simon Doyle. Assim sendo, voltou e entrou na cabine de Bessner.

– Olhe, fiquei pensando – disse Simon. – Tenho certeza de que o colar de ontem era o verdadeiro.

– Por que, monsieur Doyle?

– Porque Linnet – fez uma expressão de dor ao pronunciar o nome da esposa – estava apreciando suas pérolas antes do jantar. Ela entendia de joias. Teria percebido a substituição.

– Em todo caso, era uma imitação muito bem feita. Diga-me uma coisa: a madame Doyle tinha o hábito de separar-se do colar? Já chegou a emprestá-lo a alguma amiga, por exemplo?

Simon corou, levemente constrangido.

– Sabe, monsieur Poirot, é difícil responder... eu... eu não conhecia Linnet há muito tempo.

– Foi um romance rápido, o de vocês.

Simon continuou:

– E então... eu não saberia uma coisa dessas. Mas Linnet era muito generosa com suas coisas. Não duvido de que já tenha emprestado o colar.

– Ela nunca emprestou o colar – a voz de Poirot era calma – para a mademoiselle de Bellefort, por exemplo?

– O que o senhor quer dizer com isso? – perguntou Simon, vermelho. Tentou sentar-se mais ereto, teve uma contração de dor e voltou a recostar-se. – Aonde o senhor quer chegar? Que Jackie roubou o colar? Ela não roubou. Posso garantir que não. Jackie é honesta como ninguém. A mera ideia de que ela possa ter roubado alguma coisa é absurda... completamente absurda.

Poirot olhou para ele com brilho nos olhos.

– Uh, lá, lá! – exclamou, inesperadamente. – Parece que fui mexer em casa de marimbondo.

Simon repetiu obstinado, sem dar atenção ao comentário de Poirot:

– Jackie é honesta!

Poirot lembrou-se de uma voz de mulher em Assuã, à beira do Nilo, dizendo "Amo Simon, e ele me ama...".

Ficou conjecturando qual das três declarações que ouvira naquela noite era a verdadeira. Parecia-lhe que Jacqueline fora quem mais se aproximara da verdade.

A porta abriu-se, e Race entrou.

– Nada – disse em tom brusco. – Bem, já sabíamos. Os criados estão vindo para nos informar sobre o resultado da busca no salão.

Um criado e uma criada apareceram na porta. O criado foi o primeiro a falar.

– Nada, senhor.

– Algum dos homens se opôs?

– Só o italiano, senhor. Falou bastante. Disse que era uma vergonha... algo assim. E tinha um revólver.

– Que tipo de revólver?

– Mauser automático, calibre 25, senhor.

– Os italianos são muito temperamentais – disse Simon. – Richetti perdeu a cabeça em Wadi Halfa só por causa de um telegrama. Foi bastante grosseiro com Linnet.

Race voltou-se para a criada, uma mulher grande e bela.

– Nada nas mulheres, senhor. Todas protestaram, exceto a sra. Allerton, que foi bastante solícita. Nenhum sinal do colar. A propósito, a jovem, a srta. Rosalie Otterbourne, tinha um pequeno revólver na bolsa.

– De que tipo?

– Um revólver bem pequeno, senhor, com cabo de madrepérola. Parecia de brinquedo.

Race teve um sobressalto.

– Com os diabos! – exclamou baixinho. – Pensei que ela estivesse acima de qualquer suspeita, e agora... Será que toda mulher neste maldito navio anda com revólver de cabo de madrepérola?

Fez uma pergunta direta à criada:

– Ela demonstrou alguma emoção quando você descobriu a arma?

– Não creio que tenha percebido – respondeu a criada. – Eu estava de costas para ela quando examinei sua bolsa.

– De qualquer maneira, ela devia saber que o revólver seria encontrado. Bom, não sei o que dizer. E a criada?

– Procuramos no navio inteiro, senhor. Não a encontramos em lugar nenhum.

– O que houve? – perguntou Simon.

– A criada da sra. Doyle, Louise Bourget. Desapareceu.

– *Desapareceu?*

Race disse pensativo:

– É possível que *ela* tenha roubado o colar. É a única pessoa que poderia ter conseguido uma réplica.

– E aí, quando soube que iam revistar o navio, atirou-se na água? – sugeriu Simon.

– Isso é absurdo – exclamou Race, com irritação. – Uma mulher não pode atirar-se de um navio como este em plena luz do dia sem ninguém perceber. Ela deve estar escondida em algum lugar. – Voltou a dirigir-se à criada: – Onde ela foi vista pela última vez?

– Mais ou menos meia hora antes de tocarem a sineta do almoço, senhor.

– Revistaremos a cabine dela, de qualquer maneira – disse Race. – Talvez encontremos alguma pista de seu paradeiro.

Race desceu para o convés inferior, acompanhado por Poirot. Destrancaram a porta da cabine e entraram.

Louise Bourget, cujo trabalho era manter as coisas dos outros em ordem, não parecia muito aplicada no que se referia a seus próprios pertences. Em cima da cômoda havia um monte de bugigangas. Ao lado, uma mala aberta, com roupas saindo, impedindo-a que se fechasse. Nas cadeiras, roupas de baixo penduradas.

Enquanto Poirot examinava cuidadosamente as gavetas da cômoda, Race revistava a maleta.

Os sapatos de Louise estavam perto da cama. Um deles, de couro envernizado preto, parecia descansar num ângulo bastante incomum, quase sem apoio. Tão extraordinário que chamou a atenção de Race.

O coronel fechou a mala e curvou-se sobre os sapatos. Soltou uma exclamação brusca.

– *Qu'est-ce qu'il y a?* – perguntou Poirot.

Race respondeu sombriamente:

– Ela não desapareceu. Ela está aqui... debaixo da cama.

Capítulo 23

O corpo da mulher morta, que em vida havia sido Louise Bourget, jazia no chão da cabine. Os dois homens debruçaram-se sobre o cadáver.

Race foi o primeiro a levantar-se.

– Está morta há mais ou menos uma hora, eu diria. Bessner saberá. Foi esfaqueada no coração. Morte instantânea, suponho. Não está nada bonita.

– Não.

Poirot sacudiu a cabeça, estremecendo.

O rosto moreno e felino estava deformado numa expressão de surpresa e fúria, os lábios abertos, expondo os dentes.

Poirot inclinou-se novamente e ergueu a mão direita da moça, que ainda segurava alguma coisa. Abriu-lhe os dedos e entregou a Race um pedaço de papel fino, de tom rosa-claro.

– Está vendo o que é?

– Dinheiro – respondeu Race.

– O canto de uma nota de mil francos, creio.

– Bem, é fácil entender o que aconteceu – disse Race. – Ela sabia alguma coisa e estava chantageando o assassino. Reparamos que ela não foi muito objetiva hoje de manhã.

– Fomos idiotas! – exclamou Poirot. – Deveríamos ter percebido... na ocasião. O que ela disse? "O que eu poderia ter visto ou ouvido? Estava no convés de baixo. Naturalmente, se não tivesse conseguido dormir, se tivesse subido as escadas, *aí* sim, talvez tivesse visto o assassino, esse monstro, entrando ou saindo da cabine da madame, mas como foi..." Claro, foi isso o que aconteceu. Ela subiu, viu alguém entrando na cabine de Linnet Doyle (ou saindo) e, por conta de sua ganância insensata, está aí agora...

– E estamos longe de saber quem a matou – concluiu Race, desanimado.

– Não, não – objetou Poirot. – Sabemos muito mais agora. Sabemos quase tudo. Só que o que sabemos parece incrível... e, no entanto, deve ter sido assim. Só eu que não vejo. Ah, que idiota fui hoje de manhã! Nós dois sentimos que ela estava escondendo alguma coisa e não descobrimos o motivo lógico: chantagem.

– Ela deve ter exigido dinheiro imediatamente, para ficar calada – disse Race. – Exigência com ameaças. O assassino foi obrigado a ceder e pagou com notas francesas. Alguma pista?

Poirot balançou a cabeça, pensativo.

– Não creio. Muita gente traz dinheiro extra em viagens, às vezes libras, às vezes dólares, mas também francos. Possivelmente o assassino lhe deu tudo o que tinha em diversas moedas. Vamos continuar a reconstituição.

– O assassino vem à sua cabine, lhe dá o dinheiro e depois...

– E depois – continuou Poirot – ela conta o dinheiro. Oh, sim, conheço esse tipo. Ela conta o dinheiro, distraída, quando o assassino a ataca. Tendo conseguido matá-la, pega o dinheiro e foge, sem perceber que o canto de uma nota havia rasgado.

– Talvez possamos identificá-lo por aí – sugeriu Race, sem muita convicção.

– Acho difícil – disse Poirot. – Ele deve ter examinado as notas e reparado na nota rasgada. Claro, se ele fosse um sujeito sovina, não iria rasgar uma nota de mil francos. Mas acredito que ele seja exatamente o contrário.

– Por quê?

– Tanto este crime quanto o assassinato da madame Doyle requerem certas características: coragem, audácia, destreza, rapidez. Essas características não condizem com uma personalidade prudente, de uma pessoa que economiza.

– Melhor eu chamar o dr. Bessner – disse Race, desalentado.

O exame médico não durou muito tempo. Com uma profusão de *achs* e *sos*, Bessner examinou o corpo.

– Ela está morta há não mais de uma hora – informou. – A morte foi muito rápida... instantânea.

– E que arma o senhor acha que foi usada?

– *Ach*, isso é interessante. Foi algo muito afiado, muito fino, muito delicado. Posso mostrar de que tipo.

De volta à cabine de Bessner, o médico abriu uma maleta e pegou um bisturi.

– Algo assim, meu amigo. Não foi uma faca comum de cozinha.

– Quero crer – disse Race, de maneira sugestiva – que todos os seus instrumentos estão aí. Não está faltando nenhum, certo?

Bessner fitou-o, indignado.

– O que o senhor quer dizer com isso? Acha que eu, Carl Bessner, conhecido em toda a Áustria, com clientes de alto nível, iria matar uma miserável *femme de chambre*? Ah, mas é ridículo, absurdo o que diz! Não está faltando nenhum bisturi. Nenhum. Estão todos aqui, em seus lugares. O senhor mesmo pode ver. E não me esquecerei desse insulto à minha profissão.

O dr. Bessner fechou bruscamente a maleta e saiu furioso para o convés.

– Uau! O velho ficou zangado – disse Simon.

– Lamentável – disse Poirot, encolhendo os ombros.

— Vocês estão equivocados. O velho Bessner é uma ótima pessoa, apesar de ser boche.

O dr. Bessner reapareceu subitamente.

— Poderiam fazer o favor de sair de minha cabine? Preciso fazer o curativo na perna de meu paciente.

A srta. Bowers havia entrado com ele e esperava, profissional, que os outros se retirassem.

Race e Poirot obedeceram calmamente. Race murmurou alguma coisa e saiu. Poirot virou à esquerda. Ouviu vozes femininas, uma risada. Jacqueline e Rosalie estavam juntas na cabine desta última.

A porta estava aberta, e as duas estavam sentadas ao seu lado. Ergueram os olhos quando a sombra de Poirot caiu sobre elas. Rosalie Otterbourne sorriu para ele pela primeira vez, um sorriso tímido e receptivo, um pouco incerto, como quem faz uma coisa nova que não está acostumado.

— Falando da desgraça alheia, mademoiselles? — Poirot acusou-as.

— Não, nada disso — respondeu Rosalie. — Na verdade, estamos comparando batons.

Poirot sorriu.

— *Les chiffons d'aujourd'hui* — murmurou.

Mas havia algo de mecânico em seu sorriso, e Jacqueline de Bellefort, mais rápida e perspicaz do que Rosalie, percebeu. Largou o batom que estava segurando e saiu ao convés.

— Aconteceu alguma coisa, não?

— Sim, mademoiselle. A senhorita acertou.

— O quê? — Rosalie perguntou, saindo da cabine.

— Outra morte — respondeu Poirot.

Rosalie ficou perplexa. Poirot a observava atentamente. Viu espanto e algo mais — consternação — transparecendo em seus olhos.

— A criada da madame Doyle foi assassinada — contou o detetive, sem rodeios.

— Assassinada? — repetiu Jacqueline. — O senhor disse *assassinada*?

— Sim, foi o que eu disse.

Embora a resposta se dirigisse a Jacqueline, Poirot olhava para Rosalie. Foi para ela que disse em seguida:

— A criada viu alguma coisa que não deveria ter visto. Receando que ela não conseguisse guardar segredo, resolveram silenciá-la.

— O que será que ela viu?

Novamente, quem perguntou foi Jacqueline e Poirot respondeu para Rosalie. Um triângulo curioso.

— Quanto a isso, não há dúvida, creio eu — disse Poirot. — Ela viu alguém entrando e saindo da cabine de Linnet Doyle naquela noite fatídica.

Poirot era um ótimo observador. Reparou na rápida tomada de ar de quem leva um susto e no estremecimento das pálpebras de Rosalie Otterbourne. A moça reagira exatamente como ele esperava.

— Ela disse quem viu? — perguntou Rosalie.

De maneira gentil e pesarosa, Poirot respondeu que não com um gesto de cabeça.

Ouviram-se passos no tombadilho. Era Cornelia Robson, de olhos arregalados.

— Oh, Jacqueline! — exclamou, assustada. — Aconteceu algo horrível! Outra coisa horrorosa!

Jacqueline virou-se para ela. As duas deram alguns passos naquela direção. Quase que instintivamente, Poirot e Rosalie Otterbourne tomaram a direção oposta.

Rosalie perguntou rispidamente:

— Por que me olha assim? O que o senhor está pensando?

– A senhorita está me fazendo duas perguntas. Vou lhe fazer apenas uma, em resposta. Por que não me conta toda a verdade, mademoiselle?

– Não sei o que o senhor está dizendo. Já lhe contei... tudo... hoje de manhã.

– Não, nem tudo. Não me contou que carrega na bolsa uma arma de pequeno calibre, com coronha de madrepérola. Não me contou tudo o que viu a noite passada.

Ela corou e disse bruscamente:

– Não é verdade. Não tenho revólver nenhum.

– Eu não disse revólver. Disse uma pequena arma que a senhorita carrega na bolsa.

Rosalie deu meia-volta, entrou na cabine, pegou sua bolsa de couro cinza e entregou-a nas mãos de Poirot.

– O que o senhor está falando é absurdo. Pode olhar, se quiser.

Poirot abriu a bolsa. Não havia nenhuma arma lá dentro.

Devolveu-a para Rosalie, que o olhava com expressão de triunfo e desdém.

– Não – disse Poirot com prazer. – Não está aqui.

– Está vendo, monsieur Poirot? O senhor nem sempre está certo. E está enganado sobre aquela outra coisa ridícula que disse.

– Creio que não.

– O senhor é irritante! – disse Rosalie, batendo o pé no chão. – Coloca uma ideia na cabeça e fica insistindo nesse mesmo ponto.

– Porque quero que me diga a verdade.

– Qual é a verdade? O senhor parece saber mais do que eu.

– Quer que eu lhe diga o que a senhorita viu? – perguntou Poirot. – Se eu estiver certo, admitirá que estou certo? Vou lhe dizer minha ideia. Acho que quando deu a volta pela popa do navio, a senhorita parou involuntariamente porque viu um homem saindo da cabine do centro do convés, a cabine de Linnet Doyle, como ficou sabendo no dia seguinte. A senhorita o viu saindo, fechando a porta e afastando-se. Talvez tenha entrado em uma das duas últimas cabines. Estou certo, mademoiselle?

Ela não respondeu.

Poirot disse:

– Talvez lhe pareça mais prudente não falar. Talvez tenha medo de ser morta, se falar.

Por um momento, Poirot pensou que ela havia mordido a isca, que a acusação de falta de coragem conseguiria aquilo que argumentos mais sutis não teriam conseguido.

Os lábios de Rosalie Otterbourne abriram-se, tremendo.

– Não vi ninguém – declarou ela.

Capítulo 24

A srta. Bowers saiu da cabine do dr. Bessner ajeitando as mangas sobre os punhos.

Jacqueline abandonou Cornelia abruptamente e aproximou-se da enfermeira.

– Como ele está? – perguntou.

Poirot chegou a tempo de ouvir a resposta. A srta. Bowers parecia preocupada.

– Ele está mal, mas não muito – disse.

– Quer dizer que está pior? – quis saber Jacqueline.

– Bem, posso dizer que ficarei aliviada quando ele fizer uma radiografia, extrair a bala e tomar um analgésico. Quando o senhor acha que chegaremos a Shellal, monsieur Poirot?

– Amanhã de manhã.

A srta. Bowers comprimiu os lábios e abanou a cabeça.

– Isso não é nada bom. Estamos fazendo tudo o que podemos, mas há sempre o perigo de septicemia.

Jacqueline agarrou o braço da srta. Bowers.

– Ele vai morrer? Ele vai morrer?

– Meu Deus, não, srta. de Bellefort. Isto é, espero que não. O ferimento em si não é perigoso, mas sem dúvida é necessário tirar uma radiografia o quanto antes. E, claro, o coitado do sr. Doyle deve ficar em repouso absoluto hoje. Já teve agitação e preocupação demais. Não é de se espantar que a febre tenha subido. Com o choque da morte da esposa, e uma ou outra coisa...

Jacqueline soltou o braço da enfermeira e afastou-se. Ficou debruçada sobre a amurada.

– O que estou dizendo é que devemos sempre esperar pelo melhor – disse a srta. Bowers. – O sr. Doyle tem uma ótima saúde, dá para ver. É possível que nunca tenha ficado doente na vida. Isso é um ponto a seu favor. Mas não há como negar que esta alta temperatura é um sinal negativo e...

Abanou a cabeça, ajeitou as mangas mais uma vez e retirou-se.

Com os olhos cheios de lágrimas, Jacqueline caminhou tateante em direção à sua cabine. Sentiu que alguém a ajudava e guiava. Viu Poirot a seu lado. Apoiou-se nele, e ele a conduziu até a porta.

Jacqueline jogou-se na cama e começou, então, a chorar livremente, chegando a soluçar.

– Ele vai morrer! Ele vai morrer! Eu sei que ele vai morrer... E fui eu que o matei. Sim, fui eu que o matei...

Poirot encolheu os ombros.

– Mademoiselle – disse com certa resignação –, o que está feito está feito. Não há como voltar atrás. É tarde demais para arrependimentos.

Ela exclamou com mais veemência:

– Fui eu que o matei! E eu o amo tanto... tanto...

– Demais... – suspirou Poirot.

Havia sido seu pensamento muito tempo antes, no restaurante de monsieur Blondin. Pensava o mesmo agora.

Após hesitar um pouco, ele continuou:

– Não acredite em tudo o que a srta. Bowers diz. As enfermeiras, a meu ver, são sempre lúgubres! A enfermeira da noite admira-se sempre de encontrar seu paciente vivo ao anoitecer. A enfermeira do dia admira-se sempre de encontrá-lo vivo ao amanhecer! Elas sabem demais das complicações que podem surgir. Quando estamos dirigindo um automóvel, sempre podemos pensar: "Se um carro saísse daquele cruzamento, ou se aquele caminhão desse marcha ré de repente, ou se o veículo que se aproxima perdesse a direção, ou se um cachorro saltasse por cima daquela cerca... *eh bien*, eu provavelmente teria morrido". Mas partimos do princípio, geralmente com razão, de que nada disso realmente acontecerá, e de que a viagem terminará em paz. Mas se a pessoa já sofreu ou já presenciou um ou mais acidentes, é provável que enxergue de outra forma.

Jacqueline perguntou, sorrindo por entre as lágrimas:

— Está tentando me consolar, monsieur Poirot?

— O *bon Dieu* sabe o que estou tentando fazer! A senhorita não deveria ter vindo nesta viagem.

— Não mesmo. Teria sido melhor não ter vindo. Tem sido... horrível. Mas... logo terminará.

— *Mais oui, mais oui.*

— E Simon vai para o hospital, receberá o tratamento adequado, e ficará tudo bem.

— Fala como uma criança! "E viveram felizes para sempre". Essa é a ideia, não?

Ela ficou vermelha.

— Monsieur Poirot, eu nunca quis... nunca...

— É cedo demais para pensar numa coisa dessas! Essa é a frase hipócrita que deveria ser dita, não? Mas a senhorita é meio latina, mademoiselle Jacqueline. Deve ser capaz de admitir os fatos mesmo que eles não sejam muito apropriados. *Le roi est mort... vive le roi!* O sol se põe e a lua nasce. Essa é a ideia, não?

— O senhor não compreende. Ele sente apenas compaixão por mim, pois sabe como me sinto por ter lhe causado tanto sofrimento.

– Ah, bom, a piedade verdadeira é um sentimento sublime – disse Poirot, olhando-a com expressão zombeteira.

Murmurou em francês:

"La vie est vaine.
Un peu d'amour,
Un peu de haine,
Et puis bonjour.

La vie est brève.
Un peu d'espoir,
Un peu de rêve,
Et puis bonsoir."*

Poirot saiu de novo ao convés. O coronel Race, que caminhava de um lado para o outro, veio falar com ele.

– Poirot. Estava procurando-o. Tenho uma ideia.

Passando o braço pelo de Poirot, começaram a andar juntos.

– Apenas um comentário casual de Doyle. Não dei importância no momento. Algo sobre um telegrama.

– *Tiens... c'est vrai.*

– Talvez não haja nada, mas não podemos deixar de explorar nenhum caminho. Com os diabos! Dois assassinatos, e ainda estamos no escuro.

Poirot sacudiu a cabeça.

– No escuro, não. No claro.

Race fitou-o com curiosidade.

– Você tem alguma ideia?

– É mais do que uma ideia agora. *Eu tenho certeza.*

– Desde quando?

---

* "A vida é vã. / Um pouco de amor, / Um pouco de ódio, / E depois, bom dia. // A vida é breve. / Um pouco de esperança, / Um pouco de sonho, / E depois, boa noite." (N.T.)

— Desde a morte da criada, Louise Bourget.

— Eu não vejo nada!

— Meu amigo, é tão claro. Cristalino como água. Só que há certas dificuldades, certos constrangimentos, impedimentos, em torno de uma pessoa como Linnet Doyle, há tantos... tantos sentimentos hostis... ódio, ciúme, inveja, maldade. Como uma nuvem de moscas, zumbindo, zumbindo...

— Mas você acha que sabe? — perguntou Race, ansioso por uma resposta. — Você não diria que sabe, a não ser que tivesse certeza. Eu não sei de verdade. Tenho minhas suspeitas, claro...

Poirot parou, colocando a mão sobre o braço de Race.

— Você é um grande homem, *mon colonel*... Você não diz: "Conte-me, o que você acha?". Você sabe que se eu pudesse falar agora, eu falaria. Mas ainda há muita coisa a esclarecer. De qualquer maneira, pense, reflita um pouco sobre o que vou lhe dizer. Existem certos pontos... Há a declaração da mademoiselle de Bellefort de que alguém ouviu nossa conversa aquela noite no jardim de Assuã. Há a declaração do monsieur Tim Allerton sobre o que ouviu e fez na noite do crime. Há as respostas significativas de Louise Bourget às nossas perguntas hoje de manhã. Há o fato de que a madame Allerton bebe água, seu filho bebe uísque com soda e eu bebo vinho. Some a tudo isso os dois vidros de esmalte e o provérbio que citei. E, finalmente, chegamos ao ponto crucial de toda a história, o fato de que a arma foi envolvida num lenço barato e numa estola de veludo, sendo, depois, jogada no rio...

Race ficou em silêncio por um tempo, depois balançou a cabeça.

– Não – disse ele. – Não compreendo. Tenho uma vaga ideia do que você está insinuando, mas os fatos não batem.

– Batem sim! É que você está vendo apenas metade da verdade. E lembre-se: precisamos começar de novo, do início, pois nossas primeiras deduções estavam totalmente erradas.

Race fez uma careta.

– Estou acostumado com isso. Tenho a impressão de que o trabalho do detetive é descartar as deduções iniciais, sempre falsas, e recomeçar.

– Sim, é verdade. E é justamente isso que as pessoas não fazem. Elas concebem uma teoria e querem que tudo se encaixe. Se um pequeno fato não se encaixar, a teoria é abandonada. Mas os fatos que não se encaixam são justamente os mais significativos. O tempo todo reconheci a importância de o revólver ter sido retirado do local do crime. Eu sabia que significava alguma coisa, mas só descobri o que era meia hora atrás.

– Ainda não compreendo!

– Você compreenderá! Reflita nos pontos que ressaltei. Agora, vamos solucionar a questão do telegrama. Isto é, se o *Herr Doktor* nos receber.

O dr. Bessner ainda estava de mau humor. Abriu a porta de cara fechada.

– O que foi? Querem ver meu paciente de novo? Não acho bom. Ele está com febre. Já teve emoção demais hoje.

– Só uma pergunta – prometeu Race. – Só isso.

O médico abriu passagem, resmungando qualquer coisa, e os dois homens entraram na cabine.

– Volto daqui a três minutos – disse Bessner. – Depois, vocês vão embora.

Saiu com passos pesados.

Simon Doyle ficou olhando para Race e Poirot, curioso.

– Pois não? O que houve?

– Uma coisinha – respondeu Race. – Agora, quando os criados me disseram que o signor Richetti causou problema com a busca no navio, o senhor comentou que isso não era uma surpresa, pois sabia que ele tinha um gênio difícil, que ele havia sido grosseiro com sua esposa a respeito de um telegrama. Poderia nos contar sobre esse incidente?

– Sim. Foi em Wadi Halfa. Tínhamos acabado de voltar da Segunda Catarata. Linnet julgou ter visto um telegrama para ela. Fez confusão com o nome. Tinha se esquecido de que não se chamava mais Ridgeway, e Richetti e Ridgeway são palavras parecidas quando escritas com letras intrincadas. Então ela abriu o telegrama e não entendeu nada. Estava tentando compreender, quando Richetti veio, furioso, e arrancou o telegrama de suas mãos. Ela foi pedir desculpa, mas ele não aceitou, sendo bastante grosseiro com ela.

Race respirou profundamente.

– E o senhor sabe, sr. Doyle, o que dizia o telegrama?

– Sim. Linnet leu uma parte em voz alta. Dizia...

Fez uma pausa. Ouviu uma agitação do lado de fora. Uma voz estridente se aproximava.

– Onde estão o monsieur Poirot e o coronel Race? Preciso vê-los *imediatamente*! É muito importante. Tenho informações vitais. Eu... Eles estão com o sr. Doyle?

Bessner não havia fechado a porta. Somente a cortina se interpunha entre o convés e a cabine. A sra. Otterbourne afastou-a para um lado e entrou como um furacão. Estava vermelha, caminhava de modo incerto e falava sem muito controle das palavras.

– Sr. Doyle – ela disse dramaticamente –, eu sei quem matou sua esposa!

– O quê?

Simon ficou olhando para ela, assim como os outros dois homens.

A sra. Otterbourne lançou-lhes um olhar triunfante. Estava feliz, extremamente feliz.

– Sim – disse. – Minha teoria está confirmada. Os instintos primitivos mais profundos... pode parecer impossível, fantástico, mas é verdade!

– Pelo que entendi, a senhora tem provas contra a pessoa que matou a sra. Doyle – disse Race, secamente.

A sra. Otterbourne sentou-se numa cadeira e inclinou-se para a frente.

– Sim, eu tenho. Os senhores hão de concordar que a pessoa que matou Louise Bourget também matou Linnet Doyle, não? Que os dois crimes foram cometidos pela mesma pessoa.

– Sim, sim – disse Simon, impaciente. – Claro. Faz sentido. Continue.

– Então não me enganei. Sei quem matou Louise Bourget. Portanto, sei quem matou Linnet Doyle.

– A senhora está dizendo que tem uma teoria a respeito de quem matou Louise Bourget? – sugeriu Race, com ceticismo.

A sra. Otterbourne voltou-se para ele como uma fera.

– Não. Eu sei quem matou. Eu *vi* a pessoa, com meus próprios olhos.

Simon, febril, exclamou:

– Pelo amor de Deus, comece do início. Sabe quem matou Louise Bourget?

A sra. Otterbourne respondeu que sim com a cabeça.

– Vou contar exatamente o que aconteceu.

Sim, ela estava feliz, sem dúvida! Era o seu momento, seu triunfo. E daí que seus livros não fossem vendidos, que o público idiota que antes os devorava tivesse agora outras preferências? Salome Otterbourne seria novamente famosa. Seu nome apareceria em todos os jornais. Ela seria a principal testemunha de acusação no tribunal.

Respirou fundo e começou a falar.

– Foi quando desci para o almoço. Estava sem fome. Com todo o horror da recente tragédia... Bem, não quero entrar nisso. No meio do caminho, reparei que tinha... deixado uma coisa na cabine. Falei para Rosalie ir na frente. Ela foi.

A sra. Otterbourne fez uma pausa.

A cortina da porta tremulou, como que levantada pelo vento, mas nenhum dos três homens percebeu.

– Eu... – a sra. Otterbourne parou de novo. Era um assunto delicado, mas precisava entrar naquele mérito. – Eu... tinha um trato com... uma das pessoas que trabalha no navio. Ele... ficou de me arranjar uma coisa, mas eu não queria que minha filha soubesse. Ela é meio implicante às vezes...

Não era uma história muito bem contada, mas depois ela poderia pensar em algo para impressionar no tribunal.

Race olhou interrogativamente para Poirot.

Poirot assentiu com a cabeça, de modo quase imperceptível. Seus lábios formaram a palavra "bebida".

A cortina da porta voou novamente, revelando qualquer coisa com um brilho azul acinzentado.

A sra. Otterbourne continuou:

– O combinado tinha sido que eu me encontrasse com um homem que estaria à minha espera no convés de baixo. Ao caminhar por ali, vi uma porta de cabine se abrindo e alguém olhar para fora. Era a menina, Louise Bourget... não sei direito o nome dela, parecia estar esperando alguém. Quando viu que era eu, ficou decepcionada e entrou correndo. Não pensei mais no assunto, claro. Fui até onde devia ir e recebi a tal coisa das mãos do homem. Paguei-lhe e... troquei algumas palavras com ele. Depois voltei. Quando estava passando por aquele canto, vi alguém batendo na porta da cabine da criada e entrando.

– E essa pessoa era... – disse Race.

Bang!

O barulho da explosão foi retumbante. Cheiro forte de pólvora na cabine. A sra. Otterbourne virou-se lentamente de lado, como que em suprema indagação, depois seu corpo tombou para a frente, batendo pesadamente no chão. De trás da orelha, o sangue começou a jorrar saindo de um buraco bem redondo.

Houve um momento de silêncio estupefato. Em seguida, os dois homens fisicamente aptos levantaram-se num salto. O corpo da mulher atrapalhava um pouco seus movimentos. Race debruçou-se sobre ela, enquanto Poirot, com um pulo de gato, saiu ao convés.

Não havia ninguém. No chão, bem perto do umbral, Poirot encontrou o revólver: um Colt grande.

O detetive olhou nas duas direções. O convés estava deserto. Dirigiu-se, então, para a popa. Ao fazer a curva, deparou-se com Tim Allerton, que vinha apressadamente na direção contrária.

– O que foi isso? – perguntou Tim, ofegante.

– Viu alguém quando vinha para cá? – perguntou Poirot, sem perder tempo.

– Se vi alguém? Não.

– Então venha comigo.

Poirot pegou o rapaz pelo braço e voltou para a cabine de Bessner. Havia agora um grupo de pessoas em frente à porta. Rosalie, Jacqueline e Cornelia tinham saído de sua cabine. Mais pessoas vinham do salão: Ferguson, Jim Fanthorp e a sra. Allerton.

Race estava ao lado do revólver. Poirot perguntou a Tim Allerton:

– Tem alguma luva no bolso?

Tim procurou.

– Tenho.

Poirot colocou a luva e abaixou-se para examinar o revólver. Race fez o mesmo. Os outros observavam, em suspense.

– Ele não foi para o outro lado – disse Race. – Fanthorp e Ferguson estavam no salão. Teriam visto o sujeito.

Poirot completou:

– E a sra. Allerton o teria visto se ele tivesse ido em direção à popa.

Race disse, apontando para o revólver:

– Creio que vimos esta arma há pouco tempo. Precisamos nos certificar disso.

Bateu na porta de Pennington. Ninguém respondeu. A cabine estava vazia. Race foi até a cômoda ao lado da cama e abriu a gaveta bruscamente. O revólver havia desaparecido.

– Isso está claro – disse Race. – Agora, onde está Pennington?

Saíram novamente ao convés. A sra. Allerton juntara-se ao grupo. Poirot aproximou-se dela.

– Madame, leve a srta. Otterbourne daqui e cuide dela. Sua mãe foi... – consultou Race com o olhar e Race assentiu – assassinada.

O dr. Bessner chegou alvoroçado.

– *Gott im Himmel!* O que foi agora?

Abriram caminho para ele. Race indicou a cabine, e Bessner entrou.

– Encontrem Pennington – pediu Race. – Alguma impressão digital no revólver?

– Não – respondeu Poirot.

Encontraram Pennington no convés de baixo. Estava na pequena sala de estar, escrevendo cartas.

– Alguma novidade? – perguntou, erguendo o rosto bonito e bem barbeado.

– O senhor ouviu um tiro?

– Agora que falaram nisso... acho que ouvi um barulho sim. Mas nunca imaginei... quem levou o tiro?

– A sra. Otterbourne.

– A *sra. Otterbourne*? – repetiu Pennington, parecendo admirado. – Uma surpresa! A sra. Otterbourne. – Sacudiu a cabeça. – Não consigo imaginar. – Baixou a voz: – Parece-me, senhores, que temos um maníaco homicida a bordo. Precisamos organizar um sistema de defesa.

– Sr. Pennington, há quanto tempo o senhor está nesta sala? – perguntou Race.

– Deixe-me ver... – disse o sr. Pennington, coçando o queixo. – Acho que há uns vinte minutos.

– E não saiu em nenhum momento?

– Não – respondeu, sem entender a pergunta.

– Sr. Pennington – disse Race –, a sra. Otterbourne foi assassinada com o seu revólver.

Capítulo 25

O sr. Pennington ficou chocado, sem conseguir acreditar.

– Mas isso é muito sério – disse –, muito sério mesmo.

– Extremamente sério para o senhor, sr. Pennington.

– Para mim? – perguntou Pennington, perplexo. – Mas, meu caro senhor, se eu estava aqui, escrevendo tranquilamente quando o disparo foi efetuado.

– O senhor tem uma testemunha que comprove isso?

– Não. Não tenho. Mas é obviamente impossível que eu tenha ido até o tombadilho, atirado naquela pobre mulher (e por que eu haveria de atirar nela?) e voltado sem ninguém me ver. A esta hora do dia, há sempre muita gente no salão.

– E como o senhor explica o uso de seu revólver?

– Bem... nesse ponto, talvez eu tenha alguma responsabilidade. Pouco tempo depois de embarcarmos, houve uma conversa uma noite no salão sobre armas de fogo, me lembro bem, e eu mencionei que sempre trago um revólver comigo nas viagens.

– Quem estava presente?

– Não me lembro exatamente. A maioria das pessoas, acho. Muita gente.

Pennington sacudiu a cabeça.

– Sim, nesse ponto tenho uma parcela de culpa. – Fez uma pausa e continuou: – Primeiro Linnet, depois a criada de Linnet e agora a sra. Otterbourne. Não faz sentido!

– *Houve* um motivo – disse Race.

– Houve?

– Sim. A sra. Otterbourne estava a ponto de nos dizer o nome de uma pessoa que ela viu entrando na cabine de Louise. Antes de dizer, alguém a matou.

Andrew Pennington enxugou a testa com um lenço de seda fino.

– Tudo isso é tão terrível... – murmurou.

– Monsieur Pennington, eu gostaria de discutir certos aspectos do caso com o senhor – disse Poirot. – Poderia vir à minha cabine em meia hora?

– Será um prazer.

Mas Pennington não parecia sentir prazer nenhum. Race e Poirot entreolharam-se e saíram da sala.

– Sujeito astuto – disse Race –, mas ele está com medo, não acha?

– Sim, o monsieur Pennington não está nada tranquilo – concordou Poirot.

Quando chegaram ao tombadilho, a sra. Allerton saía da cabine e, ao ver Poirot, chamou-o com urgência.

– Pois não, madame.

– Aquela pobre menina! Diga-me, monsieur Poirot, existe alguma cabine dupla que eu possa dividir com ela? Melhor não voltar para a cabine em que estava com a mãe, e a minha é só para uma pessoa.

– Isso pode ser resolvido, madame. Muita bondade sua.

– É apenas cuidado. Além do mais, gosto dessa menina. Sempre gostei.

– Ela está muito abalada?

– Terrivelmente. Parecia totalmente dedicada àquela mulher odiosa. Isso que é patético. Tim acha que era alcoólatra. É verdade?

Poirot consentiu com a cabeça.

— Coitada. Não devemos julgá-la. Mas a menina devia ter uma vida terrível.

— Tinha mesmo, madame. É muito orgulhosa e foi sempre muito leal.

— Sim, gosto disso. De lealdade, digo. É um atributo fora de moda hoje em dia. Essa menina é um pouco estranha. Orgulhosa, reservada, teimosa e, no fundo, muito afetuosa, creio eu.

— Vejo que a deixei em boas mãos, madame.

— Sim, não se preocupe. Cuidarei dela. Ela está se apegando a mim de uma maneira muito comovente.

A sra. Allerton entrou de novo na cabine. Poirot voltou ao local do crime.

Cornelia ainda estava no convés, de olhos arregalados.

— Não entendo, monsieur Poirot – disse. – Como o assassino conseguiu escapar sem que o víssemos?

— Sim, como? – Jacqueline perguntou, aproveitando a pergunta da outra.

— Ah, não foi um truque de desaparecimento como pensa, mademoiselle – explicou Poirot. – Há três direções que o assassino pode ter tomado.

Jacqueline parecia intrigada.

— Três?

— Poderia ter ido para a direita ou para a esquerda. Não vejo uma terceira opção – colocou Cornelia.

Jacqueline franzia a testa. De repente, compreendeu.

— É claro. Ele poderia se mover em duas direções num único plano, mas poderia seguir perpendiculares. Ou seja, não teria como *subir*, mas poderia descer.

Poirot sorriu.

— A senhorita é inteligente, mademoiselle.

Cornelia disse:

— Sei que pareço tola, mas ainda não entendo.

Jacqueline explicou:

– O que o monsieur Poirot está dizendo, querida, é que o assassino pode ter saltado sobre a amurada para o convés de baixo.

– Meu Deus! – exclamou Cornelia. – Nunca pensei nisso. Ele teria que ser muito ágil, não? Para não perder tempo.

– Isso é fácil – disse Tim Allerton. – Lembre-se de que há sempre um momento de choque após um acontecimento desses. Ouvimos um disparo e ficamos paralisados por um tempo.

– Foi o que aconteceu com o senhor, monsieur Allerton?

– Sim, foi. Fiquei imóvel como uma estátua por uns cinco segundos. Depois, saí correndo.

Race saiu da cabine de Bessner solicitando com autoridade:

– Poderiam fazer a gentileza de evacuar a área? Queremos remover o corpo.

Todos se afastaram de modo obediente. Poirot os acompanhou. Cornelia disse com tristeza:

– Jamais me esquecerei desta viagem enquanto eu viver. Três mortes... Parece um pesadelo.

Ferguson ouviu o que ela disse e exclamou, com certa agressividade:

– Isso é porque vocês são supercivilizados. Deveriam enxergar a morte como os orientais. É um mero incidente, que mal se nota.

– Isso funciona para eles – disse Cornelia –, que não têm instrução, coitados.

– Não. Isso é bom. A instrução desvitalizou a raça branca. Veja a América, imersa numa orgia cultural. Uma coisa nojenta.

— Acho que está dizendo bobagem — observou Cornelia, enrubescendo. — Todo inverno assisto a aulas sobre arte grega e a Renascença, e já estudei sobre mulheres famosas da história.

— Arte grega, Renascença! Mulheres famosas da história! — exclamou o sr. Ferguson, irritado. — Fico nervoso só de ouvi-la. É o *futuro* que importa, menina, não o passado. Três mulheres morreram neste navio. E daí? Elas não fazem falta. Linnet Doyle e seu dinheiro! A criada francesa, uma parasita doméstica. A sra. Otterbourne, uma mulher inútil e idiota. Você acha que alguém se importa com a morte delas? *Eu* não me importo. Acho até bom.

— Um erro seu! — disse Cornelia com veemência. — E estou cansada de ouvir sua ladainha, como se ninguém mais tivesse importância além de *você*. Eu não gostava muito da sra. Otterbourne, mas sua filha sempre foi muito próxima dela e está muito abalada com a morte da mãe. Não sei muito a respeito da criada francesa, mas imagino que alguém gostasse dela em algum lugar do mundo. E, quanto a Linnet Doyle... Bem, acima de qualquer consideração, ela era adorável! Sua beleza chegava a ofuscar. Sei que sou feia, e isso me faz apreciar ainda mais o belo. Ela era linda, uma mulher tão bela quanto uma obra de arte grega. E quando uma coisa bela desaparece, o mundo todo perde. E ponto final.

O sr. Ferguson recuou um passo e enfiou as duas mãos no cabelo, puxando-o com força.

— Desisto — disse. — Você é inacreditável. Não tem um pingo de despeito feminino! — E virando-se para Poirot: — O senhor sabia que o pai de Cornelia foi praticamente arruinado pelo pai de Linnet Ridgeway? Mas essa menina fica com raiva quando vê a herdeira passeando com pérolas e roupas francesas? Não. Limita-se a balir:

"Ela não é linda?". Como uma ovelhinha. Não deve ter sentido dor nenhuma.

Cornelia corou.

– Senti, sim. Por um minuto. Meu pai morreu de desgosto.

– Sentiu dor por um minuto! Essa é boa.

Cornelia disse rispidamente:

– Bem, não foi você quem disse que devemos focar no futuro, não no passado? Tudo isso é passado, não é? Já passou.

– Você me pegou agora – disse Ferguson. – Cornelia Robson, você é a única mulher decente que conheci. Quer se casar comigo?

– Não fale besteira.

– Estou falando sério. É um pedido de casamento oficial, mesmo que na presença do velho detetive. De qualquer maneira, o senhor é testemunha, monsieur Poirot. Acabei de pedir essa moça em casamento... contra todos os meus princípios, porque não acredito em contratos legais entre os sexos. Mas como não creio que ela aceitasse outra coisa, que seja então o matrimônio. Vamos, Cornelia, aceite.

– Você é ridículo – disse Cornelia.

– Por que você não quer se casar comigo?

– Não é sério – disse Cornelia.

– Quer dizer que não estou falando sério ou que não sou sério em relação ao caráter?

– As duas coisas, mas eu me referia ao caráter. Você ri de tudo o que é sério. Educação, cultura, morte... Não daria para confiar em você.

Parou de falar, corou novamente e entrou apressada na cabine.

Ferguson ficou olhando naquela direção.

– Maldita! Pareceu-me que estava sendo sincera. Quer um homem de confiança. Essa é boa! *De confiança.* – Fez uma pausa e perguntou, com curiosidade: – O que houve, monsieur Poirot? O senhor está tão pensativo!

Poirot voltou à realidade com um sobressalto.

– Estava refletindo. Só isso. Refletindo.

– Meditação sobre a morte. "Morte, a dízima periódica", de Hercule Poirot. Uma de suas monografias mais conhecidas.

– Monsieur Ferguson – disse Poirot –, o senhor é um jovem muito impertinente.

– Desculpe-me. Gosto de atacar as instituições estabelecidas.

– E eu sou uma instituição estabelecida?

– Exatamente. O que o senhor acha dessa menina?

– Da srta. Robson?

– Sim.

– Acho que é uma menina de muito caráter.

– Tem razão. É enérgica. Parece meiga, mas não é. Corajosa. Ela é... Meu Deus, eu quero essa menina. Não será um mau passo enfrentar a velha. Se eu conseguir que ela se manifeste contra mim, pode ser que Cornelia passe a me ver com outros olhos.

Ferguson virou-se e foi para o salão envidraçado. A srta. Van Schuyler estava sentada em seu lugar de sempre, no canto, parecendo mais arrogante do que nunca. Tricotava. Ferguson foi em sua direção. Hercule Poirot, entrando sem chamar a atenção, sentou-se a uma distância discreta, parecendo absorto na leitura de uma revista.

– Boa tarde, srta. Van Schuyler.

A srta. Van Schuyler ergueu os olhos por um segundo, baixou-os novamente e murmurou friamente:

– Boa tarde.

– Olhe, srta. Van Schuyler, gostaria de conversar com a senhora sobre um assunto muito importante. Quero me casar com sua prima.

O novelo de lã da srta. Van Schuyler caiu no chão, rolando para longe.

– O senhor deve estar fora de si, meu rapaz – disse ela, com perversidade.

– De modo algum. Estou decidido a me casar com ela. Até lhe pedi em casamento!

A srta. Van Schuyler observou-o friamente, com o olhar curioso de quem examina um inseto raro.

– Pediu? E com certeza ela o mandou passear.

– Ela recusou.

– Claro.

– "Claro" nada. Insistirei até ela aceitar.

– Posso lhe garantir, senhor, que tomarei providências para que minha prima não seja objeto de nenhum assédio – disse a srta. Van Schuyler em tom mordaz.

– O que a senhora tem contra mim?

A srta. Van Schuyler limitou-se a franzir a testa e a dar um puxão veemente num fio de lã, como que colocando fim naquela conversa.

– Diga-me – insistiu Ferguson –, o que a senhora tem contra mim?

– Parece-me que isso é bastante óbvio, sr. ...não sei seu nome.

– Ferguson.

– Sr. Ferguson – repetiu a srta. Van Schuyler com evidente desprezo. – Essa ideia de casamento está fora de cogitação.

– A senhora está dizendo que não sou digno dela? – perguntou Ferguson.

– Acho que isso está mais do que claro.

– Em que sentido não sou digno?

A srta. Van Schuyler não respondeu.

— Tenho duas pernas, dois braços, boa saúde e inteligência normal. O que há de errado nisso?

— Existe algo chamado "posição social", sr. Ferguson.

— Uma besteira absurda!

A porta abriu-se e Cornelia entrou. Parou imediatamente ao ver sua temível prima Marie conversando com seu pretendente.

O sr. Ferguson virou a cabeça, sorriu e chamou, sem medo de causar escândalo:

— Venha, Cornelia. Estou pedindo sua mão em casamento, da maneira mais convencional.

— Cornelia – vociferou a srta. Van Schuyler –, *você deu corda a este rapaz?*

— Não... claro que não... pelo menos... não exatamente... quer dizer...

— Quer dizer o quê?

— Ela não me deu corda – intrometeu-se o sr. Ferguson, ajudando Cornelia. – Eu sou responsável por tudo. Ela não me rejeitou logo, porque tem um coração muito bom. Cornelia, sua prima diz que não sou digno de você. Isso, evidentemente, é verdade, mas não pelo que ela fala. Minha natureza moral certamente não se compara à sua, mas sua prima diz que não estou no seu nível social.

— Isso, creio eu, é óbvio para Cornelia – disse a srta. Van Schuyler.

— É? – perguntou o sr. Ferguson, olhando fixo para Cornelia. – É por isso que você não quer se casar comigo?

— Não – respondeu Cornelia, enrubescendo. – Se eu gostasse de você, me casaria independentemente de quem é.

— Mas você não gosta de mim?

– Acho-o insolente. A forma como você diz as coisas... As *coisas* que diz... Nunca conheci alguém como você. Eu...

Prestes a chorar, Cornelia saiu correndo do salão.

– No geral – ponderou o sr. Ferguson –, não é um mau começo.

Recostou-se na cadeira, assobiou, cruzou as pernas e continuou:

– Ainda vou lhe chamar de prima.

A srta. Van Schuyler tremeu de raiva.

– Saia daqui agora, senhor, ou mando chamar o criado.

– Paguei minha passagem – disse Ferguson. – Eles não podem me expulsar de um salão público. Mas atenderei a seu pedido.

Ferguson levantou-se e saiu displicentemente, cantarolando baixinho.

Louca de raiva, a srta. Van Schuyler levantou-se com grande esforço. Poirot, saindo discretamente de seu esconderijo atrás da revista, apareceu e abaixou-se para pegar o novelo de lã.

– Obrigado, monsieur Poirot. Se puder chamar a srta. Bowers... Estou muito perturbada. Aquele rapaz insolente.

– Um tanto excêntrico, diria – comentou Poirot. – Quase todos da família são assim. Corrompidos. Sempre inclinados a exageros – acrescentou irresponsavelmente. – A senhora o reconheceu, com certeza.

– Reconheci-o?

– Ele se apresenta como Ferguson. Não usará seu título devido a suas ideias avançadas.

– Seu *título*? – perguntou a srta. Van Schuyler, interessada.

— Sim, aquele rapaz é o lorde Dawlish. Riquíssimo, claro, mas tornou-se comunista quando esteve em Oxford.

A srta. Van Schuyler, expressando no rosto emoções contraditórias, indagou:

— Há quanto tempo o senhor sabe disso, monsieur Poirot?

Poirot deu de ombros.

— Vi a foto dele numa dessas revistas e o reconheci. Depois, encontrei um anel com o brasão em sua cabine. Quanto a isso, não há dúvida.

Poirot divertia-se com o conflito de emoções que se apresentava no semblante da srta. Van Schuyler. Finalmente, com uma amável inclinação de cabeça, ela disse:

— Muito agradecida, monsieur Poirot.

Poirot ficou olhando-a sorrindo enquanto ela saía do salão. Depois, sentou-se, sério novamente. Seguia um determinado curso de ideias na mente. De vez em quando, movia a cabeça em sinal positivo.

— *Mais oui* – disse por fim. – Tudo se encaixa.

Capítulo 26

Race encontrou Poirot ainda lá.

– Bem, Poirot, o que me diz? Pennington deve chegar em dez minutos. Deixo tudo em suas mãos.

Poirot levantou-se rapidamente.

– Primeiro, mande chamar o jovem Fanthorp.

– Fanthorp? – perguntou Race, surpreso.

– Sim. Traga-o à minha cabine.

Race acatou o pedido e retirou-se. Poirot foi para sua cabine. Minutos depois, chegavam Fanthorp e Race.

Poirot indicou duas cadeiras e ofereceu cigarro.

– Muito bem, sr. Fanthorp, vamos ao que interessa! – disse Poirot. – Vejo que usa a mesma gravata que meu amigo Hastings.

Jim Fanthorp olhou para sua gravata com certa perplexidade.

– É uma gravata clássica, da velha escola – disse.

– Exatamente. Saiba que, embora estrangeiro, conheço um pouco o ponto de vista inglês. Sei, por exemplo, que há coisas "que se fazem" e coisas "que não se fazem".

Jim Fanthorp riu.

– Não dizemos muito esse tipo de coisa hoje em dia, senhor.

– Talvez não, mas o costume persiste. A gravata da velha escola ainda é a gravata da velha escola, e há certas coisas (sei por experiência própria) que quem usa a gravata da velha escola não faz! Uma dessas coisas, monsieur Fanthorp, é intrometer-se numa conversa privada sem ser chamado quando não conhecemos as pessoas que conversam.

Fanthorp ficou olhando para ele.

Poirot continuou:

– Mas outro dia, monsieur Fanthorp, isso foi exatamente o que o senhor fez. Certas pessoas estavam tratando de negócios particulares no salão. O senhor aproximou-se, obviamente para ouvir o que eles diziam, chegando a congratular a sra. Doyle por sua maneira criteriosa de tratar de negócios.

Jim Fanthorp corou. Poirot continuou, sem dar espaço para comentários.

– Agora, monsieur Fanthorp, isso não é o comportamento de quem usa uma gravata igual a de meu amigo Hastings! Hastings é delicadíssimo, morreria de vergonha se fizesse uma coisa dessas. Portanto, levando em consideração o fato de o senhor ser muito novo para ter condições de bancar uma viagem tão cara, visto que o senhor trabalha numa pequena empresa de advocacia, onde não ganha nenhuma soma exorbitante, e verificando que o senhor não mostra nenhum sinal de doença recente que exigisse uma viagem deste tipo, eu me pergunto, e pergunto também ao senhor, qual o motivo de sua presença neste navio?

Jim Fanthorp lançou a cabeça para trás.

– Recuso-me a fornecer-lhe qualquer informação nesse sentido, monsieur Poirot. Acho que o senhor é realmente louco.

– Não sou louco. Sou bastante são. Onde é sua firma? Em Northampton. Não muito longe de Wode Hall. Que conversa o senhor tentou ouvir? Sobre documentos. Qual a finalidade de seu comentário, uma observação que o senhor fez com evidente constrangimento e *mal-estar*? Impedir que a sra. Doyle assinasse os documentos sem ler.

Poirot fez uma pausa.

– Neste navio, tivemos um assassinato e, logo em seguida, mais dois assassinatos, em rápida sucessão. Se eu lhe disser que a arma que matou a sra. Otterbourne foi o revólver do monsieur Andrew Pennington, talvez perceba que é seu dever nos contar tudo o que sabe.

Jim Fanthorp ficou em silêncio por alguns minutos. Finalmente, disse:

– O senhor tem um jeito estranho de expor as coisas, monsieur Poirot, mas não deixo de apreciá-lo. O problema é que não tenho informações precisas para lhe fornecer.

– Quer dizer, então, que é um caso de mera suspeita?

– Sim.

– E por isso o senhor acha insensato falar? Do ponto de vista legal, pode ser verdade. Mas não estamos num tribunal. O coronel Race e eu procuramos um assassino. Qualquer informação que possa nos ajudar a encontrá-lo será útil.

Jim Fanthorp refletiu mais uma vez.

– Pois bem – disse. – O que vocês querem saber?

– Por que o senhor fez esta viagem?

– Vim a mandado de meu tio, Carmichael, procurador da sra. Doyle na Inglaterra. Ele cuidava de muitos assuntos dela e, por isso, mantinha constante correspondência com o sr. Andrew Pennington, procurador americano da sra. Doyle. Diversos pequenos incidentes (não tenho como enumerá-los todos) fizeram com que meu tio desconfiasse de que as coisas não andavam como deviam.

– Em outras palavras – disse Race –, seu tio suspeitava que Pennington fosse um trapaceiro?

Jim Fanthorp assentiu, sorrindo sem graça.

– O senhor explica de maneira muito mais direta do que eu, mas é isso mesmo. Diversas desculpas dadas por

Pennington, algumas explicações escusas sobre alocação de fundos despertaram a desconfiança de meu tio. A suspeita ainda não se confirmara quando a srta. Ridgeway casou-se inesperadamente e saiu em lua de mel para o Egito. O casamento tranquilizou meu tio, pois ele sabia que quando ela voltasse para a Inglaterra, a direção dos negócios lhe seria entregue. Mas, numa carta remetida do Cairo, ela conta que encontrou Andrew Pennington no Egito, por coincidência. A suspeita de meu tio cresce de novo. Segundo ele, Pennington, possivelmente em estado de desespero, iria tentar obter a assinatura da sra. Doyle para cobrir seus desfalques. Como não tinha nenhuma prova para apresentar a ela, meu tio estava numa situação bastante complicada. A única solução que encontrou foi me mandar aqui, de avião, para tentar descobrir o que estava acontecendo. Eu devia ficar de olhos abertos e agir, se necessário. Uma missão muito desagradável, acredite. Aliás, na ocasião que o senhor mencionou, tive de fazer o papel de enxerido. Foi chato, mas fiquei satisfeito com o resultado.

– De alertar a sra. Doyle? – perguntou Race.

– Não exatamente isso. Acho que consegui intimidar Pennington. Fiquei convencido de que ele não tentaria mais nada por um tempo, e até lá eu esperava já ter intimidade suficiente com o sr. e a sra. Doyle para alertá-los. Na verdade, pretendia falar com o sr. Doyle. A sra. Doyle era tão apegada a Pennington que seria difícil insinuar qualquer coisa contra ele. Seria mais fácil alertar o marido.

Race mostrou que compreendia.

Poirot perguntou:

– O senhor poderia me dar uma opinião sincera em relação a uma questão, monsieur Fanthorp? Se você estivesse decidido a enganar alguém, escolheria a madame Doyle ou o monsieur Doyle como vítima?

Fanthorp sorriu.

– O sr. Doyle, sem dúvida. Linnet Doyle era muito esperta em termos de negócios. O marido, creio eu, é um desses sujeitos confiantes que não entendem nada de negócios e estão sempre dispostos a "assinar na linha pontilhada", como ele mesmo disse.

– Concordo – disse Poirot, olhando para Race. – Aí está o motivo.

Jim Fanthorp comentou:

– Mas são apenas conjecturas. Não são *provas*.

Poirot retrucou na hora:

– *Ah!* Conseguiremos as provas!

– Como?

– Possivelmente com o próprio sr. Pennington.

Fanthorp parecia duvidar.

– Acho difícil. Muito difícil.

Race consultou o relógio.

– Ele já deve estar chegando.

Jim Fanthorp entendeu a insinuação e retirou-se.

Dois minutos depois, Andrew Pennington chegou, todo sorridente. Somente a linha dura do queixo e a expressão cautelosa do olhar o traíam, revelando o lutador experiente de sobreaviso.

– Muito bem, cavalheiros, aqui estou – disse, sentando-se e olhando para os dois.

– Pedimos que viesse aqui, monsieur Pennington – começou Poirot –, porque é bastante óbvio que o senhor está diretamente envolvido e interessado no caso.

Pennington franziu a testa.

– Estou?

– Sim, está – respondeu Poirot, delicadamente. – Pelo que eu soube, o senhor conhecia Linnet Ridgeway desde que ela era criança.

– Ah, isso! – exclamou, ficando mais descontraído. – Desculpe-me, não tinha entendido direito. Sim, como lhe disse hoje de manhã, conheci Linnet quando ela era criancinha.

– O senhor tinha intimidade com o pai dela?

– Sim, Melhuish Ridgeway e eu éramos muito próximos. Muito mesmo.

– Tão íntimos que antes de morrer ele o nomeou procurador da filha, entregando a seus cuidados toda a fortuna que ela herdou, certo?

– Sim, mais ou menos isso – respondeu. A expressão cautelosa voltou a seu rosto. – Eu não era o único procurador, naturalmente. Havia outros.

– Morreram?

– Dois morreram. O outro, o sr. Sterndale Rockford, está vivo.

– Seu sócio?

– Sim.

– Pelo que eu soube, a mademoiselle Ridgeway ainda não era maior de idade quando se casou.

– Ela ia fazer 21 anos em julho.

– E, no rumo normal dos acontecimentos, ela passaria a ter controle sobre sua fortuna?

– Sim.

– Mas o casamento precipitou os eventos.

O rosto de Pennington retesou-se.

– Desculpem-me, cavalheiros, mas o que vocês têm a ver com isso?

– Se lhe desagrada responder...

– Não é questão de desagradar. Não me importo que perguntem. Mas não vejo motivo para tudo isso.

– Ah, mas certamente, monsieur Pennington – disse Poirot, inclinando-se para a frente com o olhar penetrante –, há a questão do motivo. Nesse sentido, devemos levar em consideração os aspectos financeiros do caso.

Pennington disse com pesar:

– Segundo o testamento de Ridgeway, Linnet assumiria o controle dos negócios quando fizesse 21 anos ou quando se casasse.

– Sem nenhuma outra condição?

– Nenhuma.

– E estamos falando de milhões, suponho.

– Sim, milhões.

Poirot disse delicadamente:

– Sua responsabilidade, sr. Pennington, junto com seu sócio, deve ter sido enorme.

Pennington retrucou secamente:

– Estamos acostumados com a responsabilidade. Isso não nos preocupa.

– Será?

Alguma coisa no tom de Poirot desconcertou-o.

– O que o senhor quer dizer com isso? – perguntou Pennington, irritado.

Poirot respondeu com um ar envolvente de franqueza:

– Estava aqui me perguntando, sr. Pennington, se o casamento repentino de Linnet Ridgeway não teria causado certa... consternação no seu escritório.

– Consternação?

– Foi o que eu disse.

– Aonde o senhor quer chegar?

– É simples. Os negócios de Linnet Doyle estão em perfeita ordem, como deveriam estar?

Pennington levantou-se.

– Chega! Para mim, basta! – exclamou, dirigindo-se à porta.

– Mas responderá à minha pergunta primeiro?

– Estão em perfeita ordem – replicou Pennington, rispidamente.

— Pelo que concluí, o senhor ficou tão alarmado com a notícia do casamento de Linnet Ridgeway que decidiu pegar o primeiro navio para a Europa e fingir um encontro aparentemente fortuito no Egito.

Pennington voltou-se em direção a eles, retomando o controle.

— O que o senhor está dizendo é um absurdo completo! Eu nem sabia que Linnet tinha se casado até encontrá-la no Cairo. Fiquei surpreso, sim. A carta dela deve ter chegado em Nova York um dia depois de minha partida. Recebi-a uma semana depois.

— O senhor veio no *Carmanic*, não?

— Exatamente.

— E a carta chegou em Nova York após a partida do *Carmanic*?

— Quantas vezes tenho que repetir isso?

— Estranho — disse Poirot.

— O que é estranho?

— Que em sua bagagem não haja nenhuma etiqueta do *Carmanic*. As únicas etiquetas recentes de uma viagem transatlântica são do *Normandie*. O *Normandie*, pelo que eu me lembro, saiu dois dias depois do *Carmanic*.

Pennington ficou sem saber o que dizer por um momento. Via-se dúvida em seus olhos.

O coronel Race interveio, de modo a apressar a confissão.

— Vamos, sr. Pennington — disse ele —, temos diversos motivos para acreditar que o senhor veio no *Normandie* e não no *Carmanic* como disse. Nesse caso, o senhor recebeu a carta da sra. Doyle antes de sair de Nova York. Não vale a pena negar, pois a coisa mais fácil do mundo é verificar esse ponto com as respectivas companhias.

Andrew Pennington procurou distraidamente uma cadeira e sentou-se, com fisionomia impassível. Por trás da máscara, seu cérebro ágil preparava a próxima cartada.

– Entrego os pontos. Os senhores foram inteligentes demais para mim. Mas tive meus motivos para agir como agi.

– Sem dúvida – disse Race, sucinto.

– Se eu lhes disser quais foram, imagino que serão mantidos em caráter confidencial.

– O senhor pode confiar que agiremos de acordo com as circunstâncias. Naturalmente, não podemos garantir nada às cegas.

– Bem – suspirou Pennington. – Melhor confessar. Eu estava preocupado com um negócio suspeito que estava sendo realizado na Inglaterra. Como não podia fazer muito por carta, resolvi verificar a questão pessoalmente.

– O que o senhor quer dizer com "negócio suspeito"?

– Eu tinha razões de sobra para acreditar que Linnet estava sendo enganada.

– Por quem?

– Por seu advogado inglês. Como esse não é o tipo de acusação que se pode fazer levianamente, decidi vir saber pessoalmente do que se tratava.

– Isso demonstra cuidado de sua parte. Mas por que a mentira em relação à carta?

– Ora – Pennington estendeu as mãos –, não podemos nos intrometer numa lua de mel sem entrar em detalhes práticos e explicar nossos motivos. Achei melhor que parecesse coincidência. Além disso, eu não sabia nada a respeito do marido. Ele podia até ser cúmplice de todo o engodo.

– Em suma, o senhor agiu sem nenhum interesse próprio – disse o coronel Race secamente.

– Exatamente, coronel.

Houve uma pausa. Race olhou para Poirot, que se inclinou para a frente.

— Monsieur Pennington, não acreditamos numa só palavra de sua história.

— Mas que inferno! E no que os senhores acreditam então?

— Parece-nos que o casamento inesperado de Linnet Ridgeway o colocou num impasse financeiro e que o senhor veio correndo para tentar resolver sua situação, isto é, procurando ganhar tempo. Com esse plano em mente, tentou obter a assinatura da madame Doyle em certos documentos, sem sucesso. Então, na viagem pelo Nilo, caminhando no penhasco de Abu Simbel, o senhor deslocou uma rocha que quase acertou o alvo...

— Vocês estão loucos.

— Acreditamos que o mesmo tipo de circunstância ocorreu na viagem de volta, isto é, apresentou-se a oportunidade de eliminar a madame Doyle quando a morte dela seria atribuída a outra pessoa. Não somente acreditamos, mas *sabemos* que seu revólver foi usado para matar a mulher que estava a ponto de revelar o nome do assassino tanto de Linnet Doyle quanto de Louise...

— Maldição! — exclamou Pennington, interrompendo a eloquência de Poirot. — Aonde vocês querem chegar? Estão loucos? Que motivo eu teria para matar Linnet? Eu não ficaria com seu dinheiro. O dinheiro vai para o marido. Por que não interrogam Simon? *Ele* é que sai ganhando, não eu.

Race explicou friamente:

— Doyle não deixou o salão na noite da tragédia até levar um tiro na perna. A impossibilidade de caminhar depois disso é atestada por um médico e uma enfermeira, duas testemunhas de confiança. Simon Doyle não poderia ter matado sua esposa, nem Louise Bourget, nem a sra. Otterbourne. O senhor sabe disso tanto quanto nós.

– Sei que não a matou – disse Pennington, parecendo um pouco mais calmo. – Minha única questão é por que se voltam contra mim, se eu não ganho nada com essa morte?

– Mas, meu caro – disse Poirot, num tom suave como o ronronar de um gato –, isso é uma questão de opinião. A madame Doyle era uma mulher experiente, a par de seus negócios e muito perspicaz para descobrir qualquer irregularidade. Assim que assumisse o controle da fortuna, o que aconteceria quando voltasse para a Inglaterra, ela suspeitaria. Mas agora que está morta, o marido herda tudo, como o senhor mesmo disse, e o caso muda de figura. Simon Doyle não sabe nada dos negócios da esposa, exceto que ela era rica. É um sujeito simples e confiante. Não é difícil apresentar documentos complicados, ocultando o ponto principal em uma profusão de algarismos e adiando a prestação de contas com o pretexto de formalidades legais e a recente depressão econômica. Há uma diferença muito grande entre lidar com a esposa e com o marido.

Pennington encolheu os ombros.

– Suas ideias são... absurdas.

– O tempo dirá.

– O que o senhor disse?

– Eu disse que "o tempo dirá"! Este é um caso de três mortes, três assassinatos. A lei exigirá uma investigação completa dos negócios da madame Doyle.

Poirot viu os ombros de Pennington caírem e percebeu que vencera. As suspeitas de Jim Fanthorp confirmavam-se.

– O senhor jogou e perdeu – continuou Poirot. – É inútil querer continuar blefando.

– O senhor não entende – murmurou Pennington. – Foi tudo muito direto. A maldita crise econômica, a loucura de Wall Street. Mas já preparei uma virada. Com sorte, tudo estará bem em meados de junho.

Com as mãos trêmulas, pegou um cigarro e tentou acendê-lo, mas não conseguiu.

– Suponho – ponderou Poirot – que a pedra tenha sido uma tentação repentina. O senhor achava que ninguém o estava vendo.

– Foi um acidente. Juro que foi um acidente! – exclamou o homem, inclinando-se para a frente com expressão ansiosa e olhos aterrorizados. – Tropecei e caí contra a pedra. Juro que foi acidente...

Os dois homens não disseram nada.

De repente, Pennington recobrou o controle de si mesmo. Ainda estava abalado, mas seu espírito de luta reaparecera. Caminhou em direção à porta.

– Os senhores não podem me incriminar por isso. Foi um acidente. E não fui eu que a matei. Ouviram? Vocês também não podem me incriminar por isso. Nunca.

Saiu.

Capítulo 27

Quando a porta se fechou, Race soltou um suspiro profundo.

– Conseguimos mais do que achei que conseguiríamos. Confissão de fraude e de tentativa de assassinato. Mais do que isso, é impossível. Um homem pode confessar uma tentativa de assassinato, mas não confessará o assassinato em si.

– Às vezes, sim – disse Poirot, com o olhar distante.

Race fitou-o com curiosidade.

– Você tem um plano?

Poirot assentiu com a cabeça. Depois disse, enumerando nos dedos:

– O jardim em Assuã. A declaração do sr. Allerton. Os dois frascos de esmalte. Minha garrafa de vinho. A estola de veludo. O lenço manchado. O revólver deixado na cena do crime. A morte de Louise. A morte da madame Otterbourne. Sim, está tudo aí. Não foi Pennington, Race!

– O quê? – perguntou Race, sem entender.

– Não foi Pennington. Ele tinha um motivo, é verdade. *Desejava* matá-la, sim. Chegou a *tentar. Mais c'est tout.* Mas esse crime exigia algo que Pennington não tinha: audácia, destreza, coragem, tenacidade e uma mente engenhosa. Pennington não possui esses atributos. Ele jamais cometeria um crime, a menos que soubesse que era seguro. Esse crime não tinha nada de seguro! Era necessário audácia. Pennington não é audacioso. É apenas astuto.

Race olhou para Poirot com o respeito que um homem competente sente por outro.

– Já conseguiu elucidar tudo? – perguntou.

– Acho que sim. Há uma ou duas coisas... Aquele telegrama que Linnet Doyle leu, por exemplo. Gostaria de esclarecer esse ponto.

– Meu Deus, esquecemos de perguntar a Doyle. Ele ia nos contar quando a coitada da madame Otterbourne apareceu. Perguntaremos de novo.

– Daqui a pouco. Primeiro, quero conversar com outra pessoa.

– Com quem?

– Tim Allerton.

Race franziu a testa.

– Allerton? Bom, é só mandar chamá-lo.

Race tocou uma campainha e mandou o criado dar o recado.

Tim Allerton entrou com expressão indagadora.

– O criado disse que vocês queriam falar comigo.

– Sim, monsieur Allerton. Sente-se.

Tim sentou-se. Estava atento, mas parecia ligeiramente contrariado.

– Posso ajudar em alguma coisa? – perguntou em tom polido, mas sem entusiasmo.

Poirot respondeu.

– Até certo ponto, talvez. Só lhe peço que me escute.

Tim ficou surpreso com a proposta.

– Claro. Sou o melhor ouvinte do mundo. Solto interjeições nos momentos certos.

– Ótimo. Interjeições servirão. *Eh bien*, vamos começar. Quando os conheci em Assuã, monsieur Allerton, senti grande atração pelo senhor e pela senhora sua mãe. Para começar, achei-a uma das pessoas mais encantadoras que já conheci...

O rosto inexpressivo de Tim modificou-se por um momento.

– Sim. Ela é única – disse o rapaz.

– Mas a segunda coisa que me interessou foi quando o senhor mencionou o nome de uma moça.

– Uma moça?

– Sim. Uma tal de mademoiselle Joanna Southwood. Eu tinha acabado de ouvir aquele nome.

Poirot fez uma pequena pausa e continuou:

– Nos últimos três anos, alguns roubos de joias preocuparam bastante a Scotland Yard. São furtos que podem ser classificados como "roubos da alta sociedade". O método utilizado é geralmente o mesmo: a substituição da joia verdadeira por uma imitação. Meu amigo, o inspetor Japp, chegou à conclusão de que os roubos não eram praticados por uma única pessoa, mas por duas, que trabalhavam de maneira bastante entrosada. Segundo Japp, os roubos eram obra de pessoas em boa condição social. E, finalmente, sua atenção voltou-se para a mademoiselle Joanna Southwood. Todas as vítimas eram suas amigas ou conhecidas, e em todos os casos ela chegara a ter em suas mãos a joia em questão. Além disso, seu estilo de vida não condizia com sua renda. Por outro lado, ficou claro que o roubo em si, ou seja, a substituição, não era realizado por ela. Em algumas ocasiões, ela nem estava na Inglaterra no momento do roubo. Então, pouco a pouco, uma ideia começou a se formar na cabeça do inspetor Japp. Numa determinada época, a mademoiselle Southwood era sócia de uma firma de joias modernas. De acordo com a teoria de Japp, ela examinava as joias, desenhando-as minuciosamente, e em seguida providenciava para que fossem copiadas por algum joalheiro experiente, humilde, mas desonesto. A terceira parte da operação consistia na substituição da joia verdadeira pela falsa, substituição feita por uma pessoa que pudesse provar nunca ter tido contato com as joias, nem nenhuma relação com réplicas ou imitações de pedras preciosas. Sobre a identidade dessa pessoa, Japp não sabia nada. Alguns trechos de sua conversa me interessaram. Um anel desaparecido durante sua estadia em Maiorca, o fato de que o senhor estivera hospedado numa casa em que houve uma dessas substituições, sua intimidade com a mademoiselle Southwood. Devo destacar também o fato de o senhor não gostar de minha presença e tentar evitar a simpatia de sua mãe em relação a mim. Poderia ser apenas uma questão pessoal, claro, mas não achei que fosse o caso. O senhor fazia muito esforço para ocultar sua antipatia. *Eh bien!* Após o assassinato de Linnet Doyle, descobre-se que o colar de pérolas dela desapareceu. Na mesma hora pensei no senhor, mas não fiquei convencido. Porque se o senhor, como desconfio, é cúmplice da mademoiselle Southwood (que era amiga íntima da madame Doyle), a substituição seria o método empregado, não um roubo descarado. Mas aí as pérolas são devolvidas inesperadamente, e o que eu descubro? Que elas não são passam de imitação. Nesse momento, descubro quem é o verdadeiro ladrão. O colar roubado e devolvido era falso, uma imitação que o senhor colocou no lugar da joia verdadeira.

Poirot olhou para o jovem à sua frente. Tim estava pálido. Não tinha o espírito combativo de Pennington. Era mais fraco. O rapaz falou, esforçando-se para sustentar seu jeito zombeteiro:

– É mesmo? E o que eu fiz com as pérolas?

– Eu sei.

A expressão de Tim transformou-se.

Poirot continuou, lentamente:

– Há somente um lugar onde podem estar. Refleti a respeito e cheguei a esta conclusão. Essas pérolas, monsieur Allerton, estão escondidas num rosário em sua cabine. As contas do rosário são entalhadas com perfeição. Acho que o senhor mandou fazer esse rosário sob encomenda. As contas podem ser desatarraxadas, embora isso não seja evidente. Dentro de cada conta há uma pérola colada. A maioria dos investigadores policiais respeita símbolos religiosos, a não ser que haja algo obviamente suspeito neles. O senhor confiou nisso. Tentei descobrir como a mademoiselle Southwood enviou o colar falso para o senhor. Ela deve ter mandado, uma vez que o senhor veio para cá saindo de Maiorca, quando ouviu dizer que a madame Doyle passaria a lua de mel aqui. Segundo minha teoria, o colar foi enviado num livro, num recorte feito nas páginas do meio. Os livros quase nunca são abertos no correio.

Houve uma pausa, uma longa pausa. Depois, Tim disse, calmamente:

– O senhor venceu! Foi um bom jogo, mas finalmente acabou. Não há nada a fazer, creio eu, além de acatar o castigo.

Poirot assentiu com a cabeça.

– O senhor sabe que foi visto aquela noite?

– Visto? – perguntou Tim, espantado.

– Sim. Na noite em que Linnet Doyle morreu, alguém o viu saindo da cabine dela depois da uma da madrugada.

Tim disse:

– O senhor não está insinuando... Eu não a matei! Juro! Tenho estado muito agitado e confuso. Ter escolhido logo aquela noite... Meu Deus, tem sido horrível!

Poirot disse:

– Sim, o senhor deve ter tido momentos desagradáveis. Mas agora que a verdade veio à tona, talvez o senhor possa nos ajudar. A madame Doyle estava viva ou morta quando o senhor roubou as pérolas?

– Não sei – respondeu Tim, com a voz rouca. – Juro por Deus, monsieur Poirot, que eu não sei! Eu tinha descoberto onde ela colocava o colar à noite: na mesinha de cabeceira. Entrei na cabine, estendi a mão e peguei o colar, deixando lá o falso. Depois saí. Achei que ela estivesse dormindo, claro.

– O senhor chegou a ouvir a respiração dela? Certamente o senhor teria reparado nisso.

Tim parou para refletir.

– Estava tudo muito silencioso. Muito silencioso mesmo. Não, não me lembro de ter ouvido sua respiração.

– Havia cheiro de pólvora no ar, como se um tiro tivesse sido dado recentemente?

– Acho que não. Não me lembro direito.

Poirot suspirou.

– Então estamos na mesma.

– Quem foi que me viu? – perguntou Tim, com curiosidade.

– Rosalie Otterbourne. Ela vinha do outro lado e o viu saindo da cabine de Linnet Doyle e entrando na sua.

– Então foi ela quem lhe contou.

Poirot disse suavemente:

– Desculpe-me. Ela não me contou.

– Mas então, como o senhor sabe?

– Porque sou Hercule Poirot. Não preciso que me digam. Quando lhe perguntei, sabe o que ela me respondeu? "Não vi ninguém". Ela mentiu.

– Por quê?

Poirot disse em tom imparcial:

– Talvez porque tenha pensado que o homem que viu era o assassino. Parecia isso.

– Mais um motivo para lhe contar.

Poirot encolheu os ombros.

– Ela não pensava assim, pelo visto.

Tim disse, com uma entonação esquisita:

– Ela é uma menina extraordinária. Deve ter passado maus bocados com aquela mãe dela.

– Sim, a vida não tem sido fácil para ela.

– Coitada – murmurou Tim. Depois, olhou para Race. – Bem, senhor, qual o próximo passo? Confesso que peguei as pérolas na cabine de Linnet, e vocês as encontrarão exatamente no lugar em que disseram que estão. Sou culpado. Mas no que se refere à srta. Southwood, não confesso nada. Vocês não têm provas contra ela. Como recebi o colar falso não importa a ninguém.

Poirot falou baixinho:

– Uma atitude muito correta.

Tim disse, com humor repentino:

– Sempre cavalheiro! – e acrescentou: – Talvez compreenda agora como me incomodava ver minha mãe aproximando-se do senhor. Não sou um criminoso calejado o suficiente para gostar de me ver cara a cara com um detetive famoso um pouco antes de um golpe tão arriscado! Algumas pessoas teriam prazer nisso. Eu não tive. Para ser franco, fiquei com medo.

– Mas isso não o impediu de seguir em frente.

Tim deu de ombros.

– Meu medo não era tão grande. A substituição tinha de ser feita em algum momento, e eu tinha uma oportunidade única neste navio: uma cabine perto da minha, e Linnet tão preocupada com suas questões que não perceberia a troca.

– Não sei, não...

Tim encarou-o.

– O que o senhor quer dizer?

Poirot tocou a campainha.

– Pedirei à srta. Otterbourne para vir aqui um minuto.

Tim franziu a testa, mas não disse nada. Um criado veio, recebeu a ordem e saiu com o recado.

Rosalie chegou alguns minutos depois. Seus olhos, vermelhos de chorar, arregalaram-se ao ver Tim, mas sua atitude desconfiada e desafiadora havia desaparecido completamente. Rosalie sentou-se e, com uma docilidade inédita, olhou para Race e para Poirot.

– Lamentamos incomodá-la, srta. Otterbourne – disse Race, educadamente, um pouco aborrecido com Poirot.

– Não importa – disse a menina em voz baixa.

Poirot explicou:

– Precisamos esclarecer um ou dois pontos. Quando lhe perguntei se tinha visto alguém no tombadilho à uma e dez da madrugada, a senhorita respondeu que não. Felizmente, consegui descobrir a verdade sem sua ajuda. O monsieur Allerton acabou de confessar que esteve na cabine de Linnet Doyle ontem à noite.

A jovem olhou rapidamente para Tim, que confirmou, bastante sério.

– O horário confere, monsieur Allerton?

Allerton respondeu:

– Confere, sim.

Rosalie fitava-o, perplexa. Seus lábios abriram-se, trêmulos.

– Mas você não... você não...

– Não, eu não a matei – retrucou Tim, imediatamente. – Sou ladrão, não assassino. Tudo virá à luz. Eu estava atrás das pérolas.

Poirot disse:

– O sr. Allerton diz que foi à cabine da madame Doyle noite passada para trocar o colar verdadeiro por um falso.

– É verdade? – perguntou Rosalie, com olhos sérios, tristes e infantis.

– Sim – respondeu Tim.

Pausa. O coronel Race mexeu-se, incomodado.

Poirot falou, num tom de voz curioso:

– Veja bem, essa é a versão do monsieur Allerton, em parte confirmada pelo seu testemunho. Isto é, há prova de que ele foi à cabine de Linnet Doyle ontem à noite, mas não quanto ao motivo.

Tim encarou Poirot.

– Mas o senhor sabe!

– O que eu sei?

– Ora, sabe que estou com o colar.

– *Mais oui... mais oui*. Sei que está com o colar, mas não quando o pegou. Pode ter sido *antes* da noite passada... O senhor acabou de dizer que Linnet Doyle não repararia na substituição. Não tenho tanta certeza disso. Suponhamos que ela tenha reparado... suponhamos, inclusive, que ela soubesse quem era o culpado... que ela tivesse ameaçado denunciá-lo... E suponhamos que o senhor tenha presenciado a cena no salão entre Jacqueline de Bellefort e Simon Doyle e que, assim que o salão ficou vazio, o senhor entrou lá e pegou a arma. Uma hora depois, quando o navio já estava tranquilo, o senhor poderia ter entrado na cabine de Linnet Doyle e resolvido colocar um fim na possibilidade de denúncia...

– Meu Deus! – exclamou Tim, pálido, olhando para Hercule Poirot com olhos de sofrimento.

Poirot continuou:

– Mas uma outra pessoa o viu: Louise Bourget. No dia seguinte, ela foi chantageá-lo. Ou o senhor lhe pagava uma boa quantia de dinheiro, ou ela contaria para todo mundo. O senhor percebeu que ceder à chantagem seria o início do fim. Fingiu concordar, marcou um encontro na cabine dela antes do almoço. Aí, enquanto ela contava as notas, o senhor a esfaqueou. Mas a sorte não estava ao seu lado. Alguém o viu entrando na cabine dela... – e dirigindo-se discretamente para Rosalie: – Sua mãe. Mais uma vez, o senhor teve que agir rapidamente. Era arriscado, mas não havia outra oportunidade. O senhor ouvira Pennington falando do revólver dele. Correu à cabine de Pennington, pegou a arma, ficou do lado de fora da cabine do dr. Bessner escutando e atirou na madame Otterbourne antes que ela revelasse seu nome.

– Não! – berrou Rosalie. – Não foi ele! Não foi ele!

– Depois disso, o senhor fez a única coisa que podia fazer: dar a volta pela popa. Quando o encontrei, o senhor fingiu que vinha na direção *contrária*. Para não deixar impressões digitais, usara luvas, e essas luvas estavam em seu bolso quando lhe perguntei.

– Juro por Deus que isso não é verdade. É tudo mentira – disse Tim, mas sua voz trêmula e insegura, não convencia.

Foi nesse momento que Rosalie Otterbourne os surpreendeu.

– Claro que não é verdade! E o monsieur Poirot sabe disso. Fala assim por algum motivo que só ele saberá.

Poirot olhou para ela, com um sorriso no rosto. Estendeu as mãos, como quem entrega os pontos.

– A mademoiselle é muito inteligente... Mas concorda que foi engenhoso?

– Maldição! – exclamou Tim cada vez mais furioso. Poirot ajudou.

– As aparências o incriminam, monsieur Allerton. Quero que compreenda isso. E lhe direi algo mais agradável. Ainda não examinei aquele rosário em sua cabine. Talvez não encontre nada lá. E aí, como a mademoiselle Otterbourne insiste em dizer que não viu ninguém no convés ontem à noite, *eh bien*! Não temos mais nenhuma evidência contra o senhor. As pérolas foram roubadas por uma cleptomaníaca, que já as devolveu. Estão numa pequena caixa na mesa perto da porta, se o senhor quiser examiná-las com a mademoiselle.

Tim levantou-se, sem saber o que dizer. Quando falou, suas palavras pareciam inadequadas, mas é possível que tenham agradado a quem as ouvia.

– Obrigado! – disse. – Não precisarão me dar outra chance.

Abriu a porta para Rosalie. A jovem saiu com a pequena caixa, acompanhada por Tim.

Caminharam lado a lado. Tim abriu a caixa, pegou o colar falso e jogou-o no Nilo.

– Pronto! – disse. – Quando devolver a caixa a Poirot, o colar verdadeiro estará dentro dela. Que idiota que eu fui!

Rosalie perguntou em voz baixa:

– Por que você começou com isso?

– Por que comecei a roubar, você diz? Não sei. Tédio... preguiça... espírito de aventura. Uma forma mais atraente de ganhar a vida do que penando num trabalho. Parece sórdido, admito, mas tinha certa atração. Principalmente por causa do risco, suponho.

– Acho que entendo.

– Sim, mas você jamais teria uma atitude dessas.

Rosalie ponderou por um momento, depois respondeu, baixando a cabeça:

– Não – disse ela simplesmente. – Não teria.

Tim disse:

– Ah, minha querida... você é tão linda... tão especial. Por que não quis dizer que me viu ontem à noite?

– Achei que pudessem suspeitar de você – respondeu Rosalie.

– Você suspeitou de mim?

– Não. Não o julgava capaz de matar.

– Tem razão. Não tenho a compleição dos assassinos. Sou apenas um mísero ladrão.

Ela tocou-lhe no braço, timidamente.

– Não diga isso.

Ele pegou suas mãos.

– Rosalie, você sabe a que me refiro? Ou me desprezará e me censurará para sempre?

Ela sorriu.

– Você tem motivos para me censurar...

– Rosalie, meu amor...

Ela o deteve.

– Mas e Joanna?

Tim soltou um grito repentino.

– Joanna? Você parece a minha mãe. Não dou a mínima para Joanna. Tem cara de cavalo e olhos de ave de rapina. Uma mulher horrível.

Rosalie disse em seguida:

– Sua mãe não precisa saber de nada.

– Não sei – disse Tim, pensativo. – Acho que lhe contarei. Minha mãe é forte. Aguenta muita coisa. Sim, acho que destruirei suas ilusões maternais a meu respeito. Ficará tão aliviada de saber que minha relação com Joanna era somente comercial que me perdoará.

Chegaram à cabine da sra. Allerton, e Tim bateu firmemente na porta. A sra. Allerton veio abri-la.

– Rosalie e eu... – começou Tim e parou.

– Ah, meus queridos – disse a sra. Allerton, abraçando Rosalie. – Minha querida. Eu sempre desejei isso... mas Tim não dava o braço a torcer... fingia que não gostava de você. Claro que não me enganou.

Rosalie disse, emocionada:

– A senhora sempre foi tão delicada comigo. Eu desejava...

Não conseguiu continuar, soluçando de felicidade no ombro da sra. Allerton.

Capítulo 28

Quando a porta se fechou atrás de Tim e Rosalie, Poirot voltou-se com ar penitente para o coronel Race. O coronel olhava para ele bastante sério.

– Você consentirá com meu esquema, não? – perguntou Poirot. – É um tanto irregular. Sei que é irregular... mas prezo muito a felicidade humana.

– Não parece prezar a minha – disse Race.

– Aquela *jeune fille*. Sinto ternura por ela, e vejo que está apaixonada por aquele rapaz. Será uma ótima junção. Ela tem a força de que ele precisa, a sogra gosta dela... tudo perfeito.

– Em resumo, o casamento foi arranjado pelos deuses e por Hercule Poirot. Tudo o que preciso fazer é tomar parte na conspiração.

– Mas, *mon ami*, já lhe disse que não passa de suposição de minha parte.

Race sorriu de repente.

– Está certo – disse. – Não sou policial, graças a Deus! Atrevo-me a dizer que o rapaz se endireitará daqui para a frente. A menina já é correta. O que estou reclamando é de como você trata a *mim*! Sou um homem paciente, mas paciência tem limite! Você sabe quem cometeu os três assassinatos neste navio ou não?

– Sei.

– Então por que toda essa volta?

– Acha que estou apenas me distraindo com questões secundárias? E isso o aborrece? Mas não é o caso. Uma vez participei profissionalmente de uma expedição arqueológica... e aprendi uma coisa lá. Durante a escavação, quando encontravam algo no solo, tudo em volta era cuidadosamente limpo. Tiravam a terra solta, raspando em torno com uma faca, até o objeto aparecer, soberano, pronto para ser extraído e fotografado sem nada atrapalhando. Foi isso que tentei fazer: tirar tudo o que atrapalhava para que pudéssemos enxergar a verdade, a verdade nua e crua.

– Ótimo – disse Race. – Vamos à verdade nua e crua. Não foi Pennington. Não foi o jovem Allerton. Suponho que não tenha sido Fleetwood. Diga-me quem foi, para variar.

– Meu amigo, é exatamente o que farei.

Bateram na porta. Race blasfemou baixinho. Eram o dr. Bessner e Cornelia. A moça parecia preocupada.

– Ah, coronel Race – exclamou ela –, a srta. Bowers acabou de me contar sobre a prima Marie. Foi um grande choque. Ela disse que não conseguia mais suportar a responsabilidade sozinha, que era melhor eu saber, já que faço parte da família. Não quis acreditar, a princípio, mas o dr. Bessner tem me ajudado.

– Nada disso – protestou o médico, com modéstia.

– Ele tem sido tão gentil, explicando tudo, que a pessoa não consegue evitar. Ele já atendeu cleptomaníacos em sua clínica. E explicou que muitas vezes a cleptomania deve-se a um quadro de neurose grave.

Cornelia dizia as palavras com admiração.

– É algo entranhado no subconsciente. Às vezes um pequeno trauma de infância. O dr. Bessner já curou muitas pessoas, fazendo o paciente voltar ao passado e lembrar-se do que o traumatizou.

Cornelia fez uma pausa, respirou profundamente e continuou:

– Mas fico muito preocupada de que todos descubram. Seria terrível se a notícia chegasse a Nova York. Sairia nos jornais. A prima Marie, a mamãe... seria uma vergonha para todo mundo.

Race suspirou.

– Não se preocupe. Aqui tudo está sendo abafado.

– Desculpe-me, não entendi, coronel Race.

– O que eu estava tentando dizer é que qualquer caso menos grave que assassinato está ficando em segundo pano.

– Oh! – exclamou Cornelia juntando as mãos. – Fico *tão* aliviada. Estava realmente preocupada.

– A senhorita tem um coração muito bom – disse o dr. Bessner, dando-lhe um tapinha benevolente no ombro. E dirigindo-se aos outros: – Ela é muito sensível e especial.

– Nem tanto. O senhor está sendo amável.

Poirot murmurou:

– Tem visto o sr. Ferguson?

Cornelia corou.

– Não... mas a prima Marie tem falado sobre ele.

– Parece que o rapaz é nobre – comentou o dr. Bessner. – Devo confessar que não aparenta, com aqueles trajes horríveis. Não consigo imaginar que seja um moço bem-educado.

– E o que acha, mademoiselle?

– Acho que deve ser completamente doido – disse Cornelia.

Poirot perguntou ao médico:

– Como vai seu paciente?

– *Ach*, está indo muito bem. Acabo de tranquilizar a Fräulein de Bellefort. Talvez não acreditem, mas ela estava desesperada só porque ele teve um pouquinho de febre hoje à tarde! Nada mais natural. É incrível que a febre não tenha subido. Mas ele é como nossos camponeses: tem uma excelente constituição física. Uma saúde de ferro. Já os vi com graves ferimentos que eles nem notam. É o mesmo com o sr. Doyle. O pulso está normal, temperatura, apenas um pouco acima do desejado. Consegui acalmar a moça. Mesmo assim, é ridículo, *nicht wahr*? Num momento, a pessoa atira no sujeito. No momento seguinte, está histérica, com medo que ele morra.

Cornelia disse:

– Ela o ama profundamente.

– *Ach*! Mas não faz sentido. Se *a senhora* amasse um homem, atiraria nele? Não, porque a senhora é sensata.

– De qualquer maneira, não gosto de assuntos que se resolvem com tiro – disse Cornelia.

– Evidentemente. A senhora é muito feminina.

Race interrompeu a troca de amabilidades.

– Como Doyle está bem, não vejo motivo para não retomarmos nossa conversa de hoje à tarde. Ele estava me contando sobre um telegrama.

O corpo volumoso do dr. Bessner moveu-se para cima e para baixo.

– Ha, ha, ha, muito engraçado! Doyle me falou do telegrama. Vegetais... batatas, alcachofras, alho-poró... *Ach*! Perdão?

Race endireitou-se na cadeira.

– Meu Deus – exclamou. – Então é isso! Richetti!

Olhou para os outros três, que o encaravam sem entender nada.

– Um novo código foi usado na rebelião da África do Sul. Batata significa metralhadora, alcachofras são explosivos poderosos, e assim por diante. Richetti é tão arqueólogo quanto eu! É um criminoso muito perigoso, um homem que matou mais de uma vez, e garanto que foram várias. A sra. Doyle abriu o telegrama por engano. Se ela repetisse na minha presença o que leu, Richetti saberia que estava frito!

Voltou-se para Poirot.

– Estou certo? – perguntou. – Richetti é quem estávamos procurando?

– É quem *você* estava procurando – respondeu Poirot. – Sempre achei que havia algo de esquisito nele. Ele era articulado demais naquele papel. Um bom arqueólogo, mas pouco humano.

Poirot fez uma pausa e continuou:

– Mas não foi Richetti quem matou Linnet Doyle. Eu já tinha o que posso chamar de "a primeira metade" do assassino há algum tempo. Agora tenho também "a segunda metade". O quadro está completo. No entanto, embora eu saiba o que aconteceu, não tenho nenhuma prova. Do ponto de vista intelectual, a solução me satisfaz. Na prática, não. Só há uma esperança: uma confissão do assassino.

O dr. Bessner deu de ombros, com ceticismo.

– Só por milagre.

– Não creio. Não nas atuais circunstâncias.

Cornelia perguntou, ansiosa:

– Mas quem é? O senhor não contará para nós?

Poirot olhou silenciosamente para os três presentes. Race sorria sarcasticamente. Bessner ainda parecia cético. Cornelia fitava-o, boquiaberta.

– *Mais oui* – respondeu. – Devo confessar que gosto de plateia. Sou vaidoso. Fico todo convencido. Gosto de que pensem: "Vejam como Hercule Poirot é inteligente!".

Race mexeu-se na cadeira.

– Muito bem – disse o coronel –, vejamos como Hercule Poirot é inteligente.

Sacudindo a cabeça tristemente, Poirot disse:

– Para começar, devo declarar que fui ignorante... totalmente ignorante. Para mim, o maior obstáculo era o revólver... o revólver de Jacqueline de Bellefort. Por que aquele revólver não tinha ficado na cena do crime? A intenção do assassino, obviamente, era incriminá-la. Por que, então, levar a arma? Fui tão ignorante que imaginei os motivos mais estapafúrdios. O motivo verdadeiro era muito simples. O assassino levou o revólver porque *precisava* levá-lo... porque não tinha escolha.

Capítulo 29

— Você e eu, meu amigo, começamos nossa investigação com uma ideia preconcebida – disse Poirot para Race. – A ideia de que o crime havia sido cometido por um impulso momentâneo, sem nenhum planejamento prévio. Alguém desejava eliminar Linnet Doyle e aproveitou a oportunidade para agir num momento em que o crime seria certamente atribuído a Jacqueline de Bellefort. Portanto, concluímos que a pessoa em questão presenciara a cena entre Jacqueline e Simon Doyle e se apoderara do revólver depois que o salão ficou vazio.

Dirigindo-se a todos:

— Mas, meus amigos, se essa ideia preconcebida estivesse errada, o caso seria totalmente diferente. E a ideia *estava* errada! O crime não foi cometido impulsivamente. Ao contrário, foi muito bem planejado e calculado, com todos os detalhes estudados de antemão, até o sedativo colocado na garrafa de vinho de Hercule Poirot naquela noite! Pois é. Sedaram-me de modo que eu não pudesse participar do que aconteceria. Ocorreu-me essa ideia como uma possibilidade. Eu bebo vinho. Meus dois companheiros de mesa bebem uísque e água mineral, respectivamente. Nada mais fácil do que colocar uma dose inofensiva de sedativo em minha garrafa. As garrafas ficam na mesa o dia inteiro. Mas ignorei esse pensamento. Tinha feito calor durante o dia, e estava bastante cansado. Não seria estranho que eu dormisse pesado, mesmo tendo sono leve.

Fez uma pausa e continuou:

– Eu ainda estava apegado à ideia preconcebida. Se tivessem colocado um sedativo em meu vinho, significaria que houve premeditação. Ou seja, antes das sete e meia, quando o jantar foi servido, o crime já havia sido planejado. E isso, do ponto de vista da ideia preconcebida, era absurdo. O primeiro ponto contra essa ideia foi quando encontraram o revólver no Nilo. Para começar, se nossas suposições estivessem certas, a arma jamais teria sido jogada na água... E não foi só isso.

Poirot virou-se para o dr. Bessner.

– O senhor, dr. Bessner, examinou o corpo de Linnet Doyle. O senhor há de se lembrar que a pele em torno do ferimento estava chamuscada. Isso significa que o tiro foi dado à queima-roupa.

Bessner confirmou.

– É verdade.

– Mas o revólver foi encontrado dentro de uma estola de veludo, e o veludo apresentava sinais de que a bala perfurara o tecido dobrado, parecendo que a intenção do assassino fora abafar o som do disparo. Mas se o tiro tivesse sido dado através do veludo, a pele da vítima não estaria chamuscada. Portanto, o tiro dado através da estola não poderia ser o tiro que matou Linnet Doyle. Poderia ter sido o outro tiro, disparado por Jacqueline de Bellefort contra Simon Doyle? Não, porque havia duas testemunhas nesse momento, e investigamos tudo nesse sentido. Parecia, portanto, que houvera um *terceiro* tiro, sobre o qual nada sabíamos. Mas só dois tiros foram disparados do revólver e não havia nenhum indício de um terceiro disparo.

Pequena pausa.

– Estávamos diante de uma circunstância muito curiosa, difícil de explicar. O próximo ponto interessante foram os dois frascos de esmalte que encontrei na cabine de Linnet Doyle. As mulheres hoje em dia gostam muito de variar a cor das unhas, mas eu reparei que Linnet Doyle usava sempre a mesma cor, um tom chamado "Cardinal", vermelho escuro. O outro frasco tinha um rótulo escrito "Rose", que é um tom rosa claro, mas as poucas gotas que restavam no frasco não eram rosa, mas vermelhas. Fiquei curioso, destapei o frasco e cheirei o conteúdo. Em vez do cheiro forte habitual de pera, o cheiro era de vinagre. As gotas no fundo do frasco, então, deviam ser de tinta vermelha. Não havia nenhum motivo para que a madame Doyle não tivesse tinta vermelha na cabine, mas seria mais natural que a guardasse num frasco de tinta, não num frasco de esmalte. Parecia haver uma relação entre a tinta e o lenço manchado de rosa usado para enrolar o revólver. A tinta vermelha sai fácil com água, mas sempre deixa uma mancha rosada. Talvez eu tivesse descoberto a verdade só com esses indícios, mas houve um acontecimento que pôs fim a todas as dúvidas. Louise Bourget foi morta em circunstâncias que demonstravam claramente que ela havia chantageado o assassino. Além do pedaço de uma nota de mil francos encontrada em sua mão, lembrei-me de umas palavras significativas que ela usara de manhã.

Poirot pediu atenção.

– Ouçam atentamente, pois aqui está o centro de toda a questão. Quando lhe perguntei se vira alguma coisa na noite anterior, ela me deu uma resposta curiosa: "Naturalmente, se não tivesse conseguido dormir, se tivesse subido as escadas, *aí* sim, talvez tivesse visto o assassino, esse monstro, entrando ou saindo da cabine da madame...". Agora, o que significa isso?

Bessner, interessado, respondeu imediatamente:

– Significa que ela subiu sim as escadas.

– Não, não. O senhor não compreendeu o que quero dizer. Por que ela contaria isso para *nós*?

– Para dar uma pista.

– Mas por que para *nós*? Se ela sabia quem era o assassino, tinha duas opções: contar-nos a verdade ou guardar segredo e chantagear o assassino, pedindo dinheiro em troca de seu silêncio. Mas ela não fez nem uma coisa nem outra. Nem respondeu logo: "Não vi ninguém. Estava dormindo" ou "Sim, vi fulano". Por que usar aquele palavreado? *Parbleu*, só pode haver um motivo! Ela queria dar um sinal para o assassino. Portanto, o assassino devia estar presente na ocasião. Mas além de mim e do coronel Race, só havia mais duas pessoas presentes: Simon Doyle e o dr. Bessner.

O médico levantou-se furioso.

– *Ach*! O que o senhor está dizendo? Está me acusando? De novo? Mas isso é ridículo. Um desrespeito!

Poirot disse com firmeza:

– Fique quieto. Estou contando o que pensei no momento. Não é nada pessoal.

– Não significa que ele pensa isso agora – disse Cornelia, procurando acalmar o médico.

Poirot retomou a explicação rapidamente:

– Fiquei, então, entre Simon Doyle e o dr. Bessner. Mas que razão teria Bessner para matar Linnet Doyle? Nenhuma, até onde eu sei. Simon Doyle, então? Mas isso era impossível! Havia várias testemunhas capazes de jurar que ele não saiu do salão até o momento da confusão. Depois, ele foi ferido, e teria sido fisicamente impossível sair. Eu tinha provas disso? Sim, tinha o depoimento da madame Robson, de Jim Fanthorp e de Jacqueline de Bellefort em relação à primeira parte, e o atestado profissional do dr. Bessner e da mademoiselle Bowers em relação à segunda parte. Não havia dúvida.

O dr. Bessner, então, devia ser o culpado. Em favor dessa teoria havia o fato de que a criada foi esfaqueada com um instrumento cirúrgico. Por outro lado, foi o próprio dr. Bessner que chamou a atenção para esse ponto.

Poirot continuou:

– E aí, meus amigos, um segundo fato indiscutível se apresentou diante de meus olhos. A insinuação de Louise Bourget não poderia ter sido feita ao dr. Bessner, porque ela poderia ter falado com ele em particular no momento em que desejasse. Havia *somente uma pessoa* a quem ela podia estar se dirigindo: Simon Doyle! Simon Doyle estava ferido, tinha a companhia constante de um médico, encontrava-se na cabine desse médico. Foi para ele que ela se arriscou a dizer aquelas palavras ambíguas, pois talvez não tivesse outra chance. E lembro-me bem do que ela disse no final, ao ir embora: "Monsieur, eu lhe imploro... O que posso dizer?". E ele responde: "Minha querida, não seja tola. Ninguém acha que você viu ou ouviu coisa alguma. Não se preocupe. Eu cuidarei de você. Ninguém a está acusando de nada". Era a garantia que ela queria e conseguiu.

Bessner exclamou:

– *Ach*! Que tolice! Acha que um homem com um osso fraturado e a perna imobilizada pode sair pelo navio esfaqueando as pessoas? Posso garantir que era *impossível* Simon Doyle sair da cabine.

Poirot disse calmamente:

– Eu sei. É verdade. Era impossível mesmo. Impossível, mas aconteceu. As palavras de Louise Bourget só poderiam ter um sentido. Então, resolvi voltar ao início e revisar o caso à luz desse novo conhecimento. Teria sido possível que no período anterior à confusão Simon Doyle tivesse saído do salão sem os outros perceberem? Eu não via como. Ignoraria o testemunho qualificado do dr. Bessner e da mademoiselle Bowers? Também não. Mas lembrei-me de que houvera um intervalo. Simon Doyle ficou sozinho no salão por cinco minutos, e o depoimento do dr. Bessner só se aplicava ao momento depois desse período. Em relação ao período em questão, tínhamos apenas o testemunho visual, e aquilo que parecia provável já não era certo. Deixando de lado as suposições, o que foi realmente *visto*? A srta. Robson viu a mademoiselle de Bellefort atirar, viu Simon Doyle cair numa cadeira, viu Simon comprimir um lenço contra a perna e viu o lenço tingir-se de vermelho. O que o monsieur Fanthorp ouviu e viu? Fanthorp ouviu o tiro, encontrou Doyle com um lenço manchado de vermelho preso à perna. O que aconteceu em seguida? Doyle insistiu para que levassem a mademoiselle de Bellefort, pedindo que não a deixassem sozinha. Depois disso, sugeriu que Fanthorp fosse chamar o médico. A mademoiselle Robson e o monsieur Fanthorp levaram a mademoiselle de Bellefort dali, e nos cinco minutos seguintes estiveram ocupados no convés a bombordo. As cabines da mademoiselle Bowers, do dr. Bessner e da mademoiselle de Bellefort ficam todas daquele lado. Simon Doyle só precisava de dois minutos. Ele pega o revólver embaixo do sofá, tira o sapato, corre sem fazer barulho pelo convés a estibordo, entra na cabine da esposa, vê que ela está dormindo, dá um tiro na cabeça dela, coloca o frasco com tinta vermelha no lavatório (não poderia ser encontrado com ele), volta correndo, pega a estola de veludo da mademoiselle Van Schuyler, que ele havia escondido oportunamente no vão de uma cadeira, enrola-a no revólver e dá um tiro na própria perna. A cadeira onde cai (agora realmente com dor) fica perto de uma janela. Ele abre a janela e joga a arma no Nilo (enrolada no lenço revelador e na estola).

— Impossível! – disse Race.

— Não, meu amigo, nada *impossível*. Lembre-se do depoimento de Tim Allerton. Ele ouviu um estalo *seguido* de um baque na água. E ouviu outra coisa: passos de alguém correndo, passando por sua porta. Mas ninguém podia estar correndo no convés a estibordo. O que ele ouviu foram os passos de Simon Doyle, correndo só de meias.

Race disse:

— Ainda acho impossível. Ninguém conseguiria elaborar todo esse plano numa velocidade dessas, ainda mais um sujeito de raciocínio lento como Doyle.

— Mas muito rápido e ágil fisicamente!

— Isso é verdade. Mas ele não seria capaz de planejar tudo sozinho.

— E não planejou, meu amigo. Foi aí que todos nós nos enganamos. Parecia um crime cometido impulsivamente, mas *não* foi. Como eu disse, foi tudo muito bem planejado, nos mínimos detalhes. Simon Doyle não teria um frasco de tinta vermelha no bolso *por acaso*. Não, foi planejado. Não foi *por acaso* que Jacqueline de Bellefort chutou o revólver para debaixo da poltrona, onde ficaria escondido e esquecido.

— Jacqueline?

— Exatamente. As duas metades do assassinato. Qual foi o álibi de Simon? O tiro dado por Jacqueline. Qual foi o álibi de Jacqueline? A insistência de Simon, que fez com que a enfermeira passasse toda a noite com ela. Somando os dois, encontramos todos os atributos necessários para cometer um crime: a inteligência fria e calculista de Jacqueline de Bellefort e a agilidade e aptidão física de Simon.

Poirot fez uma pausa e continuou.

– Olhem da maneira certa e encontrarão respostas para todas as perguntas. Simon Doyle e Jacqueline tiveram um relacionamento. Admitam a hipótese de que ainda se amavam, e tudo fica claro. Simon livra-se da esposa rica, herda seu dinheiro e, no momento certo, casa-se com o antigo amor. Um plano muito engenhoso. A perseguição da madame Doyle por Jacqueline fazia parte do plano. A suposta raiva de Simon... Mesmo assim, houve falhas. Numa conversa comigo, ele fez um discurso acalorado contra mulheres possessivas, falando com verdadeira amargura. Eu deveria ter percebido que ele estava falando da esposa, não de Jacqueline. Além disso, sua atitude para com a esposa. Um inglês inexpressivo como Simon Doyle jamais expõe suas emoções em público. Simon não era um bom ator. Exagerou na dedicação. Aquela conversa que tive com a mademoiselle Jacqueline também, em que ela fingiu que tinha visto alguém. Eu não vi ninguém. E não havia ninguém! Mas seria uma boa pista falsa mais tarde. Até que, uma noite no navio, julguei ter ouvido uma conversa entre Simon e Linnet do lado de fora de minha cabine. Ele disse: "Precisamos acabar com essa história agora". Era Simon sim, mas dirigindo-se a Jacqueline.

Pausa.

– O drama final foi perfeitamente planejado e calculado. O sedativo colocado no meu vinho, de modo que eu não atrapalhasse, a mademoiselle Robson como testemunha, a preparação da cena, a histeria e o remorso exagerado da mademoiselle de Bellefort. Ela fez bastante barulho, para evitar que o disparo fosse ouvido. *En vérité*, foi uma ideia muito inteligente. Jacqueline declara que atirou em Doyle. A mademoiselle Robson e Fanthorp confirmam suas palavras. E quando o médico examina a perna de Simon, vê que ele realmente foi baleado. Parece incontestável! Para os dois é um álibi perfeito, à custa, claro, de certo risco e dor para Simon Doyle, mas era necessário que a ferida realmente o inutilizasse.

Outra pausa.

– Mas aí surge um imprevisto. Louise Bourget não consegue dormir. Ela sobe as escadas e vê Simon Doyle correndo até a cabine da esposa e voltando. Muito fácil juntar as peças no dia seguinte. Louise decide ganhar dinheiro com chantagem, assinando, assim, sua sentença de morte.

– Mas o sr. Doyle não tinha como matá-la – objetou Cornelia.

– Não, esse crime foi cometido por sua parceira. Logo que pode, Simon pede para ver Jacqueline. Chega a me pedir para deixá-los a sós. Conta a Jacqueline do novo perigo. Eles precisam agir imediatamente. Simon sabe onde Bessner guarda os bisturis. Depois do crime, o bisturi é recolocado em seu lugar, e, muito atrasada e ofegante, Jacqueline de Bellefort chega para almoçar. Mesmo assim, ainda não está tudo certo, porque a madame Otterbourne viu Jacqueline entrando na cabine de Louise Bourget e vai correndo contar a Simon. Jacqueline é a assassina. Lembra-se de como Simon gritou com a coitada? Achamos que ele estivesse nervoso, mas a porta tinha ficado aberta, e ele estava tentando avisar sua cúmplice do perigo. Ela ouviu e agiu, rápida como um raio. Lembrou-se de que Pennington falara de um revólver. Foi buscá-lo, aproximou-se da porta, ficou à escuta e, no momento decisivo, atirou. Ela chegara a dizer que tinha boa pontaria, e era verdade.

Poirot fez outra pausa e continuou.

– Depois do terceiro crime, observei que o assassino poderia ter tomado três direções. O que eu queria dizer é que ele poderia ter ido para a popa (nesse caso o assassino era Tim Allerton), poderia ter pulado pela amurada (muito pouco provável) ou poderia ter entrado numa cabine. A cabine de Jacqueline ficava a duas cabines de distância da cabine do dr. Bessner. Era só se livrar do revólver, entrar na cabine, desarrumar o cabelo e jogar-se na cama. Arriscado, mas a única chance possível.

Fizeram silêncio. Depois Race perguntou:

– O que aconteceu com a primeira bala disparada contra Doyle pela jovem?

– Creio que entrou na mesa, há um buraco recente nela. Acho que Doyle teve tempo de tirar a bala com um canivete e jogá-la pela janela. Tinha, evidentemente, um cartucho reserva, para que pensássemos que somente duas balas tinham sido usadas.

Cornelia suspirou.

– Eles pensaram em tudo. Que horror!

Poirot ficou em silêncio. Mas não era um silêncio modesto. Seus olhos pareciam dizer: "Você está enganada. Eles não contavam com Hercule Poirot!".

Em voz alta, disse:

– Agora, doutor, vamos dar uma palavrinha com seu paciente.

Capítulo 30

Muito mais tarde naquela noite, Hercule Poirot bateu na porta de uma cabine.

Uma voz disse "entre", e ele entrou.

Jacqueline de Bellefort estava sentada numa cadeira. Em outra, perto da parede, estava a criada robusta.

Jacqueline olhou para Poirot, pensativa. Fez um gesto para a criada.

– Ela pode ir?

Poirot respondeu que sim, e a mulher retirou-se. Poirot puxou a cadeira desocupada e sentou-se perto de Jacqueline. Os dois ficaram em silêncio. Poirot parecia infeliz.

Jacqueline foi a primeira a falar.

– Bem – ela disse –, está tudo acabado! O senhor foi inteligente demais para nós, monsieur Poirot.

Poirot suspirou, estendendo as mãos, aparentemente sem nada para dizer.

– Mesmo assim – disse Jacqueline de modo reflexivo –, não vejo que tivesse muitas provas. O senhor estava certo, claro, mas se tivéssemos continuado com o blefe...

– Não teria como ser de outra forma, mademoiselle.

– É prova suficiente para uma mente lógica, mas não creio que teria convencido os jurados. Bom, agora não adianta lamentar-se. O senhor acusou Simon, e ele entregou os pontos. Perdeu a cabeça, coitado, e confessou tudo. É um mau perdedor.

– Mas a senhorita, mademoiselle, é uma boa perdedora.

Ela riu subitamente, um riso estranho, alegre, desafiador.

– Sim, eu sei perder – disse, olhando para Poirot.

Depois, exclamou:

– Não se preocupe, monsieur Poirot! Comigo, quero dizer. O senhor se preocupa, não?

– Sim, mademoiselle.

– Mas nunca lhe ocorreria me deixar escapar?

Hercule Poirot respondeu calmamente:

– Não.

Ela concordou em silêncio, com um gesto de cabeça.

– Não adianta ser sentimental. Eu seria capaz de fazer de novo... Não sou mais uma pessoa confiável. Sinto isso... – Continuou, taciturna: – É tão fácil... matar. E começamos a sentir que não importa... que a única coisa que importa somos *nós mesmos*. É perigoso isso.

Fez uma pausa e depois disse, com um sorriso:

– O senhor fez o possível por mim. Aquela noite em Assuã... disse para que eu não abrisse meu coração ao mal... O senhor já desconfiava de minhas intenções?

Poirot respondeu que não.

– Só sabia que o que lhe dizia era verdade.

– Era mesmo. Eu poderia ter parado naquele momento. Quase parei. Poderia ter dito a Simon que não continuaria com aquilo... Mas aí, talvez...

Interrompeu-se.

– O senhor gostaria de ouvir minha versão? Desde o início?

– Se quiser me contar, mademoiselle.

– Acho que quero. Foi tudo muito simples, na verdade. Simon e eu nos amávamos...

Disse essas palavras de modo leve, mas havia reminiscências por trás.

Poirot comentou, simplificando:

— E para a senhorita o amor bastaria, mas para ele não.

— Poderíamos resumir dessa forma, talvez. Mas o senhor não compreende Simon. Ele sempre quis ser rico. Gostava de tudo o que o dinheiro proporciona: cavalos, iates, esportes, as coisas boas da vida. E nunca conseguiu obtê-las. Simon é muito simples. Quando deseja algo, é como uma criança: precisa conseguir. Apesar disso, nunca pensou em se casar com uma mulher rica e horrível. Ele não era desse tipo. Aí nos conhecemos... e... e isso resolveu as coisas. Só não sabíamos quando poderíamos nos casar. Simon tivera um bom trabalho, que acabou perdendo, até certo ponto por culpa própria. Tentou ser esperto com dinheiro e foi descoberto. Não creio que tivesse realmente a intenção de ser desonesto. Deve ter achado que era assim que as pessoas faziam na cidade grande.

O rosto de seu interlocutor iluminou-se, mas ele não disse nada.

— Estávamos nessa situação, quando me lembrei de Linnet e de sua nova casa de campo. Fui procurá-la. Sabe, monsieur Poirot, eu amava Linnet. De verdade. Ela era minha melhor amiga. Jamais imaginei que pudesse haver algum problema entre nós. Só achava que era uma sorte ela ser rica. Se ela arranjasse um trabalho para Simon, faria toda a diferença. Ela foi muito doce e me pediu que trouxesse Simon, que conversaria com ele. Foi nessa época que o senhor nos viu no Chez Ma Tante. Estávamos festejando, mesmo sem poder bancar.

Jacqueline fez uma pausa. Continuou depois de suspirar:

— O que lhe direi agora é a pura verdade, monsieur Poirot. O fato de Linnet estar morta não muda as coisas. É por isso que não sinto pena dela, nem agora. Ela fez de tudo para afastar Simon de mim. Essa é a verdade! Não creio que tenha hesitado um minuto sequer. Eu era sua amiga, mas ela não quis nem saber. Atirou-se cegamente nos braços de Simon... que não dava a mínima para ela. Eu falei para o senhor sobre glamour, mas é claro que não era verdade. Simon não gostava de Linnet. Achava-a bonita, mas terrivelmente autoritária, e ele detestava mulheres autoritárias. A história toda o deixava bastante constrangido, mas ele gostava do dinheiro dela. É claro que percebi isso... e acabei dizendo a Simon que talvez fosse melhor terminar comigo e casar-se com Linnet. Ele rejeitou a ideia. Disse que com ou sem dinheiro, deveria ser um inferno casar-se com uma mulher daquelas. Disse que queria ter seu próprio dinheiro, não depender de uma esposa rica que controlasse os gastos. "Eu seria uma espécie de príncipe consorte", acrescentou. Disse também que não desejava nenhuma outra mulher além de mim.

Pausa.

– Creio que sei quando ele teve a ideia. Ele me disse um dia: "Com um pouco de sorte, poderia me casar com ela e ela morrer em um ano, me deixando toda a fortuna". Havia uma expressão estranha em seu olhar. Foi quando pensou naquilo pela primeira vez. Depois, vivia tocando no assunto, dizendo que seria muito conveniente se Linnet morresse. Comentei que achava a ideia pavorosa, e ele parou de falar no assunto. Até que um dia encontrei Simon lendo sobre arsênico. Acusei-o, e ele deu uma gargalhada, dizendo: "Quem não arrisca não petisca. Nunca terei outra chance na vida de ganhar tanto dinheiro". Depois de um tempo, percebi que ele estava decidido. Fiquei aterrorizada, simplesmente aterrorizada. Porque sabia que ele não conseguiria. Ele é tão ingênuo e simples. É provável que lhe desse arsênico e esperasse que o médico declarasse que ela morrera de gastrite. Ele sempre achava que as coisas dariam certo. Então, tive de intervir, para protegê-lo...

Jacqueline disse isso com muita simplicidade, bem-intencionada. Poirot não duvidou que o motivo fosse exatamente o que ela alegava. Ela não cobiçara o dinheiro de Linnet Ridgeway, mas amava Simon Doyle, com um amor que ia além da razão, da justiça e da piedade.

– Pensei muito, tentando arquitetar um plano. Achei que a base da trama deveria ser uma espécie de duplo álibi. Se Simon e eu pudéssemos, de alguma forma, depor um contra o outro, mas um depoimento que justamente nos absolvesse. Seria fácil eu fingir que o odiava. Nada mais natural, naquelas circunstâncias. Então, quando Linnet morresse, com certeza suspeitariam de mim. Seria melhor, portanto, que suspeitassem desde o início. Planejamos todos os detalhes. Eu queria que, se algo desse errado, eu fosse incriminada e não Simon. Mas Simon estava preocupado comigo. A única coisa que me deixou feliz foi saber que eu não teria que cometer o crime. Eu simplesmente não teria conseguido! Não conseguiria matar alguém a sangue frio dessa maneira, dormindo. Eu não tinha perdoado Linnet. Poderia matá-la cara a cara, mas não da outra forma... Planejamos tudo cuidadosamente. Mesmo assim, Simon ainda foi escrever aquela letra J com sangue na parede, ideia boba e melodramática. Típico dele. Mas deu tudo certo.

Poirot acompanhava.

– Sim. Não foi sua culpa que Louise Bourget não conseguiu dormir aquela noite... E depois, mademoiselle?

Ela fitou-o.

– Sim – disse Jacqueline –, é horrível, não? Não consigo acreditar que eu... que eu tenha feito aquilo! Entendo agora o que o senhor quis dizer com abrir o coração ao mal... O senhor sabe o que aconteceu. Louise deixou claro para Simon que sabia de tudo. Simon pediu-lhe que me chamasse. Assim que ficamos sozinhos, ele me contou tudo, dizendo-me o que fazer. Não fiquei horrorizada. Estava com tanto medo, tanto medo... é isso o que o assassinato faz com uma pessoa. Simon e eu estávamos seguros. Não corríamos perigo, a não ser por aquela maldita francesa chantagista. Levei-lhe todo o dinheiro que tínhamos. Fingi humilhação. E então, quando ela contava o dinheiro, matei-a. Fácil. Isso é que é horroroso: é tão fácil!

Jacqueline fez uma pausa e continuou.

– Mesmo assim, não estávamos livres. A sra. Otterbourne tinha me visto. Ela vinha, triunfante, pelo convés, procurando o senhor e o coronel Race. Não tive muito tempo para pensar. Agi imediatamente. Foi eletrizante, quase agradável. Eu sabia que não podia titubear, o que aumentou a emoção do momento...

Jacqueline fez outra pausa.

– O senhor se lembra quando veio em minha cabine depois? Disse que não sabia por que tinha vindo. Eu estava péssima, apavorada. Achava que Simon ia morrer...

– E eu... esperava por isso – disse Poirot.

– Sim, teria sido melhor para ele.

– Não foi isso o que eu quis dizer.

Jacqueline encarou o rosto severo de Poirot.

– Não se preocupe tanto comigo, monsieur Poirot. Afinal, minha vida sempre foi difícil. Se tivéssemos vencido, eu teria sido muito feliz, aproveitando as coisas, provavelmente sem jamais me arrepender. Como não foi assim... bem, precisamos arcar com as consequências.

Acrescentou:

– Imagino que a criada esteja aqui para assegurar que eu não me enforque ou tome uma pílula de cianureto, como as pessoas sempre fazem nos livros. Mas não precisam ter medo! Não farei isso. Será melhor para Simon se eu estiver a seu lado.

Poirot levantou-se. Jacqueline também.

– Lembra-se quando eu disse que precisava seguir minha estrela? – perguntou ela. – O senhor disse que poderia ser uma estrela falsa. E eu disse: "Essa estrela muito ruim, senhor! Essa estrela cair".

Poirot saiu ao convés com a gargalhada de Jacqueline ainda ecoando em seus ouvidos.

Capítulo 31

Estava amanhecendo quando eles chegaram em Shellal. Os rochedos sombrios desciam até a margem da água.

Poirot murmurou:

– *Quel pays sauvage!*

– Bem – disse Race a seu lado –, fizemos nosso trabalho. Tomei providências para que Richetti desembarque primeiro. Estou feliz que o pegamos. Não foi fácil. Já tinha nos escapado dezenas de vezes. – Fez uma pausa e continuou: – Precisamos conseguir uma maca para Doyle. Impressionante como ele desmoronou.

– Não foi isso exatamente – replicou Poirot. – Esse tipo infantil de criminoso costuma ser muito pretensioso. Um furinho em sua bolha de vaidade, e pronto! Desmoronam como crianças.

– Merece ser enforcado – sentenciou Race. – Um patife frio e sem escrúpulos. Sinto pena da moça, mas não podemos fazer nada.

Poirot concordou que nada podia ser feito.

– As pessoas dizem que o amor justifica tudo, mas não é verdade... Mulheres que amam como Jacqueline ama Simon são muito perigosas. Foi o que eu disse quando a vi pela primeira vez: "Essa menina ama demais". E era verdade.

Cornelia Robson aproximou-se.

– Ah – exclamou –, estamos quase chegando. – Fez uma breve pausa e acrescentou: – Eu estava com ela.

– Com a mademoiselle de Bellefort?

– Sim. Senti pena dela, presa só com aquela criada. Mas a prima Marie ficou muito zangada.

A srta. Van Schuyler avançava lentamente pelo convés em direção a eles. Parecia furiosa.

– Cornelia – berrou –, você se comportou muito mal. Vou mandá-la direto para casa.

Cornelia respirou fundo.

– Sinto muito, prima Marie, mas não vou para casa. Vou me casar.

– Então finalmente teve juízo – provocou a velha.

Ferguson apareceu.

– Cornelia, o que você está dizendo? Não pode ser verdade.

– É verdade sim – retrucou Cornelia. – Vou me casar com o dr. Bessner. Ele pediu minha mão em casamento ontem à noite.

– E por que você vai se casar com ele? – quis saber Ferguson, com raiva. – Só porque ele é rico?

– Não – respondeu Cornelia, indignada. – Eu gosto dele. Ele é gentil e muito instruído. E eu sempre me interessei por medicina e pelos doentes. Terei uma vida maravilhosa ao seu lado.

– Você está dizendo que prefere se casar com aquele velho nojento a se casar comigo? – perguntou Ferguson, incrédulo.

– Sim. Prefiro. Você não é digno de confiança. Não seria nada confortável viver com você. E ele *não* é velho. Nem fez cinquenta anos ainda.

– Com aquela pança – provocou Ferguson.

– Bom, eu tenho os ombros abaulados – retorquiu Cornelia. – A aparência não importa. Ele me disse que posso ajudá-lo em seu trabalho, e me ensinará tudo sobre neuroses.

Cornelia afastou-se.

Ferguson perguntou para Poirot:
– O senhor acha que ela estava falando sério?
– Acho.
– Ela prefere aquele velho pomposo a mim?
– Sem dúvida.
– Está louca! – declarou Ferguson.
Os olhos de Poirot brilharam.
– É uma dama original – disse. – Provavelmente a primeira que o senhor conhece.

O navio atracou no cais. Um cordão impedia o desembarque dos passageiros. Disseram a todos para esperar.

Richetti, carrancudo, foi conduzido a terra por dois maquinistas.

Depois de um pequeno intervalo, trouxeram uma maca. Simon Doyle foi levado até a passarela de desembarque.

Parecia outro homem – assustado, sem a despreocupação infantil que tinha.

Jacqueline de Bellefort veio logo atrás, com a criada. Estava pálida, mas fora isso parecia a mesma de sempre. Foi até a maca.

– Oi, Simon – disse.

Ele olhou rapidamente para ela. A expressão infantil voltou-lhe ao rosto por um momento.

– Estraguei tudo – disse ele. – Perdi a cabeça e confessei tudo. Desculpe-me, Jackie. Não queria decepcioná-la.

Ela sorriu.

– Tudo bem, Simon. Arriscamos e perdemos. Simples.

Ela deu passagem para os carregadores levarem a maca. Curvou-se para amarrar o cadarço. Depois, endireitou-se, segurando alguma coisa.

Ouviu-se um estalido seco.

Simon Doyle fez um último gesto convulsivo e desfaleceu.

Jacqueline de Bellefort parecia satisfeita. Ficou um instante parada, de revólver na mão. Sorriu furtivamente para Poirot.

Nesse momento, quando Race avançou em sua direção, ela virou o brinquedo reluzente contra o próprio peito e apertou o gatilho.

Caiu lentamente ao chão, como que implodindo.

Race gritou:

– Onde é que ela foi arrumar esse revólver?

Poirot sentiu alguém tocar em seu braço. A sra. Allerton perguntou suavemente:

– O senhor sabia?

Poirot assentiu.

– Jacqueline tinha dois desses revólveres. Percebi isso quando soube que haviam encontrado uma arma na bolsa de Rosalie Otterbourne no dia em que revistamos os passageiros. Ao se dar conta de que faríamos uma busca, Jacqueline colocou o revólver na bolsa da outra. Mais tarde, foi à cabine de Rosalie reavê-lo, depois de distrair a menina com uma comparação entre batons. Como Jacqueline e sua cabine tinham sido revistadas ontem, ninguém achou necessário revistá-las de novo.

A sra. Allerton perguntou:

– O senhor queria que ela tomasse esse caminho?

– Sim. Mas ela não o tomaria sozinha. Foi por isso que Simon Doyle teve uma morte mais suave do que merecia.

A sra. Allerton estremeceu.

– O amor pode ser algo assustador.

– É por isso que a maioria das grandes histórias de amor são tragédias.

O olhar da sra. Allerton descansou sobre Tim e Rosalie, que estavam lado a lado sob a luz do sol.

– Mas, graças a Deus, ainda existe felicidade no mundo – disse ela, com súbita veemência.

– É verdade, madame, graças a Deus.

Os passageiros desembarcaram.

Mais tarde, os corpos de Louise Bourget e da sra. Otterbourne foram retirados do *Karnak*.

Por último, levaram o corpo de Linnet Doyle. No mundo inteiro, espalhou-se a notícia de que Linnet Doyle, ex-Linnet Ridgeway, a famosa, bela e rica Linnet Doyle havia morrido.

Sir George Wode leu a notícia em seu clube, em Londres; Sterndale Rockford, em Nova York; Joanna Southwood, na Suíça. O crime também foi discutido no bar Three Crowns, em Malton-under-Wode.

O amigo magro do sr. Burnaby comentou:

– Não parecia muito justo mesmo, ela ter tudo.

E o sr. Burnaby replicou, oportunamente:

– Pelo visto, não teve como aproveitar, coitada.

Pouco tempo depois, pararam de falar dela e passaram a discutir sobre quem venceria o campeonato. Pois, como dizia o sr. Ferguson naquele exato momento em Luxor, o que interessa é o futuro, não o passado.

Série Agatha Christie na Coleção L&PM POCKET

O homem do terno marrom
O segredo de Chimneys
O mistério dos sete relógios
O misterioso sr. Quin
O mistério Sittaford
O cão da morte
Por que não pediram a Evans?
O detetive Parker Pyne
É fácil matar
Hora Zero
E no final a morte
Um brinde de cianureto
Testemunha de acusação e outras histórias
A Casa Torta
Aventura em Bagdá
Um destino ignorado
A teia da aranha (com Charles Osborne)
Punição para a inocência
O Cavalo Amarelo
Noite sem fim
Passageiro para Frankfurt
A mina de oro e outras histórias

MISTÉRIOS DE HERCULE POIROT

Os Quatro Grandes
O mistério do Trem Azul
A Casa do Penhasco
Treze à mesa
Assassinato no Expresso Oriente
Tragédia em três atos
Morte nas nuvens
Os crimes ABC
Morte na Mesopotâmia
Cartas na mesa
Assassinato no beco
Poirot perde uma cliente
Morte no Nilo
Encontro com a morte
O Natal de Poirot
Cipreste triste
Uma dose mortal
Morte na praia
A Mansão Hollow
Os trabalhos de Hércules
Seguindo a correnteza
A morte da sra. McGinty
Depois do funeral
Morte na rua Hickory
A extravagância do morto
Um gato entre os pombos
A aventura do pudim de Natal
A terceira moça
A noite das bruxas
Os elefantes não esquecem
Os primeiros casos de Poirot
Cai o pano: o último caso de Poirot
Poirot e o mistério da arca espanhola e outras histórias
Poirot sempre espera e outras histórias

MISTÉRIOS DE MISS MARPLE

Assassinato na casa do pastor
Os treze problemas
Um corpo na biblioteca
A mão misteriosa
Convite para um homicídio
Um passe de mágica
Um punhado de centeio
Testemunha ocular do crime
A maldição do espelho
Mistério no Caribe
O caso do Hotel Bertram
Nêmesis
Um crime adormecido
Os últimos casos de Miss Marple

MISTÉRIOS DE TOMMY & TUPPENCE

O adversário secreto
Sócios no crime
M ou N?
Um pressentimento funesto
Portal do destino

ROMANCES DE MARY WESTMACOTT

Entre dois amores
Retrato inacabado
Ausência na primavera
O conflito
Filha é filha
O fardo

TEATRO

Akhenaton
Testemunha de acusação e outras peças
E não sobrou nenhum e outras peças